# 靈泉巧手妙當家 2

文創風 674

夏言 著

# 目錄

# 第二十九章　讀書識字

到了辰時，有人來串門子了，是房荷花跟她的弟弟房林，他們之所以會來，是王氏授意的。

昨天李氏跟王氏提過，想要她女兒荷花跟著房淑靜學繡花。李氏只會縫補衣服跟繡基本的花樣，見房淑靜繡花繡得活靈活現，早就羨慕很久。

她自己是沒必要學了，但是她女兒卻可以，而且這幾個孩子能聚在一起玩，他們大人在外面做工也省心。

房荷花比房淑靜大一歲，今年十三歲，這個時候也該說親了。不過之前他們家裡窮，她長得也一般，因此還沒找到對象。

李氏的想法很簡單，女兒學會繡花，先不說以後比較好說媒，至少餓不著肚子，繡花算是一門手藝，可以營生。

房言已經被房淑靜壓著繡花繡了半個時辰，這會兒看到房荷花來了，趕緊領著房林出去玩。遛過狗之後，他們又去菜地裡拔了拔草。

一個時辰過後，房言要房淑靜跟房荷花兩個休息一下，準備實施自己醞釀已久的計劃。

房言說道：「姊姊，我今天聽妳的話繡花了，所以妳也得聽我的，多看一會兒書。正好，今天荷花姊和林哥兒也在，大家一起學吧。」

若不考慮賺錢的問題，繡花什麼的，只能算是手工藝，多讀點書才是硬道理。只有提高成為士大夫的機會，方能振興整個家族。

房荷花道：「言姊兒，我就不用學了吧，讓林哥兒跟妳學。」

房淑靜也回道：「二妮兒，姊姊不學，妳手裡拿的那幾本書姊姊都看過了，我還是跟荷花姊一起繡花吧。」

房言阻止道：「不行，天天繡花有什麼意思，妳們也要多學習道理才行，就這麼說定了，都得學。」

這個時候房荷花扯了扯手中的手帕，有些不好意思地說：「言姊兒，不是姊姊不跟妳一起學，這紙跟筆實在太貴了些，咱們家買不起，妳還是教我弟弟就好。」

房言一聽這話，笑道：「荷花姊，妳想太多了，咱們哪裡需要紙跟筆，不過是認認字、讀讀書罷了。身為女子，雖然不能參加科舉考試，但是多識幾個字、多讀幾本書，也能增長增長見識。」

見房淑靜跟房荷花都停下手中的動作，一副陷入思考的模樣，房言沒再多說什麼。其實她灌輸過房淑靜很多觀念，她的想法早就應該改變了，今天房淑靜不過是見房荷花在場，所以想放鬆一下吧。

果然，過沒多久，房淑靜就說：「荷花姊，要不然咱們跟著二妮兒學一會兒？之前大哥他們教我的時候也是這樣，認字、讀書不需要寫字，妳不用擔心。」

說起來，在這個讀書人高人一等的時代，每個人都很渴望能接受教育，但是因為成本實在太高，令許多人望之卻步。

房荷花激動得顫著聲音說道：「好。」

見說動了這兩個人，房言又對房林說道：「林哥兒，我聽堂嬸說，麥收過後就要送你去學堂，就當是提前教你吧，這樣你以後就能輕鬆一點了。」

房林一副老實忠厚的模樣子，不僅個性，就連長相也很像他爹房南。他聽了房言的話，笑著點點頭說：「嗯，好。」

見幾個人都同意了，房言就去書房把自己準備好的「黑板」拿出來。說是黑板，其實是一塊兒拼接起來的木板，是她要求房二河抽空幫她做的。

黑板下面用幾根木棍架著立起來放在院子中間，接著房言就拿出自己準備好的「炭筆」——這個炭筆是用一小根木棒沾著鍋底灰做成的。

房淑靜、房荷花、房林乖乖地找位置坐好，房言則用炭筆在黑板上寫下「三字經」三個字，然後拿出房伯玄的《三字經》讀起來，她唸一句，其他三個人跟著她唸一句。

「人之初，性本善。性相近，習相遠。苟不教，性乃遷。教之道，貴以專。」

房言心想，初學者先學這四句就好，學太多也消化不了。

過了一會兒，房言發現門口似乎站著一個人，她剛往外看了一眼，那人就探出頭來，輕聲喊道：「言姊姊。」

原來是房青。房言笑道：「青姊兒，是妳啊。」

「你們這是幹啥呢？」房青紅著臉問道。

房荷花有點不好意思地說：「言姊兒在教我們讀書呢。」
房青驚訝地道：「言姊姊，妳竟然識字，好厲害啊！」
看著房青崇拜的目光，房言謙虛地回道：「哪裡哪裡，不過是認識幾個簡單的字罷了。」
「那還是很行啊，我一個字都不認識呢。」房青羨慕地看著房言。
房言道：「妳要是想學，我也可以教妳。」普及義務教育、提升識字率，人人有責。
房青害羞地道：「不、不用了，我奶奶還讓我回家餵雞呢，我只是來看看我們家的小狗怎麼樣了？」
「小狗？喔，妳是說成叔給我們家的小黃啊。」房言說道。那隻小狗是土黃色的，房言就幫牠取了個最通俗的名字。
「是啊，昨天牠被抱過來以後，我就怪想牠的。」
房言指了指屋簷底下的筐子，說道：「牠在裡面呢。」
房青走過去看了一眼，就說道：「看來牠在這裡挺好的，既然看過了，那我就先回家去。」
臨走之前，房青還戀戀不捨地看了黑板上的字一眼。
房言注意到房青的反應，盯著她的背影道：「青姊兒，妳要是沒事的話，也來跟我識幾個字吧。雖然我會的不多，但一定把自己懂的都教給你們！」

房青聽了這話，停下腳步，回頭看著房言，說道：「好，我回去問問我娘。」她離開之後，房言又繼續教了起來。房荷花明顯學得很認真，過了一個時辰，她還意猶未盡，就連房淑靜喊她繡花，她都指著黑板上不會的字問房言怎麼唸。

接近吃午飯的時間，房荷花跟房林就回去了，房言與房淑靜則開始做飯。

從縣城回來，王氏因為擔心兩個女兒，就仔細地詢問她們今天做了些什麼？聽房淑靜說明後，王氏就放下心來。

房二河在一旁說道：「妳們娘很擔心，所以今天咱們提前一刻鐘回來。其實村裡比鎮上或縣城好多了，家家戶戶都認識，出不了什麼事的。」

王氏瞋了房二河一眼，說道：「光說我，是誰在店鋪裡還找二妮兒來著？」

房二河被王氏一說，乾笑了兩聲，沒再講話。

晚上李氏過來和麵的時候，看到房言，就笑道：「言姊兒，我聽荷花說了，妳今天白天教他們姊弟倆識字，堂嬸真是要謝謝妳了。」

房言笑嘻嘻地回道：「堂嬸，哪裡用得著這麼客氣，我是閒著沒事才教他們識字的，都是一家人，說什麼謝不謝。」

李氏摸了摸房言的頭髮，說道：「堂嬸還是要謝謝妳，不只林哥兒，荷花一個姑娘家也能跟著妳識字，這樣很好。我回家的時候，她還想教我呢。」說著，她擦了擦眼角的淚水。

看著李氏的樣子，房言的心情有點複雜。相較於後世的義務教育，這個時候文盲還是非常多。在這個重男輕女的時代，別說讓女孩讀書，就是男孩，都有很多上不起學的。

許氏在一旁聽她們說話，猶豫了半天，終於小聲開口道：「大嫂，荷花和林哥兒跟著言姊兒在讀書啊？」

李氏點點頭，說道：「可不是嘛，學了一上午呢。」

許氏咬咬唇，看了看王氏，又瞧著房言，囁嚅道：「那……那……」

她的性格內向，不怎麼說話，也很少求人，但是為了兒子的將來，她又不得不開口。

看到許氏憋了半天沒能說出一句話，房言明白她的意思了。

房言大方地道：「堂嬸可是想讓森哥兒還有樹哥兒跟著我識字？您要是不怕他們被我教壞，儘管讓他們來。我也是跟著我大哥學的，不知道自己會不會教錯，怕堂嬸們因此怪罪我，所以沒好意思提。要是堂嬸不怪我，就送過來吧。」

許氏的心思被房言戳破，不禁羞紅著臉說：「不怪、不怪的。」

「不怪就好，那您明天就讓他們兄弟倆過來吧。」

「好，多謝言姊兒了。」

王氏開口道：「謝她做什麼，咱們之間哪裡需要這麼客氣，儘管把孩子送過來就是。他們兄弟姊妹在一起，咱們在外面幹活也能省心。」

李氏說道：「嫂子說得對，省得幾個男孩沒人管，不知道跑去哪裡野。」

許氏對這一點頗有感觸。男孩通常不比女孩安分，她兩個兒子中，大的那個還好，小的那個很是調皮，她每天回來要是看不到他，都會提心弔膽。

房言見自己在家也幫得上父母跟堂嬸們的忙，頓時寬心不少。

隔天，房言跟房林正在餵小黃，一個回頭，她就瞧見兩個男孩正站在門口盯著他們。一個面無表情，一個則是帶著好奇的目光。

房林也注意到了，他立刻喊道：「森哥、樹弟。」

房言一聽就知道他們兩個是誰了，她也跟著房林打了聲招呼。

聽見房言叫他們，房森點點頭，拉著弟弟走進來。看到房荷花的時候，他叫了一聲「荷花姊」，然後就又不講話了。

房言覺得房森的性格很像許氏，安靜寡言，反觀他弟弟房樹，一進來就蹲在地上跟他們一起逗小黃。

雖然房淑靜跟房荷花還在繡花，但是房言還是先把黑板拿出來。一日之計在於晨，這麼好的時間，繡什麼花啊，還是先唸書吧。

她秀出昨天寫在黑板上的字，重新教了起來，複習了一炷香的時間之後，房言繼續教接下來的句子。現在就是學字的讀音跟認字，等過一段時間再學習文章的意思跟寫字。

房樹小孩子心性，有點坐不住；房林雖然勤奮，但腦子不是很靈活；年紀較大、性格內斂的房森，反而是裡面學得最快的。

昨天大人們就商量好了，房二河也交代過房淑靜，中午他們兄弟姊妹一起開伙。反正家裡都沒大人，住的地方也近，不如幾個人一道吃。

這裡面最開心的就是房森和房樹。房森廚藝不佳，不怎麼喜歡下廚；房樹也不愛吃他哥做的飯，早上忍忍也罷，中午還是別回去吃了。

這天下午，正當房二河與房言在院子裡編竹筐時，謝氏與李氏一塊兒上門拜訪，謝氏手裡還拿著個籃子。

謝氏雖然見過王氏，也跟她聊過幾句話，但是畢竟不夠熟，這次他們又有求於人，所以把跟王氏熟悉的李氏叫過來。

這回謝氏過來，是為了房青的事。謝氏的婆婆愛使喚人，不只讓兒媳婦幹活，就連孫女青姊兒也不例外。洗衣、做飯、餵雞、餵豬，一樣都不落下，一會兒看不見人，就要破口大罵。

提起這些事，謝氏忍不住流下眼淚。

王氏聽著也覺得可憐，不自覺地擦了擦眼角，感同身受地說：「咱們都是可憐人。」

謝氏說道：「嫂子還好，二河哥知道疼人，你們又分了家，我那嬸嬸磨不到你們。我就不行了，男人賺不了多少錢不說，還不敢分家，我這日子過得苦啊。」

李氏嘆了口氣，說道：「我們家倒是沒有婆婆，只是過去也苦，沒人幫忙看孩子，地裡的活兒也得幹，所以我跟孩子他爹就一人揹一個孩子下地。」

謝氏說道：「是啊，女人都不容易，我只盼著我們家青姊兒以後能不用這麼辛苦就好了。」

李氏在一旁勸慰道：「沒事，你們兩口子再努力幾年，起間房子不成問題。」

聽到這裡，謝氏擦乾眼淚說道：「是啊，我早就盼著這一天了。」說完，她提起今天過來的目的。

王氏一聽謝氏的話，看了李氏一眼，有些猶豫地說：「我們家二妮兒主意大，這件事得問問她才行，我不好替她作主。」

雖然王氏是房言的母親，但是自從房言的病好了之後，她很明白這個小女兒的變化有多大。如果是請房淑靜教繡花，她一口就能替她答應下來，可是事情涉及房言，她就有些不確定了。

想到這裡，王氏就把房言叫過來，房言看著謝氏，笑道：「堂嬸，這有什麼不行的，我昨天就要青姊兒來了，今天沒看見她，我還納悶呢！您讓她明天一早過來就好。」

謝氏拉著房言的手，感激地道：「堂嬸謝謝妳了，我們家拿不出什麼來，這二十顆雞蛋就當作是謝禮了。等以後堂嬸有了錢，再補給妳。」

王氏趕緊把籃子還給謝氏，但是她怎麼樣都不接過去，最後謝氏離開的時候，還是留下這二十顆雞蛋。

看著謝氏的背影，王氏憂愁地說：「她婆婆那麼嚴厲，少了這些雞蛋，還不知道要怎麼說她呢。」

房二河看著雞蛋，皺了皺眉，說道：「成子從小就是這個性子，收著吧，不收他心裡也過意不去。二妮兒，妳可得好好教這些兄弟姊妹了。」

房言這兩天心裡一直有些想法，此時一聽房二河這麼說，立刻回道：「爹，您放心，我肯定會好好教的。」

自從在地圖上確認過家裡的地理位置之後，房言就不打算換地方住了。這裡可說是四通八達，不但靠縣城近，離府城也沒多遠，所以不管他們家生意做得多大，這個地方都是重要的根據地，絕對不能放棄。

只不過，他們家在村子裡根基淺，在鎮上也住了很多年，難免跟村人有些格格不入。那些從小跟他爹交情好的親戚，這些年沒怎麼聯繫，感情也變淡了。若想在這裡長久經營下去，關鍵就在於跟村子裡的人打好關係；至於老宅那些人，房言不放在心上，也不打算理會。

既然房二河與王氏沒時間跟眾人聯絡感情，那麼這件事就由她來做，反正她教書不收費，這樣就是讓他們欠了人情。萬一這裡面有人能考上童生或秀才，就是房伯玄最好的助手；即便考不上，識字以後，去他們店鋪當個帳房先生也好。他們家的生意會越做越大，需要的人也會越來越多，知根知底的人用起來也放心一些。

房二河不知道房言心中的盤算，看著小女兒聽話的樣子，他欣慰地點點頭。

# 第三十章　馬車代步

第二天，房青果然依約來到房言家。

房青看著房言，扭扭捏捏的，很是不好意思，聲音細如蚊蚋地跟房言說了一句話：「言姊姊，謝謝妳。」

房言笑道：「別客氣了，妳這兩天沒來，少學了一些，現在先跟著大家一起學，我一會兒再另外教妳。」

聽到房言的話，房青雖仍羞澀，卻開心地笑了。

日子就這樣慢慢過去，雖然時間不長，變化卻非常大。

首先，房言多了一個學生，那就是話很多又招房言喜歡的房蓮花。某一日，房言跟房林一起帶著小黃出去玩的時候遇見她，房言就問她要不要來學《三字經》？房蓮花想都沒想就答應了。她一天到晚無事可做，只能偶爾跟人聊聊八卦，讀書識字這件事，對她的誘惑力很大。

再來，由於房言偷偷餵過幾次稀釋的靈泉，有些雞竟然一天下了三顆雞蛋，而且雞與豬竟然在短時間內明顯長大了一些。

房言再次被靈泉的效用給嚇得手足無措，這種變化不僅讓她渾身又起了雞皮疙瘩，同時也覺得有穿幫的危機。

她實在想不通，明明已經把一滴靈泉用一桶水稀釋過，分成幾次餵給他們家的雞跟豬喝，沒料到效果還是那麼強勁。

房言忐忑不安地告訴房二河跟王氏她的發現，房二河快步走到雞窩那裡，又去瞄了豬圈一下，然後往菜地的方向瞧。

「大妮兒、二妮兒，妳們這幾天是不是餵了雞跟豬很多菜地裡的野菜？」

房言看了看房淑靜，回道：「是的，爹。你們出門後，一些踩壞的、老一點的菜都被我掐下來餵牠們吃了。」

房二河聽了之後，神情嚴肅地道：「大妮兒、二妮兒，咱們家的雞下幾顆蛋的事，千萬不要告訴別人。」

房言與房淑靜對視一眼，點點頭。

之前他們家一隻雞一天下兩顆蛋的時候，房二河就叮囑過這件事，現在一隻雞開始一天下三顆蛋，她們自然更不敢告訴別人。說出這種違背常理的事，好一點是被人當成傻子，壞一點就是會想讓人過來瞧瞧。如果被別人親眼看到的話，他們家就會遭殃，這些雞跟豬肯定也保不住了。

這個事件，加強了房二河想盡快蓋好圍牆的決心。

說到要蓋圍牆，得看口袋深不深。因為房言提出改良湯品的建議，如今這些東西已成為進項之一，他們家的收入也越來越多了。小米粥、大米粥與雞蛋野菜湯，每天總共能賣出上百碗，野菜館每日的收入也來到了三兩。

這天晚上，房二河說道：「爹本來打算明天去買一頭牲口，但是咱們還是先把菜地周圍遮起來，一直用籬笆圍著不是辦法。只是剩下那幾面要全圈起來，不知道得花多少錢？」

在房二河心中，那塊地是他們發家致富的關鍵，必須保護好它，沒有了地，什麼都免談。

「爹說得是，還是菜地比較重要。不過爹也別擔心，說不定您買了磚塊跟土坯之後，還能剩下不少錢呢。」房言說道。

房二河笑道：「用磚塊圍起來，花費大概會高一些。」

按照現在野菜館的收入，房言覺得她爹是多慮了，不過她還是點點頭。

第二天去縣城，房二河就找人買磚塊，到了下午，賣磚的人就先送來一部分。因為房二河需要的量比較大，磚廠一時之間沒那麼多貨可供，接下來幾天，他們都會陸續送東西過來。

運來的磚塊全都放在院子裡，村子裡很多人見到浩浩蕩蕩的運磚隊伍，都好奇地站在房二河家門口往裡面看。

房二河晚上去了趟房南家，問他鎮上的活計如何，要不要幫他們家蓋院牆？這次的工程比上次大很多，所以有工錢領，需要兩個人，一人一百文錢。

房南跟房北商量了一下，第二天就去鎮上向雇主說了一聲。他們在鎮上做的工是幫忙蓋房子或運送貨物，麥收時節即將到來，他們本來就打算暫時不去鎮上幹活，要待在村子裡顧著田地，如果在家裡附近做工，還能時不時去看看小麥。

當然，因為房二河對房南與房北兩兄弟來說是大恩人，所以即便不考慮這個情況，他們也會幫他。

房二河聽到他們答應，鬆了一口氣。

其實房二河也知道馬上就要割麥了，對農人來說，最重要的東西就是莊稼，所以儘管他內心焦急，也不好意思規定他們幾天內要蓋好磚牆，總歸有在幹活就行。

不過房南與房北兄弟可不是這麼想的，為了報答房二河一家，他們格外賣力，以求早日完成。

過沒多久，房南跟房北就把房二河家的一畝地用磚牆圍了起來。按照房二河的要求，他們隔開了菜地與屋子，之前被推掉的那堵院牆又重新蓋起來，不過上頭留了一道小門，方便他們直接進出。

此外，房二河還在縣城買了一隻狗，這隻狗跟之前從房青家要來的不一樣，是一隻每天要吃很多肉骨頭的凶狠狼狗。

到了這個時候，房二河才真正安心。

割麥的時間一到，地裡的活兒就多了起來，房二河和王氏商量一下，決定請人來幹活。既然現在家裡的收入非常穩定，還是顧好野菜館的生意要緊。

至於李氏跟許氏，她們兩個完成野菜館的工作回村以後，就會去田裡幫房南與房北。

當村裡上上下下開始忙碌時，房二河終於決定要買一頭牲口了。

這一天，房言跟房淑靜隨父母來到縣城。過了這麼一段時間，房言想看看店鋪裡的情況，加上房二河要買牲口，她更是來定了。

當房言跟著房二河出門的時候，她原本以為他爹會買頭驢子或牛，沒想到他直奔賣馬的地方，讓房言很驚喜。

房二河笑著跟賣馬的人打招呼，房言一見到這個情況，就猜想他們兩人認識。

「房老弟，今天是來看馬還是來買馬的？」林老闆笑問道。

房二河笑呵呵地道：「今天是來買的。」

林老闆眼前一亮，說道：「那敢情好，快來看看，咱們家的馬絕對不會讓你失望！」說著，就帶領房二河父女去看他們家的馬。

房言心想，看樣子她爹不知道來人家這邊瞧過幾次馬了，原來他的心比她還大，一買就是馬，難怪要存很多錢。

他們幾個人正在看馬的時候，旁邊傳過來一道聲音。

「林老闆，最近生意怎麼樣啊？」

「唉唷，鄭老闆，稀客稀客，託您的福，生意還行。今天怎麼有空過來？」林老闆說道。

「過幾天又要去塞北了，所以來看看林老闆還有沒有什麼需要的東西？」

「有啊，咱一會兒細說。」

「咦？文哥兒！」房言看向說話那人的方向，恰巧看到一個熟人，就是鄭福文。

他不是別人，正是她姑祖母房氏的孫子，跟她是表姊弟，之前房氏曾帶著他跟他妹妹鄭慧來店鋪裡吃過飯。

「言姊姊！」鄭福文驚喜地喊道。

鄭老闆看了看自家兒子，又看向房二河和房言，問道：「你認識他們？」

「爹，這是房家二伯跟言姊姊。」

房二河從鄭福文與眼前的男子交流中知道了他的身分，於是笑道：「我是房家村的房二河，你娘是我的大姑母，你是傑明表弟吧？」

一聽到房二河的名字，鄭傑明就回道：「原來是二河表哥。前幾日我娘還說你們去我家拜訪過，偏偏那天我有事不在家。久聞表哥的名聲，今日終於得以一見了。」

林老闆見狀，趕緊道：「唉唷，原來是鄭老闆的親戚，這馬的價格必須算您便宜一點。」

鄭傑明一聽，笑道：「這是當然的，怎麼都得比別家便宜才行。」

接著，鄭傑明看向房二河，有些遺憾地說：「可惜我不做一般馬匹的生意，不然直接幫表哥帶一匹回來就行。」

房言聽了，有些好奇地問道：「表叔，您是不是賣高壯的戰馬啊？」

鄭傑明誇讚道：「果然，妳姑祖母說得沒錯，妳是個聰慧的丫頭。沒錯，表叔賣的是戰馬。」

房言得知鄭傑明真的是做戰馬生意的，頓時興奮得不得了。剛才他們問過林老闆，戰馬很貴，有的竟然要價一百兩銀子。做買賣戰馬的生意，可比賣野菜賺錢得多，怪不得人家老早就在縣城置產了。

真是可惜，戰馬用來拉車實在太浪費，要不然買一匹回家的話，光看都覺得拉風啊！

因為有鄭傑明在，所以原本要賣二十二兩銀子的馬，最後以二十兩銀子成交了。買完馬之後，房二河想到鄭傑明有事要跟林老闆談，就沒耽擱時間，約好下次他作東請鄭傑明一家，他就帶著房言回店裡去了。

在路上，房言忍不住問道：「爹，您為何要買馬？不過是用來拉車，買一頭驢子或牛也行啊。」

直接買馬這種事實在不符合她爹的風格，之前她多次提議要買一頭驢子，他都沒同意，結果一出手就嚇到了她。難道他爹就像現代男人一樣，對車有著熱切的執著，所以乾脆買馬？

「爹早就想過了，買驢的話用不了幾年，而且速度也不夠快；至於買牛……妳也知道，現在咱們家自己不種田，用不著牛來耕地，若是到時候鄰里之間要借用牛，你是借還是不借？還是馬比較好，而且等以後妳哥哥們去府城或京城考試的時候，爹就能用馬車送他們了。」房二河笑道。

房言看著站在她身邊的房二河，心想，她爹竟變得如此深謀遠慮。想到老宅那邊或是關係不怎樣的鄉親要來借牛，房言心裡就千百個不願意；可是如果誰也不借，把牛晾在那邊的話，勢必會得罪人。

想到買馬用了二十兩銀子，加上買磚塊跟土坯的錢，房言覺得家裡的積蓄差不多要花光了，還是得多賺點錢才行！

房二河跟房言牽著馬回到店鋪時，王氏相當激動，房淑靜也圍著馬匹轉來轉去。除了那塊菜地，這是他們家最寶貴的東西，可說是奢侈品。

野菜館收攤之後，房二河就把馬套在板車上，駕著簡陋版的「馬車」返家去了。大約一盞茶的工夫再多一些時間，一行人就回到了村子裡，比以前快了超過一倍。還好去縣城跟去鎮上不是同一個方向，不需要路過房家村，否則又要引起一陣騷動了。

房二河前幾天就已經蓋好了馬廄，原本房言還以為是驢棚或牛棚來著。看著馬乖乖待在裡面的樣子，房言開心地餵了一些吃食給牠。

馬是貴重物品，晚上睡覺前，房二河在馬廄外掛了一根繩子，繩子上繫了鈴鐺。這算是一個簡易的防盜系統，若有人在黑暗中不小心碰到繩子，就會發出聲響。除此之外，房二河睡覺時也比以往警醒許多，好在家裡還有狼狗，也能發揮一些作用。

隔天早上，房二河把車廂掛在馬匹身上，車廂後方又加掛一個能擺東西的板車。房言一看，這跟一般的馬車差不多，這樣一來，她爹娘跟堂嬸們再也不用走路去縣城了。

到了下午，跟著馬車回來的人還有房伯玄跟房仲齊，因為他們放假了。

這麼久不見兒子，王氏跟房二河都想念得緊，路上不停詢問他們在書院裡過得如何？問完日常生活的狀況，房二河又問了學習情形。

房伯玄正色道：「書院裡的夫子們都極有本事，教的方式也讓人非常容易理解，跟以前上過的學堂不太一樣。」

聽到房伯玄這麼說，房二河與王氏就放下心來。只要兒子們的身體健康，夫子教得好就行。

第二天一早，房伯玄就去查看菜地。

看著高高的圍牆，房伯玄心想，他們家果然有錢了嗎？他跟弟弟離開之前，菜地周圍有幾面還是用籬笆圍著的，如今卻全部換成磚牆，昨天回來的時候，他都有些認不得自己的家了。

打開磚牆上的小門，房伯玄瞧見房二河正抓緊出門前的時間鋤草。一旁的狼狗看見房伯玄，就衝著他狂吠，待房二河加以安撫，牠才不再大叫。

看著家裡過得越來越好的樣子，房伯玄心中非常滿足。為了守護這些他珍惜的人事物，他得更努力讀書才是。

房伯玄跟房仲齊這次在家待了十天才離開。原本霜山書院一個月只放兩、三天假，但是因為正值麥收時節，所以書院這幾天放麥假，連在一起才能休息這麼久。

出門的時候，房仲齊還在感慨。「要是每個月都放麥假多好啊。」

房伯玄不贊同地看了他一眼，他趕緊縮了縮脖子爬上馬車。

麥收過後，房林與房森就要去學堂了。

房南和房北聽從房二河的建議，把他們送到縣城去讀書。當然了，他們去的不是霜山書院，而是去一個童生開的學堂上課，一年一兩銀子。

房南和房北也不在鎮上幹活了，他們早上帶著兒子去縣城讀書，白天在縣城做工，傍晚再帶兒子回來。

他們拒絕了房二河讓房林與房森坐馬車的好意。除去坐在前頭控制馬匹的房二河，馬車上已經有三個大人，本來就不太寬敞，他們還是走路去就好。再說了，媳婦們坐馬車是幫人家幹活，他們又不是店裡的人，就不去占位置了。

雖然無法一起搭馬車，房二河卻勸他們早飯跟午飯都去野菜館吃，他會免費供應。本來房南跟房北不願意，但是房二河的一句話改變了他們的想法。

「大郎說他吃了咱們家的野菜料理，書都比以前讀得好了。」

最終他們同意兒子們中午那頓飯去店裡吃，但是等房二河準備再幫李氏與許氏漲工錢時，他們就以「孩子們的飯錢就是工錢」這個理由拒絕了。

至於房言，她這邊一下子少了兩個小夥伴，頓時冷清不少，好在房蓮花整天嘰嘰喳喳地跟大家分享她聽來的八卦，為他們的生活增添了許多樂趣。

只是，這種平靜的局面，很快就被打破了。

這天下午，房二河才剛到家，房明玉就在門口叫嚷起來。

「二伯，我奶奶叫你去老宅！」房明玉說完，狠狠地瞪了房言一眼便走掉了。

「爹，奶奶找您做什麼啊？」房言一臉不高興地問道。

房二河笑著摸了摸房言的頭髮，輕聲道：「妳去玩吧。」說完，他就開始整理東西。

等房二河收拾好東西，坐下來歇了一會兒之後，就出門了。

房言正覺得無聊，就偷偷地跟過去。

# 第三十一章　老宅作妖

高氏看到房二河來得這麼晚，一臉不滿意，開門見山就說：「二河，娘都快使喚不動你了。你大姪子要去府城讀書，以後他考上秀才，你也能沾沾光，所以這會兒你得拿點錢出來表示表示。」

之前房峰考院試的時候，房二河已經被逼著拿錢出來過，所以這會兒並不怎麼驚訝。見房二河沒說話，高氏接著道：「我看不用太多，出個五兩銀子就行。」

房二河一聽到這個數字，頓時抬起頭來看著他娘，不可置信地問道：「五兩銀子？」上次院試時他出了一兩，這次竟然要五兩？

說實在的，以野菜館如今的收入，這個數字對房二河來說並不是問題，他訝異的是自己的娘用這種態度對他獅子大開口。

「你在縣城賺那麼多錢，五兩銀子還出不起嗎？」高氏大聲說道。

房二河皺了皺眉，看著滿臉不悅的房大河，問道：「大哥，這也是你的意思嗎？」

房大河見房二河問他話，皺了皺眉，想了一下，他開口說道：「這自然是娘的意思。不過，等你姪子有了出息，你在縣城做生意時，就不用怕別人欺負你了。」

房二河一聽這話，眼睛瞬間瞪大了。

呵呵，是啊，他當初在鎮上做生意被人趕回村這件事，老宅的人怎麼可能不知道？可是即使他們知道了，也從未伸出援手，現在見他生意做得好，他娘也越來越常叫他來老宅，不為別的，就是要他出錢。

想到這裡，房二河心寒地閉了閉眼，然後看著地上不講話。自從峰哥兒考上童生，他大哥的態度也變了。

高氏等了一會兒，見房二河沒有要答應的意思，於是生氣地說道：「我要你出五兩銀子，你聽到了沒有？」

房二河抬起頭來看著高氏說道：「娘，您是不是忘了一件事？我是分家出去的人了，為啥要拿這麼多錢回來？」

一旁的房鐵柱聽了這話，惱怒地拍了一下桌子，說道：「二河，我看你最近在縣城做生意做得腦子都糊塗了！咱們家好不容易出了一個童生，你不幫大家齊心協力供峰哥兒讀書，光耀門楣，在這裡計較什麼？」

房言跟著房二河過來，已經在門口偷聽一陣子了，這會兒她實在是忍無可忍，走進去說道：「爺爺，您這話說得不對，大堂哥是大伯的兒子，自然是大伯出錢供他讀書，我爹的錢要留給我兩個哥哥讀書。」

說完，房言看了她爹一眼，問道：「爹，您說我說得對不對？」

高氏早就看房言不順眼了，現在聽她說這些話，就對房二河怒道：「二河，你就是這樣教孩子的？大人說話哪有小孩子插嘴的分兒，讓她回家去！」

房二河握了握房言的手，面無表情地看著他娘，說道：「嗯，我知道了，娘。您跟爹要是沒有其他事情，我就回家去了。」說著，他拉著房言就要離開。

「你給我站住！」高氏大吼道：「我要你拿錢來給你姪子，你就是這麼回應我們的？你這個不忠不孝的東西，連爹娘的話都不聽了嗎?!」

房二河冷笑一聲，說道：「娘，我哪裡不忠不孝了，您說啊？是沒有逢年過節給您跟爹錢與節禮，還是在外面做了對不起您兩老，或是讓家門蒙羞的事？要是沒有的話，您可不能隨便誣賴兒子。」

房鐵柱此時又發話了，房二河一看，就知道他爹處在爆發的邊緣，他要是敢說個「不」字，他爹會動手打他。

「二河，你到底出不出這五兩銀子？」

房二河想了想，平靜地道：「喔，也不是不能出，且等我回家一趟。」

在場的人一聽到這話，全都露出放心的表情。他們就知道房二河一定會妥協的。

房言一聽她爹應了下來，立刻瞪大眼睛，一副不敢置信的樣子。她爹怎麼這麼快就妥協了，那可是五兩銀子啊！他們家的錢又不是大風颳來的，老宅這裡就像個無底洞，是填不滿的錢坑，他們肯定會越來越過分的！

想到這些，房言嚅動了一下嘴唇，想要說些什麼，好讓她爹改變主意。結果他卻捏了捏她的手，朝她使了個眼色。

房言見狀，就沒在這裡多說什麼，跟著她爹走出老宅。

出了門，房言一直在思考適當的說詞，等她反應過來的時候，才發現這不是回家的路，於是疑惑地問道：「爹，咱們這是去哪裡啊？」

房二河淡定地說道：「去找村長。」

「去找村長幹啥？」房言有些驚訝。難道她爹……

房二河笑了笑，說道：「妳平時要爹送村長禮物，這時候不就用得著他了嗎？」

想到自己要找村長的目的，房二河嘆了口氣，說道：「唉，其實爹也不想來，但是妳爺爺、奶奶做的那些事情……爹也很無奈。」

房言強忍住心裡的歡喜，點點頭。沒錯，是她建議她爹時不時送些禮給村長，沒有人會不喜歡別人主動送禮的。他們家會在這個村子裡住很久，非常有必要跟村長打好關係。

不管怎麼說，村長都是村子裡非常有威信的人，關鍵時刻他說一句話，能頂別人說十句。現在房言只期盼村長能幫他們這個忙，好擺脫老宅的糾纏。

到了村長家，房二河告訴村長事情的經過。

房明生猶豫了一下，說道：「二河，峰哥兒是咱們村裡這幾年來唯一一個童生，他年紀還輕，以後說不定能考上秀才、舉人，不知道多少人羨慕你們這一大家子呢，你這麼做的話，不是等於把他往外推？」

房二河說道：「明生叔，我爹娘對我是什麼樣子，您很清楚，我心裡也苦啊。我們家不想沾什麼光，只求他們別再來要錢就行。」

房明生看了房言一眼，說道：「二河，遠的不說，你家大閨女也快說媒了吧？有個當童生的堂哥，親事也好說一些，你要不要再考慮一下？」

這種話，房言只能假裝聽不懂，可是她心裡有些發愁，怕她爹會因此改變主意。

不過，房言的擔心是多餘的，房二河的本性執拗，自己的事一旦作了決定，就不會輕易改變。

果然，房二河毫不猶豫地說：「不用了，明生叔，我多賺點錢，我們家大妮兒跟二妮兒一樣不愁吃穿，有了嫁妝，何愁說不到人家？」

房明生該說的話都說了，既然房二河已經想清楚，他也不再相勸，畢竟這是他們一家的私事。

不過，等他一會兒跟房二河去了房鐵柱那裡，這件事就會從私事變成公事。房二河這麼做算是打了老宅那邊的臉，往後雙方勢必無法和睦相處。

房明生叫上當年看著他們簽分家契約的幾個老人，去掉已經去世跟不在家的，陣仗還是不小。

待房明生說明情況之後，一行人就結伴前往房二河的老家。

到了老宅，房鐵柱一看有這麼多人過來，心裡「咯噔」一下，有了非常不好的預感。

房明生的話一出，立刻就印證了房鐵柱的直覺。

「鐵柱哥，咱們每家孩子都很多，最怕的就是一碗水端不平。這不，二河哭著找到我那裡去了，我心裡也難受啊。這些年他過得不容易，一個人在外做生意，要養活媳婦跟四個孩子，雖說錢賺得多了點，但是開銷也大。我知道我來了，肯定會傷害跟鐵柱哥之間的情分，可要是不來，我又實在不忍，怕寒了孩子的心。所以啊，我還是來說一說。」

房鐵柱的臉青一陣、紅一陣，他盯著房二河問道：「二河，這是你的意思？」

房二河聽了他爹的話，立刻跪到地上，說道：「爹，您不是早就知道了嗎？當年分家的時候兒子是什麼意思，現在還是什麼意思。」

房鐵柱沈默了半晌，就要家裡其他人全都出去，只有房大河和房二河留下。

房言有點不放心她爹，想留下來觀看事態發展，結果房二河朝她搖搖頭，示意她先回家去。

見到滿屋子大老爺們一個個神情嚴肅的樣子，房言咬咬唇，無奈地回家去了。

等四周安靜下來，房鐵柱板起臉說道：「二河，你們家老大跟老二書讀得不好，我本來是讓你這會兒多出點錢，以後好讓你大哥跟峰哥兒感激你這個做二叔的，想不到你一點都不懂爹的好意，還麻煩村長他們。」

房言要是聽到這話，肯定會更生氣。前世峰哥兒一樣考上了童生，但是那時候老宅的人根本沒幫助他們家，她爹死了，他們也就是過來看看而已；還有，她大哥治傷的費用，還是房南跟房北兩兄弟出的，她爺爺現在說這種話，簡直就是空手套白狼！

不過關於這點，房言是有些誤會房鐵柱了。房鐵柱雖然不重視房二河，但也不希望房二河過得太糟糕，如果是一些小事，能幫的肯定會幫，前世之所以沒相助，是因為他發現那是大事！

趨利避害是人的本性，況且是老宅這些只為自己著想的人，不過房鐵柱不但不會覺得自己自私自利，還會覺得自己做得很對。所有事的出發點都要是光耀門楣，一個兒子不行了，還有另外一個兒子，保住他的長孫才是重點。

房家旺對去府城唸書要多少錢沒什麼概念，可是一聽到房鐵柱的話，就說道：「鐵柱，你這話說得可就不對了。二河雖然分了家，卻是峰哥兒的親叔叔，以後峰哥兒發達了，照應叔叔是應該的，所以二河出點錢無妨。可是你這也要得太多了吧，難道你們自己一毛錢都不出？」

被這麼一說，房鐵柱的火氣冒了上來。他平常就不喜歡房家旺，這個大不了他幾歲、輩分上卻是他叔叔的人，從小就愛欺負他，可是他不能忤逆長輩，只能忍著。

聽了他們兩個的對話，房二河向房家旺說道：「四叔公，謝謝您。」

接著，他轉頭看著他爹，說道：「爹，我們家不想沾峰哥兒的光。我已經出過錢了，不希望你們越要越多，我們家大郎跟二郎還在讀書，實在是騰不出那麼多費用，你們就放過我吧。」

房二河這話說得著實扎心，房大河臉上也有些掛不住了，他顫抖著聲音說道：「好好好，二河，沒想到你是這麼想的，這五兩銀子由我作主，你不用出了。峰哥兒的事情再也不用你幫忙，也希望你記住今天自己說的話，以後別想沾我們家的光。」

房二河冷著臉，看著他大哥說道：「好。」

房明生與幾個一同前來的人看事情告一段落，又勸慰了幾句。大家都希望他們能和和氣氣，這樣整個村子才能越來越興旺。

最後眾人要離開的時候，陳氏得到了消息，不禁看著房二河的背影諷刺道：「二叔，別忘了，你們家兩個女兒將來還要說親，希望到時候不要攀上我們峰哥兒的名聲。」

此話一出，正要離去的幾個老人不贊同地看了陳氏一眼。

房二河腳步一頓，回過頭來，一字一句地說道：「大嫂，妳放心，絕對不會的。我們家大妮兒跟二妮兒有她們的兄弟在呢，大郎考上童生之前，我們家的女兒絕不說親。」

陳氏看著幾個長輩的眼神，發覺自己太出格了。最近她過得太順遂，說起話來就沒那麼謹慎。不過，一想到自己那爭氣的童生兒子與秀才弟弟，又覺得這些人沒什麼可怕的。

「行，大弟記住自己的話就好。希望你們家大郎趕緊考上童生，可別等他妹妹二十多歲成了老姑娘，還沒考上。」房大河冷聲道。

房二河的手緊握成拳，沒再說一個字，轉身離開了老宅。

回到家之後，房二河的臉色還有些陰沈。

房言剛剛回來的時候，已經轉告王氏以及房淑靜現場的情況，她們都緊張地看著房二河，生怕從他口中說出要給老宅銀子這個決定。

房二河看著妻女皺著眉的模樣，笑了笑，對女兒們說道：「沒事，咱們不用給老宅銀子。爹又不傻，幹啥要給他們，妳們哥哥跟弟弟讀書還要錢呢。」

得到最想要的結果，王氏、房淑靜與房言終於放下心來。房言雖然稍微有點信心，卻仍不免害怕事情生變。

此時房二河感慨地說了一句：「唉，希望大郎早一點考上童生。」

「咦？爹之前不是不急嗎，怎麼現在開始在意了？」房言有些奇怪地問道。

房二河看了看房言，又瞄了房淑靜一眼，覺得有點說不出口。不過剛剛那些話是在老宅院子說的，很多人都聽見了，即使現在不說，她們姊妹倆也遲早會知道。

「爹被妳們大伯母一激，說了一句不該說的話。」

「什麼話？」房言直覺這件事情跟她和房淑靜有關。

房二河猶豫一下，說道：「妳們大伯母怕咱們攀峰哥兒的名聲，藉妳們姊妹倆說親的事情講了爹幾句。爹當時就說，在大郎考上童生之前，妳們倆是不會說親的。」

此話一出，王氏的眼淚都快流下來了，她說道：「大嫂怎麼能說這種話！咱們家說親，哪裡就沾他們家的光了？咱們又沒想過說自己家裡有童生，她糟蹋大妮兒跟二妮兒做什麼！」

房二河這會兒覺得自己離開前說的那句話太過了，於是說道：「唉，都怪我，被她一激，忍不住就說了那種話。」

房淑靜聽到關於說親的事情，臉蛋紅撲撲的，說不出一句話來。

房言對這件事倒是沒什麼感覺，大方地說道：「我覺得爹這句話說得很好啊，就該這麼回答。說不定大哥明年就考上了，而且肯定比大堂哥考得更好，看看大伯母到時還能說什麼！」

房二河道：「二妮兒，妳倒是對妳大哥有信心。」

房言驕傲地說道：「那當然了，大哥這麼聰明，沒道理考不上。爹，您明天就把這話說給大哥聽去，刺激刺激他，好讓他在書院裡奮發向上。不光是大哥，還要說給二哥聽，他們要是不好好讀書，我和姊姊可就嫁不出去了。」

房二河認真地思考了一下房言說的話，然後笑著回道：「好，爹明天就去書院說給妳兩個哥哥聽。」

王氏有些不贊同地說：「這麼做會不會影響大郎跟二郎學習啊？」

房二河答道：「應該不會，妳自己的兒子還不了解嗎？適當給他們一些壓力也好，免得現在日子過得越來越舒服，他們也不好好讀書了。」

王氏聽了房二河的話，點點頭，隨後她看著房言道：「二妮兒，這種跟親事有關的話題以後可不能隨便掛在嘴邊了。妳是個姑娘家，要懂得分寸一些。」

房言也發覺自己剛才說的話似乎有些過頭，於是乾笑著說道：「知道了，娘，以後我絕對不說。」

當天晚上，房二河送了些茶葉給白天來幫忙的幾個長輩，然後返家早早睡下了。

# 第三十二章 別有用心

隔天去縣城的時候，房二河中午抽空出去霜山書院送吃的給兩個兒子，還對他們說明昨天發生的事情，房伯玄與房仲齊一聽，臉色都變了。

房伯玄忍著怒氣說道：「爹，您放心，明年我一定會努力考上。二郎，你也是，下個月你要是還擠不進丙班，看我怎麼收拾你。」

這次月考房仲齊沒能從丁班往上升，一開始他們雖然有點失望，危機感卻還不重。如今狀況有了變化，不只是房伯玄，房仲齊也得打起一百二十分的精神認真學習才行。

房仲齊捏了捏手中的包子，說道：「大哥，你放心，我絕對會往上爬。」

看到兩個兒子眼中散發的決心，房二河心頭不禁一陣發熱。沒錯，就像小女兒說的那樣，他們一定能考上。

等房二河離開之後，房伯玄跟房仲齊午休了一會兒，就悄悄起身要去教室看書。當他們路過乙班的時候，才發現有個同窗竟然已經在學習了，走近一看，這人不是別人，正是孫博。

霜山書院甲、乙、丙、丁班的排列方式是甲班與乙班相鄰，丙班與丁班相鄰，但是隔著一個庭院相望。若要從午休的地方走到丁班，必須經過甲班跟乙班，這種安排具備激勵的作用，希望讓排名較後的學生看看成績較好的學生是怎麼學習的？

孫博聽到腳步聲，嘴裡一邊喃喃背著書，一邊下意識地抬起頭，看到房伯玄與房仲齊，他點點頭，然後就繼續背書。

房伯玄對孫博這種學習精神感到震撼。孫博的家境很好，在整個縣城可說是數一數二的大戶人家，可是擁有如此強大背景的他，竟然比一般人更加勤於學習，著實讓他汗顏。

到了甲班，房伯玄看見教室裡也已經有兩個同窗了，於是就在教室外面對房仲齊說道：「二郎，看到了嗎？這就是為什麼孫少爺馬上就升到乙班的原因，聽說他這次月考的目標，是進入甲班。他原本跟你一樣都在丁班，可是現在他卻領先你這麼多。二郎，你的腦子不笨，為什麼就沒有他考得好呢？說到底還是不夠努力罷了。」

看到自己的弟弟垂頭喪氣的模樣，房伯玄並未打住，而是繼續說道：「你剛才也聽到爹說的話了。咱們要是考不上童生，別說外面的人，就連老宅那邊都要過來踩上一腳。之前老宅的人雖然不喜歡咱們家，但沒做什麼過分的事，可是自從大堂哥考上童生，他們的態度就完全不同了。二郎，你想過這是為什麼嗎？對，就是因為權力。能夠掌權就有力量，別人就不敢欺負你，反而要巴結你、聽你的話。沒有權力，就像手無寸鐵的人；如果沒權力卻有錢，那就是砧板上的肥肉，只能任人宰割。」

聽到這裡，房仲齊眼眶泛紅，害怕地說：「大哥，如今咱們家就是這種情況嗎？」

房伯玄的視線彷彿穿透了牆壁，看進隔壁的乙班，他說道：「是，也不是，至少如今咱們還有孫家能仰仗。有他們在，其他人不敢太過分。」

聽完房伯玄的分析，房仲齊難受得不得了。因為他不中用，才讓家人受委屈。如今他似乎一瞬間長大，想通了很多事，也明白自己讀書的真正目的。他身上背負的不僅是自己的前程，還有一家人的安危。

沈默了半晌，房仲齊說道：「大哥，我知道了，這會兒我想一個人靜靜。」

房伯玄了然地點點頭。

從這天開始，房仲齊更加努力讀書了。背書、翻譯文章原本就是他的強項，他奮力學得更扎實；最討厭的分析、撰寫文章，他拜託房伯玄一遍一遍講解，然後再練習。

在學習方面，房伯玄自然對房仲齊有求必應，不管他問什麼問題，他都耐著性子解說。隨著時間過去，房仲齊也有了不小的進步。

五兩銀子的事情鬧得很大，房言以為她奶奶還會找她爹過去說教，沒想到幾天過去了，依然風平浪靜。

沒有煩惱的日子最舒服了，這麼熱的天，每天聽著小夥伴們的歡聲笑語，著實是一種樂趣，如果再來一塊雪糕或一盒霜淇淋就更好了。只可惜，雖然房言很愛看購物頻道跟網站，也愛動手做一些工具，但是她讀的不是理工科系或烹飪學校，沒辦法在這裡做出那些東西。不過，要是能把涼茶換成冰鎮果汁也好，香甜沁涼，喝起來多痛快啊。

想到這裡，房言怔住了。為什麼不可以？她當然能弄一些果汁來喝！

既然這裡沒有電，那就要做用手操作的器具了。她之前在網站上看過手動榨汁機，但是她並不清楚確切的製作方法，看來最近要好好想一想才行。

還沒等到房言想出手動榨汁機該怎麼做，轉眼間就到了月底。

這天是房伯玄與房仲齊回家的日子。照道理，房二河跟王氏也會為了等兒子們離開書院回來得晚一些，沒想到他們一行人跟平常差不多一樣時間就到家了。

房言疑惑地問道：「爹、娘，你們怎麼沒等哥哥們啊？」

房二河笑道：「全忠今天中午跟爹說了，他們要跟孫少爺一起過來，趕緊幫忙妳娘收拾一下家裡，孫少爺要來咱們家住幾天。」

房言沒想到她哥哥們跟孫博的關係這麼好，一聽到這話，趕緊跟房淑靜兩個整理起來。院子裡已經很乾淨了，但還是不夠，一些雞和豬吃的雜糧要收好，屋裡的擺設也要再調整一下。

太陽快要下山的時候，房伯玄一行人坐著馬車來了。

孫博走下馬車，看著近處的樹木與遠處的青山沐浴在夕陽餘暉中，內心感到無比舒暢。這個地方彷彿不受世俗干擾，怪不得能養出房伯玄這麼有靈氣的人。

「懋之兄，請。」房伯玄領著孫博進家門。

按照古人的習俗，男子一般在行冠禮之後才會取字，但霜山書院有個規矩，凡是進書院讀書，都會由夫子取字，學生之間也以字稱呼，「懋之」就是孫博的字。

房二河早就站在門口等著了，這會兒帶著全忠去放置馬車，再餵草給馬兒吃。

王氏正在準備晚飯，房言跟房淑靜在旁邊幫忙。這會兒見孫博來了，她們就從廚房出來跟他打聲招呼。

等做好了晚飯，王氏、房淑靜跟房言就去西屋用餐，房二河他們則在堂屋吃。

雖然在書院上了一天課，還在馬車上顛簸了一些時候，但是三個急著在科舉上有所成就的人並未因此耽擱時間，吃完飯在院子裡散步消了一會兒食，他們就去東屋學習了。

家裡有錢之後，房言就建議房二河買最好的油燈與蠟燭給哥哥們，還說要多點一些，才能讓整個房間亮到適合看書。這個時候可是沒有眼鏡的，萬一近視，那可就麻煩了。

孫博進書房之後，發現房伯玄與房仲齊兩個人點了很多蠟燭和油燈，著實感到驚訝。等到全部點好之後，這個房間簡直亮如白晝。

即使是他晚上在家唸書，也從未點過那麼多油燈。只要能看清楚書上的字就好了，點這麼多難道不……浪費嗎？

孫博這麼一想，就問了出來。

房伯玄聽了之後淡淡一笑，說道：「懋之兄說得對，只是我家小妹不知從哪本書上看到，說是有人每晚都在很暗的房間裡讀書，久而久之就發現有些看不清遠處的東西了。小妹怕我們兄弟二人得了眼疾，所以非要點上這麼多油燈跟蠟燭。」

孫博點點頭道：「我也讀過類似的故事，只是沒當一回事罷了，沒想到言姊兒看書這般仔細，還能想到這麼多事情。我晚上讀書的時候也常感覺到眼睛酸澀、視物不清，竟然沒想到這上面來，看來真是枉讀那麼多書了。」

房伯玄回道：「懋之兄謙虛了，咱們家只有這麼些書，眼界有限，但是懋之兄平時講的奇聞軼事，許多我都不曾聽過，也未曾在書上看過，甚是讓人佩服。」

孫博笑道：「我不過是多讀一些雜書罷了，若說到科舉考試，那就不行了。對了，如果言姊兒對這些書有興趣的話，我可以借她幾本讀一讀。」

房仲齊一聽就說道：「那真是太好了，她就喜歡看些奇奇怪怪的故事。」

房伯玄看了房仲齊一眼，又看向孫博，說道：「懋之兄客氣了。」

「修竹兄，你就別推辭了。咱們一起做生意不說，還在同一間書院讀書，說是親如兄弟也不過分。我回家就去找幾本書，要全忠送到店鋪去。」

最近孫博從房伯玄身上學到很多東西，很多不太理解的知識經過房伯玄一點撥，茅塞頓開，因此他們之間的關係越來越好。

房伯玄見推託不過，便說道：「那我就在這裡替小妹謝過你了。」

隔天早上起來，孫博跟著房伯玄與房仲齊一起讀書，等到書讀累了，房伯玄就跟孫博提議，去村子裡逛一逛。孫博從沒來過這裡，昨天來的時候天色有些晚，又坐在馬車上，沒看清楚周遭的環境，這會兒自然非常樂意去看看。

房仲齊覺得他大哥有點怪，可要讓他說哪裡怪，他又說不太上來。總之，他認為他大哥不像是那種會提議客人在村子裡閒晃的人，去山上瞧瞧還差不多，那裡人少，空氣更好。

他們要出門的時候，房仲齊不想跟著去，選擇去外面的院子找房言跟幾個同輩族親。

房伯玄帶著孫博去村子裡走了一圈，看到相熟的長輩就打招呼，別人要是問起孫博的身分，房伯玄就說是書院裡的同窗。

一趟走下來，孫博對房家村有了一些認識，他覺得大夥兒都非常熱情，可是卻像看到什麼罕見物品似地盯著他瞧，讓他有些不自在。

孫博下午就離開了房家村，第二天，房伯玄跟房仲齊也回去書院。

房伯玄離開幾天後，房言與小夥伴們一起乘涼時，房蓮花突然說道：「言姊兒，村裡的人如今可羨慕你們家了，說你們家在縣城遇到了貴人。」

「為啥啊？」房淑靜不解地問道。

房蓮花道：「前幾天你們家不是來了個少爺嘛，見過那個少爺的人，都說他家裡有錢。」

聽到她這麼說，房言驚訝地問道：「很多人見過他嗎？」

房蓮花點點頭道：「對啊，那天妳大哥帶著他去村子裡晃了一大圈，他逢人就介紹他來著，大家自然就都知道了。」

這會兒房言徹徹底底呆住了。她以為那天他們只是去附近走走而已，應該見不到什麼人才對，況且她大哥不是一向很低調嗎，怎麼這般招搖？還有，當時她就覺得奇怪，不曉得孫博怎麼會突然來她家，可是她卻一時忘了問哥哥們。

聽了房蓮花的話，房言思考了一會兒，忽然有些明白她大哥的用意。等到這天下午，她的想法就被印證了。

房二河正在幫房言試做之前她提起的手動榨汁機，突然間聽到腳步聲，他跟房言抬頭一看，竟然是房大河。

「大哥怎麼過來了？」房二河說道。雖然之前因為五兩銀子的事吵過一架，但畢竟是親兄弟，不至於老死不相往來。

房大河有些不自在地說：「也沒什麼事，就是過來看看。」

「喔。」房二河應了一聲後，低下頭調整房言要求他做的機器。

房言見狀也不多表示，叫了房大河一聲「大伯」之後，就繼續跟她爹研究零件的位置。

房大河見這對父女不理他，弟媳婦也沒出來跟他打招呼，一顆心漸漸變冷。

弟弟這般不搭理他，也就是小時候才會出現的情形，長大後就很少了。如今他兒子考上童生，他在村裡更是走路都有風，根本不會有人冷遇他。

房大河覺得再待下去沒什麼意思，便說道：「二河，先前那件事你別放在心上，特別是你大嫂最後說的那幾句話。她就是隨便講講，姪女們該怎麼說親就怎麼說親，哪有沾不沾誰光的事情。」

房言聽到這番話，停下手中的動作，目光變得犀利。她猜得沒錯，她大哥是多麼驕傲的一個人，怎麼會容許別人作踐自己的妹妹呢？為了向村人表示他們家有靠山，她大哥用一種不傷害人的方式利用了孫博。

房二河見他大哥提起之前的事，皺了皺眉，說道：「大哥，別再提這些了。還有，我說話算話，你們放心好了，大郎沒考上童生之前，我們家大妮兒跟二妮兒絕對不會說親。」

房大河不是很高興地說道：「二河，你認識了更厲害的人，就不把大哥當一回事，也不把你姪子這個童生放在眼裡了？」
房二河不明所以道：「什麼更厲害的人？大哥你究竟在說什麼，不會又是來找我要錢的吧？」
見房二河態度不佳，房大河有些惱怒地說：「二河，你這是還在生大哥的氣？」
此時房二河不知道在想些什麼，他把手裡的東西往地上一放，說道：「大哥，我難道不應該生氣嗎？你自己想想，你以前的所作所為，像是個大哥嗎？小時候，三弟天天欺負我，你從未伸出援手，就連我提出分家，你也想動我那份家產。你別以為我不知道，我只是不想說罷了，要不是你們上次太過分，我也不至於這麼做。誰都希望家宅安寧，但我夠忍讓了，大哥別再說這種話，我不愛聽。」
過去房二河跟房大河之間的關係還行，是因為他雖然沒阻止房三河欺負自己，卻不是加害者；他想動屬於自己的那份家產，最後也沒成功。尤其成年之後，房大河跟他都成熟許多，所以他心中的怨氣漸漸緩和，不過房峰一考上童生，問題就來了。
房言看著瘋狂宣洩情緒的房二河，覺得她爹真是太帥了！
聽到房二河提起這些事，房大河有些心虛地說：「那些事情都是爹跟娘……」
房二河厲聲說道：「是不是爹跟娘的意思，你心裡清楚！不管怎麼說，他們都是生我、養我的人。大哥，你再做這種事，就別怪我不認你了。」
說完，房二河就進堂屋去了。
看到房大河臉色慘白，房言努力不讓嘴角往上翹，馬上跟在房二河後頭離開。天啊，真是太爽了！

透過窗戶看著房大河離開的背影，房言轉頭看向正在喝白開水的房二河，轉了轉眼珠子道：「爹，榨汁機還做不做？」

房二河狠狠地灌了一口水之後，說道：「做！」

# 第三十三章　推銷果汁

好一段時間，房言都在想手動榨汁機的問題。剛開始她受到現代思維影響，想用塑膠之類的材料來做，後來驚覺現在並沒有塑膠，還一度打算放棄。直到有一天，她看到房二河在做木製品，這時候才想到可以用木頭做。

房言以前在網站上看到的手動榨汁機，上面好像有個類似漏斗的塑膠盆，可以直接把水果放進去，機體中間有鐵片做成的螺旋桿，抓著手把旋轉一下，果汁就出來了。這東西的原理有點像削鉛筆機，但是她有點忘了具體的構造是怎麼樣的。想到可以改用木頭做，她就直接去找房二河了。

聽房言解釋幾次之後，房二河終於明白她的意思。這個機器有一個像漏斗的地方、一根螺旋桿、一根手把，還有兩個出口。把水果放進漏斗，然後轉動手把，最後其中一個出口會流出果汁，另一個出口則是跑出榨乾汁的果肉殘渣。

房二河著實佩服小女兒的腦袋瓜，他聽說有些大戶人家想喝果汁的時候，都是要僕人用紗布包著果肉，再用手捏或是用工具擠壓出果汁，很是麻煩。如果真的能做出像小女兒說的那種機器，豈不是很省力？

他們父女走出堂屋，繼續研究這個機器。

鐵製的螺旋桿已經做好了，還需要一根結實的把手。考慮到有些水果比較硬，不管是螺旋桿還是把手，房言覺得都用鐵來製作比較好，但是目前把手就先做成木頭的試試看。此外，還要做一個漏斗，再做個圓筒圍住整個螺旋桿。

後面兩樣東西比較簡單，房二河說今天吃晚飯之前就能做好。因為只是試驗品，所以並不講究木頭的材質，木材本身也沒仔細處理過。若真的能成功，肯定要用一些不容易腐蝕的好木材，還要打磨乾淨。

經過幾天，實驗了數次之後，簡易版手動榨汁機終於能擠出果汁了。

房二河和房言兩個人都開心得不得了。忙了這麼久，終於有一點成效了！雖然這個東西不太結實，但是已經有了個樣子。

接下來，房二河去打鐵鋪幫房言訂做了幾個零件，又拿出之前在鎮上做生意時剩下的一塊好木材，仔仔細細地打磨，準備正式做手動榨汁機。

又過了幾天，房言的手動榨汁機真正成形了。這次他們沒有使用釘子，而是在各個部位交接處的木材上，鑿出榫頭與榫孔，最後嵌在一起。

房言看著嶄新的榨汁機，興奮的心情難以言喻。有了這個機器，只要想榨果汁，隨時能拿出來用。

王氏看到她喜孜孜的模樣，笑道：「花了這麼多銀子，就是做出這麼一個東西啊。妳爹還跟我說要多做幾個拿出去賣，我看這東西別說是縣城，就是府城都沒多少人會買，成本實在太高了些，不賣個三兩銀子怎麼成。」

房二河聽了王氏的話，無奈地笑了笑。的確，加上作廢的木料、鐵片，真的得花三兩銀子才行，這還沒算上工錢呢。

房淑靜卻疑惑地問道：「可是娘，小妹明明說這個要拿來賺錢啊？」

這幾天早上他們幾個在上課的時候，房言常說她要用這個奇怪的東西賺錢去。

房二河與王氏同時看向房言，房言點點頭，說道：「做這個當然是為了賺錢，不然我研究這麼久幹啥？」

「這東西……能賣出去嗎？」王氏猶豫地說道。

房言得意地回道：「娘，您還記得這個東西要用來做什麼嗎？當然是要去賣果汁啊！」

「賣果汁？」王氏還是第一次聽到有人賣這種東西。

房二河看著房言認真的樣子，終於明白她最近對這個東西的執著了。他想了想，問道：「那妳準備怎麼賣呢？」

房言說道：「根據水果的價格來賣。我早就想好了，現在西瓜當令，出水最多，比較好榨，所以會便宜一些，就賣三文錢一碗；梨子如今也便宜，只是不如西瓜出的水多，四文錢一碗；桃子出的水太少了，五文錢一碗。」

以榨出同樣分量的果汁為標準的話，好榨一點的水果用的量比較少，自然賣得比較便宜；反之，賣得比較貴。

房二河聽了之後算了算，說道：「二妮兒，水果的價格本來就稍微貴一些，這可不像包子或饅頭一樣，人人都吃得起，要是這樣賣，只怕賺不了多少錢。妳想想，西瓜連皮賣，一斤就一文錢，之前爹跟妳試過，西瓜去掉皮，差不多要十一兩的果肉才能出一小升西瓜汁，梨子跟桃子就更不用說了。」

目前這個時代的容積分為斛、斗、升、合、龠，其中升還分為大升跟小升，大升相當於現代的六百毫升，小升則是兩百毫升，房言的一碗是一小升。目前生產出來的西瓜不像現代改良過，果皮大約超過五分之一，也就是說，將近一斤的西瓜才有零點七斤的果肉，算上材料費與人工費，榨汁來賣其實不怎麼划算。

房言笑道：「爹，咱們村裡和鎮上的人不怎麼吃水果，不代表縣城的人不吃啊。現在咱們家的生意比在鎮上翻了好幾倍，爹就先讓我試試，不行的話，咱們賣機器去。」

想到野菜館如今的盛況就是由房言的建議而起，房二河點點頭說道：「好，妳心裡有數就行。」

「那當然了，我還指望用它來賺大錢呢。」房言珍惜地摸著這臺榨汁機，一臉期待。

王氏見狀說道：「娘也不指望妳賺大錢，先把這個東西的本錢賺回來再說吧。」

房言挑了挑眉。「娘，我肯定不出十天就能賺回來了。」

房二河驕傲地說道：「我閨女真有志氣。」

王氏見他們父女倆信心十足的模樣，調侃著：「行行行，娘就看妳如何用這個東西在十天內賺回本錢。」

過了一會兒，房言清洗好榨汁機，然後拿出自己預先準備的西瓜。

房言把榨好的西瓜汁端給房二河、王氏與房淑靜，他們喝了之後都讚不絕口。

王氏感慨道：「以前只聽人說過水果可以直接喝汁，現在自己竟然也喝得到，日子真是越過越好了。」

房言心想，這還是沒經過靈泉滋潤的水果，如果吸收過靈泉，會更好喝。只可惜今年來不及了，明年要是在灑過靈泉的土地上種果樹的話，效果一定很好……不對，既然靈泉的效用這麼明顯，他們要不要抓緊時間去果園買一些開始結果的果樹呢？明年春天買樹苗跟果苗回來種，不知道何時才能結果子，那還不如買已經長了幾年的果樹。既然這樣，乾脆現在就買！有靈泉的加持，到了明年夏天，就能結出有神奇效果的果子啦！

房言原本打算跟她爹說這個想法，不過想到她跟房淑靜之前抽空弄的「那塊地」還沒驗收成果，就決定等過一陣子果汁賣得好了，再提出這件事。

準備好賣果汁的前一天，房淑靜對房言說出內心的疑問：「姊姊覺得果汁很好喝，可以賺錢，只是咱們爹娘跟堂嬸們都這麼忙，誰要去賣呢？」

房言回道：「當然是我去賣啊。」

明天她要去縣城賺錢了，至於現在這些學生……嗯，這個光榮而又艱鉅的任務，就交給她不怎麼愛看書的姊姊好了。她可以去做生意，她姊姊能多讀點書，真可謂一箭雙鵰。

房淑靜問道：「那妳不教我們讀書了？」

房言看著房淑靜，賊笑道：「不是還有姊姊在嗎？妳學了這麼久，肯定能教大家。這些姊妹跟弟弟可是交給姊姊了，妳可不能再偷懶不讀書啦。」

聽到房言說的話，房淑靜緊張道：「二妮兒，這麼重要的事情怎麼能交給姊姊呢？姊姊什麼都不會啊。」

「怎麼不會，姊姊唸書的時間比我長，肯定比我學得好，就這麼說定了。」

「可是……」

「姊姊，別可是了。爹娘跟堂嬸們都太忙了，只有我們倆有空，那個機器是我研究出來的，要是不跟著去，我不太放心。不過呢，那些孩子不能沒人教，況且現在家裡的雞跟豬還有菜地都非常寶貴，所以不能沒人在家。」

聽到房言說的這一串話，房淑靜也明白事情的重要性，她無奈地說：「好吧，姊姊試試看，要是教不了的話，等妳下午回來再說。」

商量好之後，房言要房淑靜一起出去找東西，就是蘆葦。

果汁即將開賣，她要讓大家試喝，端著碗，你一口、我一口的很不衛生，還是找個像吸管的物品比較好。

類似吸管的東西，就是蘆葦的莖。雖然蘆葦的莖容易壞，但是竹子實在太粗，房言覺得這是最好的替代品。

房言與房淑靜抱著一大堆蘆葦回來，兩個人隨即動手將蘆葦的莖剪得平平整整，剪完之後又用開水燙一下，然後開始晾曬。

第二天一早，房言就坐上馬車跟著去縣城了。要她說啊，最好是辰正或巳時再來，那時氣溫逐漸上升，街道上的人也多了起來。可是，到時她就得一個人來縣城，她爹娘不會同意的。

現在是所謂的三伏天，不說辰正，這會兒就已經熱得不得了，王氏燒了一陣子鍋後，更是熱得汗流浹背。房言心疼之下想去幫忙，可是王氏堅決不同意。

房言不能燒鍋，就幫忙做些其他事情。看著王氏辛苦的樣子，她心想，還是找個人來燒火吧，其他季節就算了，夏天實在折磨人。

等忙過早飯那段時間，王氏與房二河他們，開始陸陸續續在後面的廚房吃飯。

吃過飯，房言就跟著房二河去水果攤，買了五十斤西瓜、三十斤梨子、二十斤桃子。因為東西太多，賣水果的人就用板車替他們送來。

回到店鋪，房言見現在不是很忙，就請她娘與堂嬸們幫她弄掉這些水果的皮，梨子跟桃子還要去核，其中一部分水果切成塊。梨子跟桃子的皮與果核占不了多少重量，能運用的果肉多，榨成汁的量也好抓。

接下來，她指揮阿祥幫她搬東西到店門外，包括一張桌子、一塊木板跟兩根棍子。房言昨天就用毛筆在板子上寫下「冰鎮果汁」四個字，她把棍子擺成「人」字形，請阿祥把木板釘在兩根棍子上，再把棍子靠著桌腿綁好。這張桌子不是吃飯用的，而是房言在後廂房找到的長窄桌。

桌上放了手動榨汁機、一些切好備用的水果、幾個碗、幾張紗布，跟放在冰桶裡冰鎮的糖水，桌子下面則擺著用木盆裝好、還沒切的水果。為了讓現場看來整齊一些，桌子前面綁了一塊布，遮住下面的雜物。

這會兒店裡不忙，房言讓阿祥站在旁邊待機，自己則搬來一把椅子，往上面一踩。

看著街上來來往往的人，房言看了忠厚的阿祥一眼，心想，這要是全忠就好了。再看看她爹老神在在站在門口的模樣，真是……嘆了口氣之後，房言自己喊了起來。

「大家瞧一瞧、看一看，野菜館新推出的冰鎮果汁。現做現賣，不好喝不要錢！」

野菜館已經在縣城開了一陣子，很多人都對他們家比較熟悉了，這會兒看見店門口擺著一張桌子，又看到房二河站在門口，於是就有人走過來瞧了瞧。

「現做的果汁？什麼東西啊？」

房言口齒伶俐地解釋道：「大嬸，現做的果汁，就是拿新鮮的水果榨出來的汁。您要不要來一碗，保證好喝。」

「這樣啊，那多少錢一碗？」

「三文錢一碗。」

「這麼貴！算了，不買了。」

房言仍舊笑咪咪的，不在意地道：「不買也沒關係，我介紹一下，不是咱們賣得貴，是因為自己擠壓水果的話，出來的汁有限。但是咱們這邊有專門的機器能榨汁，保證比你們在家裡擠出來的汁多，手也不用一直接觸水果，喝得乾淨又衛生。」

因為房言的聲音很大，許多人都靠過來湊熱鬧。

一看人越來越多，房言越說越起勁。「還有沒有人想來看一看？今天我就讓大家瞧瞧我們家是怎麼做果汁的，你們絕對沒見過這麼神奇的東西。」

眾人一聽，都圍過來，房言注視著路上那些好奇地看向這邊的人，又喊了幾句：「大家快來瞧一瞧、看一看，現做的果汁，不甜不要錢！」

「唉呀，小姑娘，妳快點做，我等不及了。」剛剛第一個過來的大嬸催促道。

房二河看著小女兒遊刃有餘的樣子，內心非常驕傲。不過他沒敢掉以輕心，一直站在旁邊盯著周圍，怕這麼多人會讓場面失控。

「大嬸別急，馬上就開始。」

雖然房言剛剛已經教過阿祥了，但因為是第一次向大家展示，她還是有些不放心，準備自己操作。

房言拿來一個乾淨的白瓷碗，準備裝果汁。用木碗的話，配上果汁不夠好看，玻璃杯其實最好，可惜目前並未發現這種東西。

一開始房言沒往碗裡舀一些冰鎮過的糖水，而是直接把乾淨的碗放在榨汁機下面。放好之後，又在上面疊了一層紗布。

做好準備工作，房言看著圍觀的人群，說道：「都別擠，我們會一直在這裡賣下去的，有的是機會看。我馬上就要使用這種神奇的機器了，大家看好嘍。」

說完，房言把已經削掉皮的切塊西瓜放入上面的漏斗中，接著一隻手拿木勺往下壓，另一隻手則開始轉動把手。

站在前面的人見到果汁從那奇形怪狀的機器裡面跑出來，不一會兒就有了小半碗。他們看著這一幕，都驚訝地瞪大眼睛。

這也太神奇了，放進去時還是一塊塊西瓜，出來就是一滴滴的果汁了。

等到房言揭開紗布時，白色的瓷碗裡面裝著紅紅的西瓜汁，對眾人的視覺造成很大的衝擊。

大家不約而同地倒吸一口涼氣，後頭沒能瞧見的人聽到了，就更加使勁往前擠。

「看完的趕緊走，讓我也瞧瞧。」

「唉呀，別踩我的鞋，我也沒看到呢！」

看到大夥兒的反應，房言笑得眼睛都瞇起來，彷彿看見一個個銅錢正朝她飛來。

「大家冷靜一點，今天不光看，還會讓人嚐一嚐。見者有份，都別擠。」說罷，房言向阿祥使了個眼色，他趕緊上前去維護秩序。

房言拿出幾根吸管，說道：「這是沒有添加任何東西、純正的西瓜汁，想必大部分人剛才都看到了。說實話，西瓜榨成汁，不如直接吃西瓜來得好，但是我們家有獨門秘方，榨出來的西瓜汁保證好喝。現在我先讓大家嚐嚐普通的西瓜汁。」

房言讓前排的幾個人拿著短短的蘆葦莖嚐了一下。

「嚐了之後有什麼感覺？」房言問道。

那位大嬸皺了皺眉，說道：「有點青青的感覺，說不上來，像西瓜的味道，又不太像。」

「我覺得怪好喝的，我就不喜歡喝甜的東西，這個味道正好。你們這裡這不是有賣包子嗎？給我來一碗不添加東西的西瓜汁。我早上沒吃，這會兒正好餓了，我坐裡面吃個包子等妳榨汁。」

說罷，這個二十多歲的年輕人扔下三個銅錢就走進野菜館。

# 第三十四章　銷售高手

房言愣愣地看著那個人的動作，內心激動萬分。

這人也太直率可愛了吧，真是幫了她一個大忙！

後面的人一見此人的反應，更加迫切地想要喝喝看。

「大家別慌，接下來，我要添加獨門秘方了，加進去之後，保證跟直接吃西瓜的味道一樣，清甜又爽口。」

說完，房言就往裡面加了一勺冰涼的糖水，讓剛才嚐過的幾個人試了試。

「比之前的好喝多了，甜甜涼涼的，很清爽，大熱天喝起來正好。」

「給我來一碗加過糖水的，外面的人太多了，我也坐裡面等去。」那個人說著，就放下銅錢去店裡了。

「給我來兩碗加過糖水的。」放下錢之後，發話的人就擠出人群，帶著站在圍觀群眾旁的媳婦與孩子進了野菜館。

房二河站在門口，一一領著這些人進去。

看到人越來越多，房言便說道：「大家排好隊，一個一個來。不管買不買，今天都讓你們喝上一口。」

等著等著，幾個大人排在後面汗流浹背的，一個不耐煩就想走了。他們正要抬腳離開的時候，有些小孩子不願意走，放聲哭了起來。

房言見狀心生一計，說道：「多吃水果有利身體健康，可是呢，有些孩子不喜歡吃水果，該怎麼辦？這個簡單，咱們可以每天喝一碗果汁，解暑消渴又對身體好。我看到了，有些小孩子非常想嚐一嚐，這樣吧，大人排在那邊，小孩子排在我這邊。」

很多小孩子一聽到這話，紛紛往房言這邊跑，還有大人領著小孩子過來的。

房言讓幾個孩子喝了一口，然後問道：「告訴姊姊，好不好喝啊？」

「好喝！」孩子們異口同聲答道。

有些孩子的爹娘比較積極，一聽說好喝，就為孩子買了一碗；還有爹娘覺得這東西太涼了，不適合小孩子喝。可是小孩子哪裡管這些，鬧著非要喝不可，所以房言耳邊時不時傳來小孩子的哭聲，弄得她有些頭疼。

等到群眾散得差不多的時候，房言已經賣出十幾碗西瓜汁了。過了一會兒，終於有人要點桃子汁，房言便說出一碗要價五文錢。

「不打緊，妳做就好了，小爺我有的是錢，我就是想看看你們怎麼做桃子汁？西瓜的汁多，家裡的僕人一會兒就能擠出一碗，但是桃子呢？我們家的僕人不知道浪費了多少桃子，才擠出一小碗。」

房言看著眼前這個人的穿著打扮，再聽他說話的語氣，知道是個有錢的客人，得罪不起，因此她立刻說道：「阿祥，你洗一下機器，我們來做桃子汁。」

有些人本來已經打算走了，一聽到要做桃子汁，又留了下來。他們知道西瓜本身汁就多，但是桃子汁那麼少，怎麼做成一碗呢？

這次房言讓阿祥動手榨汁，他們看著阿祥兩三下就做出桃子汁，紛紛發出驚呼，大家都目不轉睛地盯著這個神奇的榨汁機。

房言又陸陸續續往裡面放了一些桃子，果汁很快就榨出來了。

等到榨出的量差不多之後，房言掀開上面那層紗布，然後往裡面加了一勺冰涼的糖水，接著就把這碗新鮮的桃子汁遞給點單的人。

「這位少爺，咱們家的野菜館裡面還有空位，您可以進去坐著喝。」房言說道。

那個人點點頭，隨即走進店鋪。

到了吃午飯的時間，天氣越來越熱，房言的冰鎮果汁也賣得越來越好。不過因為去野菜館用餐的人變多，阿祥得去裡面幫忙，房言這邊只剩她一個人了。

她覺得這樣不是個辦法，得特地找個人來賣果汁才行。

野菜館快關門的時候，房言的果汁攤上還時不時會來一些人。房言把收拾工作交給阿祥，就跟著房二河他們一起離開了。

一回到家，房言就算了算自己一共賣出多少東西、賺了多少錢。

西瓜汁五十六碗、梨子汁三十碗、桃子汁十三碗，加在一起才三百多文錢，去掉材料的成本，才賺了兩百多文錢。要是加上客人們的賞錢，就有三、四百文錢了，可惜賞錢不會每天都有。

不行，還是賣得太少了，十天賺不了三兩銀子，她都誇下了海口……房言心想，那些冰鎮過的糖水裡面有稀釋過的靈泉，價格賣這麼低，實在太不划算！

有什麼方法能賺更多錢呢？打廣告、推銷，再漲價！

嗯……開業前三天就算了，先賣便宜一點；還有，她需要找一個幫手。

買個丫鬟是最好的，但是像他們這樣的人家，一出手就買丫鬟，好像不太現實，就連她再次提出要買個燒火丫頭的建議，她娘都沒同意。

既然如此，就只能利用身邊的資源了！

房淑靜不行，那些雞跟豬太重要了；房荷花不行，性格不適合；房青不行，年紀小，又內向；房樹？那更不行，實在太會搗蛋。排除這些人選之後，只剩下房蓮花了。

看到在院子裡閒晃、還沒回家去的房蓮花，房言把她叫過來，說道：「我有個八文錢的大買賣，妳要不要做？」

聽到這句話，房蓮花眼前一亮，問道：「言姊兒，妳今天是不是用那個怪怪的機器賺大錢了啊？」

房言點點頭說道：「是啊，的確是賺了一點，但不是大錢。我看咱們關係好，既然我發了財，就想帶帶妳，每天八文錢，要不要？」

房蓮花興奮地道：「要，當然要！免費去做都行，我早就想去縣城看看了。唉呀，我是不是能坐一坐妳家的馬車？明天我要穿什麼才好呢？這可是我第一次出遠門啊！」

看到房蓮花激動的模樣，房言頓時有些無語。她說道：「咱們是要去幹活，穿普通的衣服就好。對了，妳可千萬不要告訴別人我每天給妳八文錢，聽到了沒有？要是我發現村裡有傳言，妳就完蛋了，別想讓我帶妳去縣城玩。」

房蓮花糾結了好半晌才說道：「唉，好，我絕對不說。」

為了能去縣城，為了能坐馬車，她忍了！

等到晚上房二河報告過這一天的情況之後，他就要房言說說今天果汁的銷售狀況。一聽到房言這一天的純利潤有兩百多文錢，大家都驚訝得不得了。

房二河稱讚道：「咱們家二妮兒果然有經商之才，做什麼都賺錢。」

王氏感慨道：「妳這小腦袋瓜真不得了，怎麼想得出這麼厲害的東西呢？」

房淑靜也佩服地看著房言說：「我家小妹就是厲害，隨便都能賺錢。」

房言正因為覺得賺的錢太少而感到鬱悶，一聽到大家的表揚，一點都開心不起來，只道：「唉，怎麼想出來的，當然是因為我自己想喝啊。這點錢算啥，比起爹娘賺的，還是太少了。」

後世的飲料店開得遍地都是，各家還能賺不少錢，到了她這裡，明明是獨一份的，怎麼就賺得這麼少？

房二河說道：「二妮兒，這才剛開始做，能賺這麼多錢已經很好了，妳沒見到很多人嘗試做生意，都是失敗收場嗎？目前妳這門生意獨一無二，別人就算想跟著做，只要沒咱們家這種機器，成本就會提高很多，他們做不來的。」

是啊，若是這種生意，現在確實沒人威脅得了她。且不說機器只有這一臺，就算這東西被人模仿了，也沒什麼大不了的，因為還有靈泉這個神秘配方。

沒錯，這是她的優勢。

房言聽了她爹的話，點點頭說：「爹說得對，不過我想要漲價。就像您昨天說的，這樣真的賺不了多少錢。」

「那妳打算怎麼做？漲多少？怎麼漲？」房二河問道。

房言回道：「跟咱們家野菜館的做法一樣，前三天先不漲，第四天再漲。對了，爹，我跟蓮花說好了，讓她去幫我的忙，我給她八文錢的工資。」

房淑靜第一個不同意，她皺著眉說道：「二妞兒，姊姊去就好了啊，請人還要花錢。」

王氏也道：「二妞兒，讓娘跟堂嬸們幫忙也行啊。」

房言聽了她倆的話，搖搖頭，看了她爹一眼，說道：「這不一樣。首先，娘得留在廚房做事。咱們家最重要的進項是野菜館，這門生意不能打亂腳步，所以娘不適合。其次，咱們家的雞跟豬還處在觀察階段，如果因為吃了野菜，一隻雞一天真的能固定下三顆蛋的話，我覺得可以大規模養雞，靠賣蛋增加收入，所以姊姊要待在家裡顧著牠們。最後，決定請蓮花之前，我也考慮了很多，蓮花的嘴皮子厲害，做生意的人會說話很重要。」

房二河點點頭道：「嗯，妳要是覺得她適合，那就讓她去吧。」

榨汁機跟冰鎮果汁總歸是小女兒自己摸索出來的，他們本來就沒指望這門生意賺錢，照她的意思做，也無可厚非。

第二天早上寅正剛過，房蓮花就急急忙忙地跑到房言家來，看到她垂涎已久的馬車還在院子裡，她終於鬆了一口氣。

嚇死人了，她差點睡得太晚，萬一房言他們已經離開，她豈不是虧大了嗎？

「蓮花，妳來得真早啊。」房言一邊打哈欠，一邊說道。自從有了馬車，他們的睡眠時間就拉長了。

房蓮花一見到房言，話頭就止不住了。「那當然，想到我馬上就能坐著馬車去縣城了，我昨天晚上幾乎睡不著。」

看著房蓮花興奮的樣子，房言真想剖開她的頭殼看看她的腦子長什麼樣？馬上就要去賺錢了，難道該興奮的不是這件事情嗎？

上了馬車之後，房蓮花坐在位置上一動也不動，只用一雙眼珠子東看看、西看看，臉色通紅，眼裡的光芒遮都遮不住。

還沒等房蓮花享受個夠，馬車就停下來，大家也開始下馬車搬東西了。

房蓮花脫口而出：「怎麼這麼快就到了？不是說縣城很遠嗎，我還沒坐夠呢！」

李氏笑道：「蓮花是第一次坐馬車吧？馬車很快，比咱們走路快上好幾倍呢。」

房蓮花點點頭，跟著大夥兒下了馬車。這時候天剛亮，路上沒多少行人，整條街道的景象一目瞭然。房蓮花覺得自己的心臟快跳出來了。這地方怎麼這麼好看呢，這就是縣城嗎？

還沒等房蓮花激動完，房言就扯了她的袖子一把，說道：「別看了，快幫忙搬東西，搬完東西我再領著妳到處轉轉。」

房蓮花一聽能去街上瞧瞧，更雀躍了，趕緊跟著房言往店鋪裡搬一些較輕的物品。

搬完東西，房言就跟房蓮花一起去路上閒晃，逛了一會兒之後，房言就帶房蓮花去集市。

房蓮花只恨自己少長了幾雙眼睛，這麼多東西，她根本看不過來。

縣城的房子竟然是兩層的，又高又漂亮。這些房子不知道是用什麼材料蓋的，顏色好看得很！

城裡的人穿的衣服好特別，那些料子她見都沒見過，還會反光。這一件要多少錢，她什麼時候才買得起？

到了集市，房蓮花更加驚訝，她說道：「言姊兒，我從來沒見過這麼多人呢。」

房言回道：「大家都是早起到集市買些新鮮的蔬菜，這時候人自然多一些。咱們要是再早一點來的話，人會更多。」

說完，房言拉著房蓮花去昨天他們買西瓜的地方下單，接著她們又去買梨子跟桃子，這些小販都會把東西送到野菜館。

訂好貨之後，房言就跟房蓮花回到店鋪收拾東西，準備賣果汁。她們剛在外面擺上桌子，立刻就有兩個小孩子圍過來。

「我要喝昨天那個好喝的果汁，西瓜口味的。」

「還有我，我也要，我要喝兩碗。」

旁邊一位姑娘家立刻說道：「小姐、少爺，慢著點。少爺，夫人交代了，您只能喝一碗。」

被點名的那位小男孩皺著眉說道：「不要，姊姊昨天已經喝了一碗，今天再喝一碗，她可就喝了兩碗，這樣我豈不是很虧？」

房言被這個可愛的小男孩逗笑了。

丫鬟可不像房言心情那麼好，她一臉憂愁地道：「可是這東西太涼了，喝多了會肚子不舒服的。」

小男孩顯然在思考，他皺著眉看向房言，問道：「喝多了真的會肚子疼嗎？」

房言很想說：當然不會，這裡面可是有靈泉的，會肚子疼才怪！

不過小孩子的脾胃較弱，寒涼的東西的確不適合吃太多，而且那丫鬟求助的眼光實在太熱切了。

於是房言笑道：「肚子疼倒是不會，但是小孩子確實要少喝一些。你看，你姊姊昨天喝一碗，今天也一碗，每天都只喝一碗，你是不是應該跟她一樣呢？」

小男孩想了想，說道：「好，就要一碗吧。」

丫鬟隨即從食盒裡拿了兩個碗遞給房言，說道：「還請用我們家的碗。」

房言點點頭，心想，這真是太好啦，省了洗碗的工夫了。

「你們等一下，咱們要先為店鋪裡的客人做一碗桃子汁。」房言說道。

等到榨好桃子汁，房言就開始為眼前這兩位小姐跟少爺做西瓜汁了。不過直到房言榨完汁，都沒聽到房蓮花出聲，轉頭一看，只見她滿臉通紅。

房言挑了挑眉，看著她問道：「怎麼了？」

一向大方的房蓮花此刻有些扭捏地說道：「怎、怎麼這麼多人啊？怪不好意思的。」

房言淡定地回道：「喔，妳要是不好意思，我明天就讓荷花姊或青姊兒來，就不帶妳……」

沒等房言說完，房蓮花就趕緊說道：「別別別！還是帶我來吧，她們不如我會說話，妳再重複一遍剛才說過的那啥……口號。」

看到房蓮花緊張的模樣，房言慢慢地對她又唸了一次，房蓮花也複述了一遍。

練習完之後，房蓮花就清了清嗓子，看了看路上的行人，接著閉上眼大喊：「快來嚐一嚐，新鮮的冰鎮果汁，清甜爽口，冰冰涼涼。開張前三天，最低只要三文錢！」

房言被房蓮花嚇得差點沒捧好手裡的碗。她這嗓門也太大了點。

喊完之後，房蓮花才敢睜開眼睛，她害羞地看著房言，問道：「言姊兒，我、我剛剛怎麼樣？」

房言點點頭，鼓勵道：「非常好，繼續。」

聽到她的稱讚，房蓮花露出開心的笑容。

接下來陸陸續續有人過來買果汁，一部分是昨天的回頭客，還有一些是好奇的小孩子領著大人過來的。

看到幾個本來不想掏錢的人被房蓮花一勸就過來買了兩碗，房言眼睛笑得都瞇起來。她真是太有眼光了，就知道這種事交給房蓮花肯定不會錯！

# 第三十五章　販賣機器

到了吃午飯的時候，房言與房蓮花輪流去店裡迅速吃了一點東西，然後就繼續在外面賣果汁。

今天果汁明顯比昨天賣得更好，房蓮花的推銷功不可沒。房言遵守約定，給了房蓮花八文錢，她喜孜孜地拿著錢回家去了。雖然房蓮花家不缺錢，但是她終於理解那種自己賺到錢的興奮心情了。

到了晚上，房言算了算這一天的收入。西瓜汁賣了八十多碗，梨子汁賣了四十多碗，桃子汁賣了三十多碗，扣除材料費跟給房蓮花的工資，今天總共賺了四百多文錢，房言對這個成果還算滿意。

結束三天的推銷期，第四天開始漲價，每種果汁各漲一文錢——西瓜汁四文錢一碗，梨子汁五文錢一碗，桃子汁六文錢一碗。

漸漸地，果汁的銷售果然像房言期待的那樣，一口氣往上攀升。

又過了三天，賣果汁的收入突破了一兩銀子，房二河一家人也開始認真經營這門生意了。接下來果汁這邊的收入穩定維持在每天一兩銀子，並且有逐步提高的趨勢。

這天早上，看到沒什麼人靠過來買果汁，房蓮花就去路上推銷，房言則低著頭在削梨子皮，突然間，她感覺到眼前一暗。
房言本以為是有客人來了，立刻停下手中的動作，抬起頭來看著面前的人，結果發現對方是個十五、六歲的少年，皮膚有些黑，身上也灰撲撲的，看起來似乎趕了很久的路，不過一雙眼睛卻非常明亮。
此時，這位少年正盯著她的手動榨汁機看。
「客官，請問您要來一碗冰冰涼涼的果汁嗎？」房言笑問道。
童錦元先是看了房言一眼，然後又直勾勾地盯著榨汁機，說道：「好。」
「那您需要什麼口味呢，西瓜、梨子還是桃子？」房言又問道。來者是客，也不是一、兩個人天天盯著她的機器看了，儘管這個人特別奇怪，但是她只要做自己該做的事就好。
童錦元想也不想地就說：「桃子。」
「好，您稍等，我馬上就為您做一碗桃子汁。」
房言拿勺子裝了一些削好、切成塊的桃子，放到上面的漏斗裡，然後一手用木勺按壓桃子，一手轉動把手，不一會兒，桃子汁就做好了。
童錦元的眼睛不錯過任何一個細節，當房言停下動作之後，他目光灼灼地看著機器，問道：「多少錢？」
「六文錢。」房言回道。
「我是問這個東西多少錢？」童錦元指著榨汁機說道。
房言看著眼前這個人，眼睛轉了轉，答道：「十兩銀子一個。」

這數字完全無法讓童錦元動搖，他又問道：「在哪裡買的？」

「府城。」房言用騙別人的辦法騙童錦元。

童錦元的眼睛這才從榨汁機轉移到房言臉上，過了一會兒，他說道：「妳在說謊，府城沒賣這種東西。」

不知是不是因為被抓到說謊，抑或是少年的眼睛實在太明亮，房言被童錦元盯得有些心虛，不過她還是笑道：「是嗎？那應該是我記錯了，我也忘記在哪裡買的了呢。」

說罷，她端起桃子汁說道：「客官，果汁做好了喔，一共是六文錢。」

童錦元看了房言半晌，打算拿出錢來，結果一摸口袋，竟是空空如也。他這會兒才想到，剛剛只是出來隨便晃晃，所以就沒帶銀子……

一絲紅暈瞬間爬上童錦元的臉龐。從小到大，他還沒碰過如此尷尬的情景，摸了半天口袋，他終於認清沒帶錢出門的事實了。

房言自然發現童錦元的異常，但是她什麼都沒說，只是微笑著看他。

迎著房言探究的眼神，童錦元的嘴角動了半天，才說道：「那個，我身上沒帶錢，可不可以……等我回去一趟再拿來給妳？」

房言立刻明白這次的生意很可能不成立了，不過好在這人不是喝了之後才說沒錢。秉著做生意笑臉迎人的原則，房言笑著回道：「可以。」

童錦元看見房言的笑容，更加無地自容。正當他打算離開的時候，旁邊忽然傳來一道聲音——

「童少爺，原來您在這裡啊，您的僕人剛剛說找不到您呢。」
「鄭老闆。」
「表叔。」
「言姊兒！」鄭傑明驚訝地向房言打招呼，他往旁邊一看，這才注意到野菜館的招牌，說道：「原來這裡是你們家的店鋪，真巧啊。」
房言說道：「表叔，您剛回來嗎？前些日子慧姊兒說您還在塞北呢。」
鄭傑明笑著回道：「對，今天才回來的，表叔還帶了一些東西要給妳呢，改天讓慧姊兒拿過來。」
房言雖然不是真正的小孩子，但是一聽到有禮物，仍是驚喜地說：「那就先謝謝表叔了！」
「妳跟表叔客氣什麼！對了，妳在這裡做什麼，妳爹呢？」
「我爹在店裡面，我們家最近開始賣果汁了。」
鄭傑明看了房言的攤子一眼，說道：「厲害啊，妳都能出來賺錢了。」說著，他注意到房言的手動榨汁機，於是問道：「咦？這是什麼東西？」
房言見到鄭傑明好奇的視線，笑道：「這是做果汁的東西啊。」
鄭傑明走上前，仔細地查看一下之後說道：「好奇怪的東西，這能榨出果汁？」
某個被他們忽視了半天的人開口說道：「能，我剛剛都看到了。」
方才看到鄭傑明過來時，童錦元只覺得自己的救星降臨，他可以擺脫尷尬的處境了，只是一發現這兩個人竟然認識，他忽然感到更丟臉。這麼一來，他的糗事就再也隱瞞不了，會被鄭傑明知道了……

不過童錦元隨即拋棄這種想法。既然鄭傑明跟眼前這位小姑娘認識，那麼這神奇的東西到底是從哪裡買來的，他肯定馬上就能知道。

「表叔，您認識這個人啊。」房言這才想起現場還有這位沒辦法付錢的客人存在。

鄭傑明笑呵呵地說道：「認識。這位是來自府城的童少爺，這次表叔回來的時候，正好跟童少爺一路。」

房言看著童錦元，意味深長地說道：「哦，原來是表叔的朋友，那麼這桃子汁就不收錢了，拿去吧。」

看著遞到眼前的碗，童錦元這會兒接也不是，不接也不是，再次陷入尷尬的處境。

鄭傑明看著眼前的兩個人，總覺得自己好像錯過了什麼事，不過他並未多想，只道：「童少爺，您收下就是了，這位是我的表姪女。」

童錦元這才不太情願地收下房言遞過來的果汁。

東西交出去之後，房言轉過頭，笑咪咪地看著鄭傑明說道：「表叔，我也做一碗給您吧，冰冰涼涼的，可好喝了，您要什麼口味的？」

「那好，我就要一碗西瓜汁吧。」

經過買馬的事情後，房二河堅決不再收他家的菜錢，要是房氏給錢的話，他還會生氣。

漸漸地，隨著兩家越來越熟悉，也就沒那麼多虛禮了。

「好，表叔，您不是對這東西很好奇嗎？我做給您看。」

一旁的童錦元正在品嚐美味的桃子汁，不知道是不是在塞北待得久了，又一路餐風露宿，他覺得這果汁簡直是人間極品。此時聽到房言又要做果汁，他便不顧形象地幾口喝完碗裡的桃子汁，然後盯著果汁機看了起來。

果然，這個東西真的非常神奇。

鄭傑明也驚嘆道：「言姊兒，妳從哪裡弄來這麼奇妙的東西？不看的話，還真不知道這東西這麼好使！」

房言瞄了童錦元一下，又看了鄭傑明一眼，說道：「當然是我爹做的。」

她這一說，不只是鄭傑明，連童錦元都驚訝得下巴快掉下來了。

這個時候野菜館裡不太忙了，房二河就從裡面走出來想看看房言的攤子，結果瞧見了鄭傑明。

兩人打過招呼之後，鄭傑明說道：「表哥，這東西竟然是你做的？」

童錦元也是眼神灼灼地盯著房二河看。

房二河迎著來自兩個人的熱切眼神，謙虛地擺擺手，說道：「這東西是我做的不假，但是主意卻是我們家這個小女兒想出來的，我哪裡有這種能耐啊。」

看著鄭傑明跟童錦元的目光又回到自己身上，房言毫無壓力，仍舊滿臉笑意。

房言剛才不告訴童錦元，是因為不認識他，而且他看起來一副怪怪的樣子，她怎麼可能講出來？再說了，她的警惕心可是很重的，哪裡會搭理這種人？不過當她得知這個人跟自己的表叔認識之後，就放下心來了。

她之所以承認這東西是自家做出來的，是因為她真的想賣這個機器。在縣城賣果汁賺的畢竟是小錢，而她想賺的，是大錢！

說起房言的目標，就是蓋座大莊園，把他們家附近的荒地全都圈起來；還要種果樹，再開墾幾塊菜地，然後建養殖場。要達成這個目的，就需要一大筆銀子，靠野菜館跟賣果汁太慢了，還是賣機器來得快。

況且，房言剛剛聽到了，她表叔說這個童少爺來自府城，指不定又像孫博一樣，是一個合作的好對象，所以多方考慮之下，房言就說了出來。

鄭傑明說道：「言姊兒，妳是怎麼想出這種東西的？表叔走南闖北這麼多年，也沒見過類似的物品，這東西實在方便啊！」

房言沒直接回答鄭傑明的問題，而是試探性地說道：「表叔，那您覺得要是我拿出去賣的話，能賺到錢嗎？」

童錦元早就看中這個機器了，這會兒一聽房言這麼說，忍不住搶先說道：「妳能讓我看一下這東西是怎麼做的嗎？能不能賣到錢，也得看看裡面的零件好不好做。再說了，這東西的成本到底有多高？」

此話一出，其他三個人全盯著他瞧。

鄭傑明有些不好意思，連忙解釋道：「表哥，你別介意，童少爺沒別的意思。對了，我介紹一下，這位是童少爺，這次去塞北，我是跟童少爺一起回來的，他來自府城。童少爺，這位是我的表哥，這家野菜館就是他開的。」

童錦元也覺得自己似乎有些唐突了，他想要這種機器的心情過於迫切了些，此時聽到鄭傑明的話，趕緊向房二河打招呼。

「房老闆您好，敝姓童。方才遠遠地看到你們家這東西，就覺得好奇，不免冒進了一些，在下在這裡向您賠個不是。」

房二河笑道：「沒關係，這機器其實做起來還好，需要的材料也不多。不過因為這塊木料是我從南方弄來的，材質好，所以貴了些，至於裡面的構造，恕我不便告知。童少爺要是對這東西感興趣的話，一切都好商量。」

童錦元明白人家就是靠這個賺錢的，要是平白無故地告訴他裡面的構造，他再去找人做出來，他們家豈不是虧大了？

想到這裡，童錦元拱拱手，說道：「是在下孟浪了。」

鄭傑明打圓場道：「童少爺不用這麼客氣，這東西這麼神奇，我也是好奇得很呢。不過，要是童少爺有興趣的話，大家就聚在一起好好談談，你們說是不是？」

房言笑道：「那當然了，咱們家是開門做生意的，只要談好價格，不讓我們吃虧，有錢賺就行。」

童錦元看著房言有些戲謔的眼神，想到剛才自己的窘境，又有些不自在了。

「表哥，我們才到縣城不久，等我與童少爺各自回去洗漱一番，改天咱們再從長計議如何？」察覺到氣氛有點僵，鄭傑明立刻說道。

房二河點點頭，回道：「當然沒問題。」

童錦元也表示同意。

等童錦元離開之後，房二河皺了皺眉，說道：「這位童少爺看起來倒像是有錢人家的孩子，只是做起事來還是有些稚嫩，不知道他家裡的人怎麼會放心讓他去塞北出貨？」

房言回道：「這就說不準了，說不定是出身商戶之家，家裡想要磨練他呢，又或者是他自己想去闖蕩一番。不知道他們家背景如何，要是家大業大、又有誠意的話，也不是不能合作。」

聽到這番話，房二河有些驚訝地說：「妳竟然想跟童少爺合作？爹瞧妳對他似乎有些成見。」

房言聳聳肩道：「誰要跟錢過不去呢？只要給錢，人品也不是太差的話，哪裡不能合作了。我喜不喜歡這個少爺、對他有沒有成見，又算得了什麼呢？」

房二河失笑地搖搖頭，說道：「二妮兒，爹發現妳現在快要鑽進錢眼裡去了。」

輕輕笑了笑，房言回道：「爹，幸虧錢眼小呢，要不然我真的要鑽進去了。」

房二河父女倆說說笑笑聊了幾句之後，房蓮花就回來了，於是房言跟她繼續賣起果汁。

幾天後的早上，鄭傑明過來告訴房二河，童少爺有意跟他們合作。因為上午比較忙，所以他們約好未正在茶樓見面，而房二河也藉機探問鄭傑明那位童少爺的背景。

鄭傑明雖然之前沒跟童錦元打過交道，卻認識童錦元的爹童寅正，他為人非常公正、有誠信，他之前也受過童寅正幫助。童家位在府城，在當地頗有聲望，他們不僅做生意有一套，家裡也有人做官。

這麼一聽，房二河跟房言就放心許多。既然東西是房言想出來的，她自然要跟著去「談判」。

再次見到童錦元的時候，房言愣了一下。打理乾淨之後，這個人跟那天一比簡直判若兩人，前幾天看起來還像個落魄少年，今天看起來就很有精神，而且模樣幹練許多。

房言仔細看了看，發現這童少爺不僅看起來英挺，五官也生得非常好看，活脫脫是個美男子呢。

童錦元再次為上次的失言道歉。「房老闆，前幾日在下多日未曾好好休息，言語上有些不當，還望您海涵。」

房二河哪裡聽過這麼客氣的話，只能笑著擺擺手，連聲說「沒什麼」。

幾個人坐下來之後，就開始商議賣榨汁機這門生意能不能做、要不要做、該怎麼做。

童錦元開門見山地說道：「我對這東西實在很感興趣，這幾天回去想了想，這生意我願意做，不知道房老闆是怎麼想的？」

房二河看了房言一眼，說道：「童少爺想出什麼樣的價格呢？」

「我出一千兩銀子買斷如何？也就是說，除了我們家之外，您不能賣給其他人了。」

# 第三十六章　機不可失

房二河一聽到「一千兩銀子」，眼睛瞬間瞪大。他們家野菜館最近的生意確實好，但是根本不知道要攢多久才能有這麼多錢，這位童少爺卻一開口就是一千兩，這對他來說可是天文數字啊。

不過房言就對這個數字沒那麼激動了。手動榨汁機如此稀奇，在府城那麼大的地方，賣上幾百個不是問題；再說了，還可以往下面的縣城、鎮上銷售。

況且童家家大業大，銷往其他府城甚至京城都沒問題，再加上他們還有走南闖北的商隊，因此往江南或塞北推銷也行得通，尤其是江南，那邊水果不少，有錢人也多，肯定很多人會對這東西感興趣。這麼一想，一千兩銀子並不算多。

其實房言早就想過了，除了讓對方買斷，他們家還有另一條路可以選，就是分成。

房言本來覺得要是選擇讓人買斷，對方不會出多少銀子，這樣一來，提出分成對他們家比較有利，只要賣得多，他們家收到的銀子自然也多。

只不過，得知童錦元家的背景之後，房言就默默放棄這種想法了。實力這麼雄厚的家族，背後可能牽扯很多事情，而且憑童家的地位，應該也不會想跟他們這樣的「鄉下人家」囉嗦，最好的做法當然就是買斷。

童錦元說出自己的要求之後，眼睛就不自覺地飄向房言。說不出為什麼，他總覺得這個小姑娘似乎才是他們家真正能作主的人，雖然這麼說很奇怪，但他就是有這種感覺。

果然，她爹聽到他說的話之後表情非常激動，而那個小姑娘卻沒什麼明顯的反應，童錦元一顆心不禁微微一沈。這是他爹第一次交給他這麼重要的事情，他不會一上場就搞砸了吧？

想到這裡，童錦元微微有些緊張，並不像表面上看起來那麼淡定。他不自覺地端起眼前的茶杯喝了一口茶，掩飾眼中的思緒。

房二河震驚過後就看向房言，他見房言沒什麼反應，就沒說話。

童錦元喝了一口茶之後，見坐在他對面的那對父女久久沒開口，忍不住問道：「房老闆，你們意下如何？」

房二河皺了皺眉，實在不知道該怎麼回答童錦元？照他的想法，一千兩銀子已經很多了，他很想答應下來，只是這個東西是小女兒想出來的，不知道她對這個數字有什麼看法？

於是房二河索性說道：「童少爺，您也知道，這個東西是小女想出來的，所以我今天才把她帶過來。這件事要看她的意思，不如等我們回家商量一下再說？」

房言一聽她爹這麼說，便道：「童少爺，這個價格……似乎有些低了。」

這東西本來就是她想出來的，在場的人也都知道，她沒必要壓著自己的看法不提。

聽到房言說話，童錦元總算鬆了口氣。這個小姑娘果然像他想的一樣，是作主的人，而且照她話裡的意思，是有意要賣給他的。

童錦元回道：「價格方面咱們可以商量，不過一千兩銀子也不低了。目前市面上沒有這種東西，誰也不知道好不好賣，要是很快就被人模仿出來，我們也不一定賣得了那麼多。」
房言卻說道：「這東西要是不好賣的話，童少爺會花這麼多銀子跟我們買嗎？」
童錦元被房言的話一頂，一時之間不知道該說些什麼才好？
鄭傑明看看這個，又看看那個，趕緊說道：「來來來，大家吃點水果，潤潤嗓子。」
房言知道童家的能耐，也不打算這樣拖拖拉拉下去，此時她見童錦元在吃水果，就偷偷地跟她爹說了幾句話。
房二河聽了之後，說道：「童少爺、表弟，我們家言姊兒想吃隔壁店鋪的糕點，你們先坐，我們去買一些回來。」
父女倆下樓之後，房言就在外頭找了個僻靜的角落跟她爹說道：「爹，看來咱們不能跟他們要分成了。」
關於這件事，這幾天房二河跟房言商量過，彼此心裡都有底。
房二河笑著摸摸房言的頭髮，說道：「二妮兒，這個童少爺既然這麼大方，咱們不要分成也行。況且他們家太厲害了些，咱們沒必要跟這種人牽扯那麼多，不如做一錘子買賣，省心一些，妳表叔也在，正好能做個見證人。分成的話，咱們不知道要等到什麼時候才能收到錢，而且收入也不穩定。咱們家沒什麼根基，若是被誆了賣出去的數量，只怕會因為不知道而吃了悶虧，就算知道了也無從反擊，還是讓人買斷比較好。」
房言點點頭，說道：「嗯，我也是這麼想的。只是爹，我看童少爺出的價格可以商量，您覺得咱們定多少錢好呢？」

房二河沈思一會兒，說出自己心中的數字。「一千二百兩，只是不知道這位少爺能不能出到這麼多錢？」

房言回道：「我覺得可以。」

「嗯，咱們就按照這個價格來吧。唉。」房二河無意識地嘆了口氣。

房言看著房二河說道：「爹，您是不是不太甘心，想要繼續做這種東西呢？」

聽到她這句話，房二河先是愣了一下，然後無奈地笑道：「沒想到竟被妳發現了。爹剛剛是在想，如果答應讓童少爺買斷，以後爹就不能自己做幾個來賣了。」

房言回道：「爹，您不用擔心，其實我最近又有個新的想法。有一種機器只需在榨汁機的基礎上進行改造，做起來也簡單一些，但是非常方便。」

「哦，是什麼東西？」房二河感興趣地問道。

房言笑道：「絞肉機。那是用來碎肉的，至於該怎麼做，您到時候就知道了。」

父女倆商量好之後，就在旁邊的店鋪買了一些點心回去，不過鄭傑明跟童錦元都很清楚，他們兩個人是做什麼去了。

雙方隨意聊了幾句之後，童錦元再次問了一遍價格。

房言回道：「一千五百兩。」

童錦元聽到這個數字，驚訝得連茶杯都快拿不穩了。這個數字跟他爹今天向他提出來的最終價格一模一樣，他叮嚀過，這次的買賣絕對不能高過一千五百兩，這個小姑娘是怎麼掐得剛剛好的？

房二河也詫異地看了房言一眼。這跟他們剛才說好的不一樣啊。

「不過，我可以告知您另外一種機器的做法，是跟這個類似，但又不太一樣的東西。只不過這種機器就不能獨家賣給您了，我們家自己也要做一些。不曉得您是否知道，其實我爹之前是個木匠，不能做這些東西，對於一個木匠來說，實在太可惜了。儘管如此，除了您之外，我們能保證不把做法賣給別人。」

童錦元原本想出口反駁，但是他忍住了，問道：「是什麼東西？」

「絞肉機。這東西看起來跟榨汁機有些相像，但是裡面的構造卻不相同。這種機器能用來碎肉，這樣就省去用手剁的工夫了，而且還能拿來灌香腸。我們這裡地方小，需要的人可能不太多，但若是府城，一些大戶人家肯定愛不釋手。您要不要考慮一下？」

童錦元想了想，這個價格並未超出他爹給的底價，又能得到另一項機器的做法，於是說道：「那妳要先做出那種機器讓我看一看，才好作決定。」

房言點點頭，說道：「可以。不過這東西能用木頭做，也能用鐵做，我們家肯定會用木頭，要花兩、三天才能做出來。」

童錦元微微頷首道：「那好，咱們三天之後再議。」

出了茶樓的門之後，房言就帶著房二河去打鐵鋪訂做東西。這次房言訂的是像螺旋槳的四扇刀片，與一個上面鑽了很多孔的圓鐵片。不用說，這也是房言從網站上看來的。

下了訂單之後，他們父女倆就回到野菜館去了。王氏得知他們家或許能談成一筆非常大的生意，不禁充滿期待。

返家後，房言就向房二河解釋絞肉機的原理與構造。房二河聽得一愣一愣的，忍不住問道：「二妮兒，妳是怎麼想出這種東西的？」

房言早就想好了說詞，笑著回道：「爹，我早就想做這個東西了。您跟娘還有堂嬸她們天天剁肉多麻煩啊，我就想，榨汁機既然能榨出果汁，肯定也能絞肉。於是有一天我自己就試了試，結果肉根本絞不爛，纏在一起不說，機器也不好清理。後來我就想，在裡面放一把像刀的東西就行啦，這機器就是這麼想出來的。」

房二河聽了之後感動地說道：「唉，二妮兒，原來妳都是為了我們才費心想的啊，真的是難為妳了。」

房言笑著回道：「哪裡難為我了？爹，快別說了，咱們開始做吧。這個東西跟榨汁機不太一樣，萬一三天之後咱們做不出來，那可就糟了，咱們還是把握時間吧。」

聽了房言的話，房二河頓時緊張起來，他說道：「好好好，咱們快點開始吧。」

雖然房言嘴上這麼說，但是她知道他們肯定做得出來。畢竟她之前在網站上仔細看過，要不然她怎麼樣都不可能想出這種點子。

三天之後，房言與房二河做出了絞肉機。

看著這個東西，房二河用不確定的語氣問道：「二妮兒，妳說童少爺會不會也想把這機器買斷啊？」

房言皺了皺眉，說道：「爹，這不好說，不過咱們不讓他買斷就是了。」

嘆了口氣，房二河說道：「不用了，二妮兒。爹想通了，如果童少爺想買斷這機器的話，咱們就讓他這麼做吧。爹能做的東西還有很多，沒必要為了這麼一點事情耽誤賺錢的事。妳哥哥們還要考試，咱們家還有很多地方得花錢。」

房言看了房二河一眼，說道：「好。爹，那您說多少錢適合呢？」

「一共兩千兩如何？」房二河想了一會兒後說道：「這兩樣東西畢竟有些相似，不可能賣出同樣的價格，萬一童少爺想要的話，就兩千兩吧。他有意見的話，稍微少一些也可以。」

房言卻堅定地說道：「爹，兩千兩已經很少了，沒必要降低，就這個價吧。」

賣機器這件事房言一直放在心上，跳過實驗階段不算，這個東西造價也就一兩銀子左右，如果批量生產，成本就更低了。不過這機器貴在獨特與新奇，即使賣個五兩銀子，也不成問題。

這種能牟取暴利的東西，必須跟背景深厚的人合作才好。原本在房言眼裡，孫家是個不錯的選擇，可是經過打聽，他們家似乎有些說不清、道不明的事情，況且一想到「前世」的夢境，她心裡就不太舒服。

所以在販售機器這方面，房言不太想跟孫家合作，即便是他們家的野菜館，也只是跟「孫博」這個人合夥的。

然而，不跟人合作，說不定又會出現另一個周家或趙家。即使沒有他們這種人，別人看到你們家好欺負，也可能隨隨便便就偷走你的創意，你根本說不了什麼，畢竟這是智慧財產權相當弱勢的古代啊……

房言的本意是找個跟孫家差不多的大戶人家合夥，分成的話，能讓錢一點一點收回來。現在是碰上了童家，她才打算一口氣賣出去的，一次把錢收進口袋，也比較省心。

賣這個價格，就當是給童家優惠了。

這天，房二河父女兩個人帶著絞肉機還有一塊肉去見童錦元。

童錦元盯著明顯比榨汁機小一些、造型也簡單一點的絞肉機，驚嘆地看著一條條肉從出口跑出來。

這次童錦元不是一個人來，他身邊跟著一個僕人，正是他父親童寅正身邊的管事。除此之外，還有幾個看起來像是工匠的人。

雖說一千五百兩銀子對他們家來說不算什麼，但是童寅正想讓有經驗的管事跟過來看看，免得兒子受騙上當。

陸管事看著絞肉機，脫口而出：「這東西好神奇！」

房言看了他一眼，笑了笑，沒說話。

童錦元有些不太明白地問道：「水果能榨出汁，這個道理我明白，但這東西為什麼能把肉絞爛呢？畢竟肉比較難碎一些。」

房言用很神秘的表情說道：「自然是因為裡面的構造不同。」說完，她看了她爹一眼。

房二河會意地說道：「童少爺，您覺得這生意能不能做？」

童錦元點點頭，看著房言說道：「能。只是這個東西可以買斷嗎？」

房言見童錦元開口了，便看向房二河。

房二河說道：「童少爺，這個東西的構造其實跟榨汁機有相似之處，您要考慮清楚。如果買斷的話，這一樣倒是能便宜一些，兩部機器一共兩千兩。」

童錦元挑了挑眉，覺得這個價格比他心中所想的要低一些，他很想直接答應下來，但是陸管事在場，他不能不參考他的意見。童錦元瞄向陸管事，陸管事也正好在看他，兩個人都讀懂了對方眼中的意思。

「可以。只不過今天我們只帶了一千五百兩的銀票，剩餘的五百兩要明天才能拿來。」童錦元說道。

房二河笑道：「這個不急。」

簽署契約之後，房二河就說：「正好，今天我兩樣機器都帶來了。不只絞肉機，還有一個小的榨汁機，是我前幾日做的，原本想在家裡用，一會兒我去店裡拿過來讓您瞧一瞧吧。」

童錦元點點頭。他今天也帶了幾個家裡的木匠過來，剛好可以讓他們瞧瞧榨汁機。

榨汁機在夏天比較好賣，等夏天一過，接下來就只能去南方銷售，所以他們想趁著天氣還熱，趕緊做出來在北方賣。

他們家本來就有專做木製品的店鋪，是他母親的嫁妝，在府城也開了一家規模滿大的店，不過府城地方寬廣，所以儘管那間店鋪不小，倒也算不上什麼。

這次童錦元帶來的木匠都是從他母親娘家過來的人，不用擔心他們會洩漏秘密。

幾個木匠看過榨汁機別具巧思的外型，以及它如何運作之後，皆是眼神熱切地望著房二河，滿臉佩服。他們聽說房二河也是木匠，更是充滿了同行之間的惺惺相惜。

一個五、六十歲的老木匠激動得眼淚都快流下來了，他說道：「我活了這麼大歲數，第一次見到這樣的東西。小兄弟，你怎麼就想出了這種點子呢？」

房二河謙虛地說道：「老伯客氣了，其實最初並不是我想出來的，而是我家小女。」說著，他指了指身邊的房言。

# 第三十七章　靈土融合

房言沒想到她爹又當著眾人的面誇讚她。看著那幾個木匠熱切的眼神，她只能硬著頭皮說道：「也不怕幾位叔伯、爺爺笑話，我就是嘴饞了想喝一些果汁，才慢慢想出這種東西的。可是我光想也沒用，是因為我爹是個木匠，我告訴他自己的想法，然後我們試了很久才做出來。這全多虧我爹，跟我沒什麼關係。」

說完，房言就偷偷掐了她爹的腰一把。

房二河被這麼一掐，就明白是什麼意思了，他隨即笑呵呵地看著這幾個木匠，還時不時地點點頭。

木匠們對房言與房二河不太了解，聽了房言的解釋，自然覺得這東西是房二河做出來的。房言這麼一個小娃娃，哪裡懂這些事，要她吃吃喝喝還差不多，怎麼可能真的動手做出這麼厲害的東西。

他們沒再理會房言，繼續抓著房二河問問這個、問問那個，想多了解一些關於機器的問題。

只有童錦元，他從前幾天第一次見到房言開始到現在，都覺得這東西是房言獨力想出來的，連構造也是。儘管那天房言巧妙地避開了鄭傑明的詢問，他也毫不懷疑房二河的說法。簽好契約之後，童錦元就一直用探究的眼神看著房言，自然也看到她偷偷掐房二河那一幕。

不知為何，他隱隱有些羨慕這對父女。

到底是什麼樣的人家，竟能培養出天資這般聰穎的小姑娘，而且父親不僅不壓抑女兒的發展，似乎還很尊重她的意見。

這樣平凡而又樸實的親情，真是讓人羨慕。

感覺到童錦元的注視，房言回頭瞥了他一眼，童錦元趕緊乾咳兩聲，視線轉向別處。

房二河對幾個木匠講解過後，就把機器拆開，因而大家又互相研究、探討了一番。既然生意已經談成，房二河自然把這機器如何製作、過程中需要特別留意等問題，都說得清清楚楚。

房言在一旁聽著，臉上也露出笑容。

因為時間有些緊迫，所以房二河上午都在教這幾個木匠做機器，到了差不多該吃飯的時候，房二河就請眾人去野菜館用餐。

看到房言一臉認真地說自家東西非常好吃的模樣，童錦元就點點頭答應下來。

到了野菜館，童錦元發現這裡的生意不是普通的好，也就安心地跟陸管事還有其他木匠坐下來。他心想，偶爾吃吃包子、喝點湯也挺好的。

待店裡的夥計把吃食端過來、東西下肚之後，他們才終於明白，房言所言不假，他們家的餐點真的很好吃。

吃過飯，這些木匠們就被房二河請到後廂房去，那裡正好空著，可以用來做東西。房二河本來就向打鐵鋪多訂做了幾個零件，而這幾個人也隨身攜帶了工具與木頭，在房二河的指點下，眾人動手做了起來。

一開始，房二河一邊指點他們，一邊看著外面的生意，等到客人沒那麼多了，他就過去跟大家一起做。天快要黑之際，大夥兒終於成功地做出機器，經過試驗，非常成功。

見狀，童錦元終於放下心來，房二河一行人也安心地回家去了。

返家的路上，房二河時不時地摸一摸胸口處，一進屋，房二河立刻轉頭把門閂上，帶著王氏走進裡屋。兩個人商量好之後，他就走到秘密藏匿東西的地方，把銀票放進去。

東西放好，經過一陣子，房二河的手總算沒那麼抖了。

王氏這會兒才敢說話。她平復了一下激動的心情，找回自己的聲音，說道：「孩子他爹，咱們真的一下子多了兩千兩銀子嗎？」

房二河見媳婦如此緊張，自己反而放鬆了，他點點頭，笑道：「對，一下子賺了兩千兩銀子。」

王氏有些傻傻地道：「怎麼跟作夢似的。」

房二河回道：「是啊，可不是跟作夢一樣，突然間就多了兩千兩。」

王氏拍拍自己的胸口，說道：「我還是第一次看到這麼多錢呢。」

房二河笑著安慰她。「野菜館賣的東西加上果汁，咱們現在一個月差不多能收個一、兩百兩銀子，一年後不就差不多能賺這麼多錢了？只不過這是突然多出來的，妳有點不適應罷了。」

一聽房二河這麼說，王氏失笑道：「可不是嗎？自己賺的錢比較安穩，這一大筆銀子就像大風颳過來的一樣，讓人覺得不太真實。」

房二河說道：「孩子他娘，妳就不要擔心了。這筆錢來得實實在在，是咱們家二妮兒靠著自己的腦子賺回來的。」

拿到錢之後，房二河並未立刻按照心中的想法採取行動。馬上就要到月底了，家裡一些重要的事情，他想等兒子們回來一起商量。

至於房言那邊，終於能進行下一步了。

一天傍晚，房言到廚房做飯。她調了三盤涼拌菜，讓房二河、王氏與房淑靜嚐一嚐有什麼區別？

房二河跟王氏一致認為，其中兩盤是用家裡的菜地長出來的菜做的，另外一盤則是用在外面生長的野菜，只有房淑靜一時之間沒開口。

房言看著房淑靜，問道：「姊姊，妳覺得呢？」

只見房淑靜不可置信地問道：「二妮兒，咱們做的那個什麼……試驗，真的成功了嗎？」

房言笑著點點頭。

聽到房淑靜說的話，房二河與王氏一頭霧水地看著她們姊妹倆，王氏忍不住問道：「什麼試驗？」
房言解釋道：「試驗，就是試著做做看。爹、娘，前段時間我跟姊姊做了個試驗，就是把咱們那塊菜地裡的土撥了一些到旁邊的荒地上。我跟姊姊用鋤頭鬆了鬆荒地的土，然後把兩種土摻在一起，接著去外面挖了幾株馬蜂菜過來種。沒想到這才沒多久，那荒地裡的野菜嚐起來竟然與咱們圈起來的那塊菜地長出來的差不多。」
房二河和王氏聽了這些話，全都愣住了。沒想到還有這種做法！
「爹，咱們家的店如今生意越來越好，這樣一來，家裡這一畝地很可能不夠用，不如在旁邊多開墾一些。您跟娘剛剛也嚐過了，兩邊的菜吃起來差不了多少，所以我在想，應該是這兩片地離得不遠的關係，土質好的能影響普通的地，咱們不妨陸陸續續把菜地裡的好土撥過去荒地那邊，讓它們好好融合一下。」
房二河看著房言，緩緩地點點頭。
「那爹，您準備買多少地呢？」房言接著問道。
房二河猶豫了一下，說道：「目前雞與豬越來越多，是該蓋養殖場了；果汁的生意也不錯，所以爹想多買一些地，好種上果樹。現在看到妳跟大妮兒兩個人做的試驗這麼成功，爹實在忍不住想買更多地。正好妳哥哥們快回來了，咱們到時候商量一下。」
對於房二河的想法，房言感到非常驚喜。這下完全不用她去勸說，她爹已經有打算了。
在房言看來，她大哥與二哥肯定會同意。一來，他們家周圍的荒地不貴，買下來非常划算；二來，目前他們能運用的錢遠遠超出預期，不把握機會拓展土地，那是傻瓜！

過沒幾天，房伯玄與房仲齊就回來了，聽到家裡發生的變化，兩個人都一時沒能回過神。他們只知道小妹弄出了一臺手動榨汁機，也用來賣果汁賺錢了，卻沒想到這機器還能整個拿去賣。

至於賣機器賺了多少錢，房二河就沒告訴房仲齊跟房淑靜了。這兩個孩子太過單純，有時候說給他們聽，反而會害了他們。

當房伯玄得知房言靠榨汁機與絞肉機賺了兩千兩銀子，不禁驚訝萬分。他盯著那兩臺奇形怪狀的機器，又看了房言半晌，嘆了口氣。他們家最值錢的哪裡是那些銀子跟機器啊，分明是他這個小妹。

「大哥，你覺得我厲害嗎？」房言看著房伯玄，一副要求他表揚的樣子。

房伯玄伸出手摸了摸房言的頭髮，說道：「嗯，厲害，我們家二妮兒是最厲害的。」

此時房內只有房二河、房伯玄與房言三個人，房二河接著說起自己的打算。

房伯玄點點頭，回道：「既然咱們家有這麼多錢，又有那麼多秘密，那就把附近的地都買下來吧。」

房二河疑惑地問道：「附近的地？那些地應該不止十幾畝吧？這些荒地都買下來的話，會不會太多了些？」

他們家在房家村最西頭，旁邊就是山；東面有一些空地，再往東邊去，就是房南與房北家；南面也有空地；北面是他們家後面那塊菜地，再往北就是長滿雜草的一片大空地，房二河想買的就是北面的荒地。

房伯玄回道：「不會，爹不是說還要建養殖場、建果園、擴大野菜的種植地嗎？在我看來，這些地說不定還不夠用。爹去找村長說一說吧，不管咱們家周圍的荒地加起來有多大，全都買下來。」

「我覺得大哥說得有道理。咱們家現在有錢了，可以把這些地全都圈起來，分成一塊一塊，到時候再買一些僕人過來幫忙幹活，咱們就住在大宅子裡，每天躺著數錢，多好啊！」房言噼哩啪啦地說起自己的夢想——就是睡覺睡到自然醒，數錢數到手抽筋！

房二河與房伯玄看到房言那一臉陶醉的模樣，不禁失笑。

「好，爹明天就去找村長談一談。對了，除了這些個地方，爹還想另外再買一些地。做生意很多情況都說不準，當初鎮上發生的事情就是給我們的警示。爹之前就想買了，不過還沒來得及到處看看，這會兒就來了這麼一大筆錢；你們讀書暫時用不了這麼多錢，還不如拿來買地。買了地之後，即使咱們家的生意做不下去，還是有辦法像二妮兒說的那樣躺著數錢。」房二河說道。

房言點點頭，很能理解房二河的想法。這就跟現代人有錢就買房子一樣，固定資產可以讓人的生活有所保障，也能讓人放手去做很多事。

房伯玄也非常支持房二河這項決定，不過他提醒道：「等到玉米成熟之後，一些農地又要開墾了，爹可得盡快去打聽。」

「嗯，爹會去縣城問問中人。」

第二天，房二河就去找村長買地，除此之外，店裡不忙的時候，他還去縣城找中人看看有沒有適合的田地。誰知看了好幾天，都沒發現他們家到縣城這一路上有合意的土地。

房言的眼珠子轉了轉，說道：「爹，我覺得咱們家可以買一些荒地，養上幾年就肥了啊。」

房二河卻道：「二妮兒，妳不知道，有些荒地即使養上幾年也未必能種出東西。之前就有人家買下荒地，養了五、六年，收成都差得很。」

房言還真沒想這麼多，她只知道自己手上握有靈泉，再差的地都能被她弄成良田。

「我看你們兩個也別爭了，就折中一下，買中田好了。」王氏說道。

房言點點頭，回道：「娘說得也有道理。爹，我覺得買什麼樣的田不重要，重要的是得連在一起，省得這裡一塊、那裡一塊，咱們看顧不過來。離家遠一些也沒什麼不好，到時候在地頭上蓋幾間房子、雇幾個人，不就什麼問題都解決了嗎？」

房二河聽完之後，直勾勾地盯著房言看，隨後大笑起來。他說道：「二妮兒，看來爹還是沒有妳想得周全。是啊，咱們買幾個人，雖然不能像富人那樣蓋座莊子，但是蓋個簡單的小院子不成問題，這樣的話，離家近一些或遠一些都無所謂了。」

房言聽了之後小聲嘀咕道：「再說了，離家遠一些，大家就不知道咱們買了那麼多地，也省了些事端。」

房二河留意到房言的話，臉上的表情一暗，顯然是想起老宅的人了。他扯了扯嘴角，說道：「妳考慮得也不無道理。」

隔天，府城的童家把剩下的五百兩銀票送了過來。本來說好要在簽約第二天送錢過來的，不知道為什麼耽擱了幾天。

來送錢的僕人臉色不太好看，帶著歉意說道：「房老闆，抱歉了，我們家少爺最近有些事情，所以才耽擱了。」

房二河笑著回道：「無妨，小兄弟進來喝杯茶再走吧？」

「不了，我還得趕緊回去呢。房老闆，再會。」

說實話，要不是因為鄭傑明認識童家，房二河他們真的要懷疑童家是不是誆他們了，竟然沒照約定的時間把錢送過來。

過了幾天，鄭傑明來訪的時候，無意間提起這件事，他們才曉得出了什麼差錯。

「表哥，童少爺第二天把剩下的錢送過來了嗎？」鄭傑明問道。

雖然後面的事鄭傑明沒繼續參與，但他算是這件事的中人，該問的事還是得問一問，免得到時候有一方被坑了，他也不好做人。

房二河笑道：「前幾天送過來了，他們家僕人來的，說是童少爺遇上了一點事情，來不了。」

說到這裡，房二河皺了皺眉，接著說道：「也不知道童少爺有什麼事，手動榨汁機得趕在天熱的時候趕緊賣出去，萬一晚了，可能一時之間賣不了太多。」

鄭傑明一聽，就說道：「童少爺的確是碰到了一些事，不過應該不會耽誤木匠們幹活。他遇上的事情啊，是家事。從塞北回來的路上，我就聽說他訂親了，對象是府城劉家的大小姐，回來之後沒多久就要成親，可是我前幾天聽說，那位劉家大小姐突然沒了。」

房二河頓時愣住了，喃喃道：「怎麼會這樣？」

鄭傑明回道：「是啊，聽說是生病，忽然間走了。」

「唉，真是可惜啊。」

「大家都這麼說。」

回到家的時候，房二河還跟王氏感慨這件事。

「人不管有錢沒錢，生老病死擋都擋不住。有錢人家的小姐，年紀輕輕的，還不是生了場病就沒了？」

房言在一旁聽著，心想，咱們家肯定不會這樣，畢竟有靈泉護體，別說一般的小病，就是大病也不怕。

「爹、娘，要我說啊，既然人控制不了會生什麼病，那咱們不如每天都活得自在一些。誰也不知道哪天會大難臨頭，在沒出事之前，開開心心地過日子就好了。至於生死，那是天定的，不是咱們能決定的。」

聽了房言的一番言論，房二河點點頭道：「咱們家二妞兒倒是看得開。」

一家人聊了一會兒之後，房二河就拿著鋤頭去翻地了。

# 第三十八章 增添勞力

接受房二河的委託之後，村長終於丈量完土地了，這些土地包括宅基地與荒地，一共是二十多畝。宅基地貴一些，荒地則非常便宜，不過這麼多地加在一起，也才花了不到一百兩銀子。

房家村眾人對於房二河家的富裕情況，又有了更深一層的認識。

有人說房二河太傻了，有錢竟然去買荒地，那些荒地又種不出糧食，真是瞎折騰；也有人羨慕房二河有錢就是任性。

他們的想法是，房二河在鎮上住了很久，經濟狀況本來就不差，他們一家剛回來那陣子，大家都說他在鎮上做生意失敗了，不過是不是真的失敗，誰知道呢？更何況，人家現在去了縣城，攀上厲害的靠山，可不就越來越有錢了！

老宅的人聽說了這件事，心裡很不是滋味。然而儘管再不開心，也沒人敢過來對他們說些什麼，畢竟五兩銀子帶來的教訓還歷歷在目。

時間過得很快，隨著夏天接近尾聲，收穫的時節也到了，書院又放了十天假。

房二河終於買下一塊中意的地，這塊地在靠近縣城的地方，有五十畝，一共花了房二河六百多兩。在房家村，這件事除了房二河一家人自己知道，其他人都不曉得。

要說這塊地能買下來，還得感謝孫家。那塊地碰巧在離孫家不遠的地方，房二河跟著中人去看地的時候，正好被孫家一個僕人看到，正是陪孫博去與房二河簽訂合作契約的人。

那個人發現房二河看的那塊地，地主跟他們家相識，回到家之後，他就對孫老太君說起這件事。

房二河本來因為價格太高、離家稍遠、附近的地都是有錢人家等問題，打算放棄買這塊地的時候，全忠突然上門來了。

一聽到全忠說的話，房二河頓時感到非常驚喜。

原來要賣地的人家跟孫家認識，他們要舉家遷往別處，所以想把地賣掉，而且這塊地離孫家頗近，房二河於是放下心來。

等房二河已經買下這塊地時，房言才知道這件事，再聽到是孫家幫忙的，她的心情有些複雜。

她有時候會想，難道孫家是知道上輩子對他們家做過什麼事，所以這一世要來彌補嗎？自從他們家遷到縣城做生意以後，周家就沒再來找過麻煩，房言幾乎快忘了他們的存在。不過孫家到底是哪個人跟周家有牽扯，她還是要搞清楚才行，不然這是個極大的隱患。現在他們家人單力薄，也沒個依靠，只能等她的哥哥們在科舉上有點成就，才能處理周家與孫家的事。

房二河那塊五十畝的地，他決定雇長工來管理，於是房言藉機提出請人的事。

王氏說道：「買人得花很多錢，要是買了，住在哪裡也是個問題。」

房伯玄笑著搖搖頭，說道：「娘，您想得太多了，爹買了五十畝地，咱們在旁邊蓋個像咱們家這樣的院子，或是買個別人家的小院子也成，哪裡沒地方住了？」
一聽房伯玄這麼說，王氏才放下心來。
第二天，房二河就去牙婆那裡買人了。房言第一次經歷這種事，內心非常糾結。雖然說她早就想買人，但是真的到了這個時候，她就不如一直在這裡成長的人接受度高了。
這個時代，大家擁有鮮明的階級觀念，所有的人也都默認這個規則，但是在房言生活的那個時空，買賣人口是犯法的，人與人之間在法律上也平等。看著牙婆旁邊那一個個像貨物般等著被挑走的人，房言的心裡不太舒服。
房二河也是第一次做這種事，他想找能幹活的人，因此主要是查看一些健壯的男性勞力。這樣的人不能說沒有，但也沒有很多，除了主家離開本地卻不帶走的人，剩下的就是因為某些原因被發賣。一般來說，這樣的人獨自生活也能過得很好，畢竟有力氣，到哪裡都餓不死，所以販賣的價格比較高。
「這位老爺，您想找做什麼的人呢？」牙婆問道。
房二河這輩子沒被人叫過「老爺」，他有些不自在地說：「想找幾個會種田的人。」
一聽房二河這麼說，有些本來懷有熱情的人就往後退了退。大夥兒都知道，種田可不是輕鬆的活兒，疲累不說，月錢也不多。他們還是更想去宅子裡當個小廝，只需要跑跑腿，月錢也比較高。
不過，既然是被發賣的人，哪裡有人會考慮他們的想法，販賣人口的牙婆就更別說了。

若真的被人看中了，他們也逃不掉。

房二河跟房言還沒看到適合的人，此時忽然有一個小姑娘衝了過來，跪在他們面前，哭道：「老爺，求您把我們一家人買回去吧。我爹是種田的好手，我娘也會煮飯，求求您了！」

牙婆看著這個小丫頭，對旁邊的人說道：「拉下去。」

這個小姑娘一聽，轉過頭拉著房言的衣角，哀求道：「小姐，我求求您，您發發善心好不好？我以後為您做牛做馬，絕無二話！」

房言看著這一切，一顆心被觸動了。她制止想要拉走這個小姑娘的人，問道：「牙婆，這是什麼情況？」

牙婆無奈地道：「這位小姐，不瞞您說，這個小丫頭跟她爹娘是從邊關一個大戶人家那裡發賣的，聽說惹了事，被主家打了一頓趕出來。當時她爹傷得並不重，誰知道一路過來這裡，她爹竟然要撐不住了。我怕死了人晦氣，在她爹身上花了不少醫藥費。你們要買種田的勞力對吧，我看她爹是沒辦法了，若是想要的話，把她一個人買回去就算了。」

那小姑娘拉著房言的衣服，說道：「小姐，我爹沒惹事，是被別人誣賴的，真的，求您相信我！您把我爹跟娘也買回去吧，我爹原本就在莊子上幹活，很會種地；我娘在廚房做事，煮飯很好吃！」

房言抿抿唇，看著她爹，說道：「爹，要不然咱們看看？」

房二河看見房言的眼神，又瞧了瞧那小姑娘，心中有些不忍，於是說道：「嗯，那先看看再說。」

牙婆聽了，就把他們領到一個角落，那小姑娘的爹正蓋著草蓆躺在那裡，臉色很不好看，她娘正坐在一旁默默掉淚。

小丫頭的娘瞧見牙婆過來了，立刻跑過來，跪下說道：「我求求您，讓我們家男人看郎中行嗎？求求您了！」說著開始磕起頭來。

牙婆好幾天沒看見這個男人了，現在一瞧，心裡打了個突。他莫不是真的撐不住了吧？她實在倒楣！

評估過眼前的情況後，牙婆剛想說什麼，忽然心中一動。她看了房言一眼，說道：「這位小姐，您要是看上這家人，我也不跟您多要，六兩銀子，三個人您全部帶走。」

雖然房二河非常同情這些人，但是他們買這樣的人回去，多半沒什麼用處，真讓他挑，他也不會選他們。他看向自家小女兒，怕她不懂事答應下來。

房言心想，剛剛她都聽見了，七、八歲的小廝，價格是四兩銀子一個，普通的小丫鬟是二兩銀子一個。牙婆明明擺出一副任由小姑娘的爹自生自滅的態度，現在怎麼一開口就是六兩銀子？難道是要利用她的善心？

她願意讓小姑娘的爹休養一陣子再上工是一回事，要不要讓牙婆坑又是另一回事。六兩銀子雖然不多，但她不願意給這個牙婆。

想到這裡，房言說道：「這麼貴啊，這位大叔傷得很重，買回去不說能不能幹活，光是治傷就得花幾兩銀子，我看還是算了吧。」

牙婆原本以為房二河會反對，沒想到第一個有意見的，竟然是這個看起來年紀小、又心軟的小女孩。

那個小姑娘也愣住了。難道她爹真的沒救了嗎？思及此，她悲從中來，想不到連最後一絲希望也破滅了。

牙婆怕一毛錢都賺不到還得替人收屍，只能咬牙說道：「五兩銀子，不能再少了，起碼補些讓他吃藥、治傷的錢給我吧！」

房言看了房二河一眼，房二河點點頭，說道：「就先要這三個人吧。」

在這裡待了一會兒，房二河沒看到真正合適的人選，他打算改天再去別家看看。至於房言買下這家人的決定，房二河相信她這麼做有理由，他也就不多加干涉了。

那個小姑娘一聽房言要買下他們一家三口，馬上跪下磕頭，頻頻謝道：「謝謝小姐……謝謝小姐！」

回到店鋪，房二河就去前面幫忙了。

房言看了那個男人一會兒，就轉身走了出去，當她再次回來，就對那個小姑娘說道：「聽說妳爹是被人打傷的，這是我買的中藥，妳拿著這個藥爐，去後門那邊煎一煎吧。」

小姑娘感激得不得了，她娘也在一旁不斷道謝。

房言沒想過做好事要人家回報，只道：「大叔，你安心在我們家養傷，你這情況，我爹也不會置之不理的。你看，我這不就去買了幾服中藥回來嗎？」

男人聽了這些話，激動得想要下床謝謝房言的幫助。

房言阻止了他，心想，救人一命，勝造七級浮屠，即使後來證明她看走了眼，她現在也不想放棄。

過了一會兒，等小姑娘煎好藥端過來的時候，房言悄悄地往裡面滴了一滴靈泉。

等到下午忙完，王氏也知道房二河與房言買下那一家三口的事情了。本來她還對他們父女倆買這幾個人的舉動感到不解，但是等她去後院看了那一家人之後，心頭也酸酸的。

第二天早上，當房言一行人到了野菜館，那個男人雖然還在睡覺，但是臉色變得紅潤些了。

三天後，男人已經行動如常。他不知道自己這是怎麼回事，明明黑白無常都已經來捉拿他了，卻硬生生被人拉了回來。雖然不明所以，但是他把這些功勞都歸到房言一家身上。

看到一家三口人跪在地上磕頭，房言說道：「快別這樣，起來吧。」

等他們都站起身來，房言才問道：「對了，你們叫什麼名字？」

男人想了想，說道：「我小時候就被發賣了，只記得被賣之前姓胡，過去的名字也是主家取的，現在來了這裡，自然要聽從主家的安排。」

房二河點點頭，說道：「那你以後就叫『平順』吧。」

到了下午，房言請郎中過來瞧瞧胡平順的時候，順便讓他檢查他媳婦以及女兒的身體。他們家畢竟是做吃食生意的，這些人身上可別有什麼病才好。

多了幾個人能幫忙，忙碌的程度就舒緩很多。胡平順的媳婦戚氏幫著捏包子、燒火；胡平順的女兒黑丫跟著房言與房蓮花在外面賣果汁；胡平順則是跟著房二河去視察自家那五十畝的土地。

由於那塊地的前地主原本就蓋了房子讓人住在那邊理地、種東西，所以房二河就讓胡平順一家住進屋裡，這樣也方便戚氏跟黑丫去野菜館上工，等店裡休息，她們就能過來幫胡平順的忙。

房二河一開始還時不時去地裡查看，經過一段時間之後，他發現胡平順是有真本事的人，種田方面的能力遠高於他，而且還能提出一些他人不知道的技巧。

用胡平順的話來說，就是：雖然他以前種過的地收成高，是因為關外的土質問題，但是他有些種植方法是跟別人不同的。

到了這個時候，房二河終於相信黑丫說的「我爹打理過的田地比別人家收成要高」這句話，看來他是撿到寶了。

房二河照原本的計劃，請了一些長工過來種地，這些人全交由胡平順管理。至於分家時得到的那塊地，房二河現在無力兼顧，於是他請胡平順傳授一些技巧給另幾名長工，再由他們負責。

城郊那塊地跟分家那塊地請的長工不是同一批人，畢竟房家村沒人知道那五十畝地的事，房二河怕長工往返之間會洩漏消息，所以作出這個決定。

見到胡平順健康的模樣，房言很開心，看來她的靈泉效果非常好。她自己平時喝一點稀釋過的還沒什麼感覺，最多就是皮膚變得更白、更好，可是受傷的人一喝，效果就非常明顯了。

真好啊，有保命的東西，她能保護自己與親人的性命了。在這個醫療水準相當落後的古代，這點真的很讓人安心。不僅如此，她還救了人一命，雖然那個人並不知道是她救的，但她還是很快樂。

況且，胡平順的存在還有另一個優點。他是外地來的，一般人不明白他擁有哪些種植技巧，加上他過去種的地糧食產量也很高，她若是想往那些新買來的地裡滴靈泉，就更不容易被人發現了。

儘管如此，房言也知道，她爹絕對會適時提醒胡平順一家人，好好保守這個家的秘密，她相信他們心裡有數。

接下來，房二河找人把他買來的地全都圈了起來，周邊蓋上圍牆，以確保安全。

隨著天氣越來越涼，房言的果汁明顯沒有以前好賣了。過去賣得最好的時候，一天能收到接近二兩銀子，最近幾天也就勉強能賣到一兩銀子。

到了這個時候，大家很少喝冷飲，早就不需要冰塊了；水果也一一過季，剩下的量越來越少。

房二河原本以為最多一個月，果汁就沒人會買，沒想到這都兩個多月了，每天依然能賺到一兩銀子，已經超出預期。

因為有黑丫在，再加上如今買果汁的人不是特別多，過了一段時間之後，房言就要房蓮花在家待著，自己也不去縣城了。做了那麼久的活兒，她需要好好休息一下，賺錢是沒有盡頭的，勞逸結合才是正理。

野菜館的生意仍然很好，李氏與許氏的工資也漲到一個月六百文錢。房言覺得他們一家正穩健地朝目標邁進，未來真的充滿了希望。

到了秋天，山上的景色變得不一樣了。

房言跟房樹幾個人跑去山上抓兔子、打野果，而好不容易放兩天假的房仲齊，看到大家玩得這麼開心，也暫時加入他們的行列。

上次抓到兔子，他們幾個人吃得滿嘴流油，野兔的味道實在太肥美，令人難忘。所以現在在山裡看到一隻兔子，大夥兒的眼睛簡直比兔子的眼睛還紅，可惜那隻兔子跑得太快，越跑越往裡面去了。

平時他們不會跑那麼遠，但是現在有房仲齊在，平時怯懦得很的幾個人，膽子也大了起來，房淑靜在後面追著跑，還大聲呼喊，他們都不聽。

房言心想，就跑這一段路，應該沒問題，他們在這裡晃了這麼些天，都沒發生問題啊。又追了幾分鐘之後，房言喘著喊道：「二哥……別跑了，再往裡面去……就危險了！」

這一停頓，原本快要到手的兔子瞬間不見了。

這下子可好，就算不想回去，也得下山了。結果他們一回頭，就發現少了一個人——房淑靜不見了！

剛剛還在後面提醒他們的房淑靜竟然不見人影了，這是怎麼回事?!

一行人趕緊往回走，一邊走，一邊喊房淑靜的名字，然而等他們走出山林，也沒發現房淑靜的影子。

房言急得出了一身冷汗，頓時害怕得不得了。她剛剛不應該那麼衝動的，現在房淑靜不見了，該怎麼辦?!

見到房言著急的樣子，房蓮花說道：「言姊兒，淑靜姊會不會一個人回去了，要不然我們去妳家看看？」

一旁的房仲齊搥著樹，著急地說道：「都怪我，我不該領著大家去裡面的！」

房言紅著眼眶搖搖頭，說道：「不會的，姊姊不會有事的。」

見狀，房荷花冷靜地提醒道：「言姊兒，妳別擔心，咱們一路走過來，都沒聽到淑靜的叫聲，也沒看見她的東西掉在地上，妳別自己嚇自己。」

就在眾人不知該如何是好的時候，突然有一道聲音傳了過來——

「言姊兒，你們這麼多人在這裡做什麼？」

# 第三十九章　出手相救

一看到袁大山，房言想到他常常在深山裡打獵，像是找到救星一般，立刻說道：「大山哥，我姊姊不見了！」

袁大山一聽，馬上嚴肅地問道：「不見了？在哪裡不見的？」

房言眼淚都要流下來了，聲音微抖地說道：「在山裡不見的。」

袁大山又問道：「在山裡哪個地方？遠不遠？」

房荷花回道：「不遠，我們稍微跑得深了些，可是淑靜在後頭，沒跟過來。」

袁大山皺了皺眉，說道：「既然這樣，你們領著我進去看看吧。」

幾個人剛想往裡面去，房言這會兒鎮定了一些，就對房青、房樹還有房蓮花說道：「你們先回去看看我姊姊回家了沒有？如果回家了，你們就在山頭跟我們說一聲；如果沒回家，你們就在那邊等著。」

房青、房樹與房蓮花點點頭，轉身離開。

等來到他們幾個人追兔子追到打算回頭的地方，袁大山這才鬆了一口氣。

他看了身旁幾個人一眼，說道：「這個地方沒問題，距離大型野獸出沒的地方還遠得很。也就是說，妳姊姊還沒到這裡就走失了對嗎？」

房言回道：「對，荷花姊說是在那棵樹附近。」說著，她伸出手指了指方向。

袁大山走過去看了看，又往旁邊看了幾眼，他微微詫異。這個地方離他家倒是挺近的……

「你們確定沒看見她往裡面去嗎？」袁大山問道。

房言點點頭，說道：「確定。不過我們出來之後，不曉得她有沒有一個人去裡面找我們？」說到這裡，她又快哭了。

自從她來到這裡，每天都跟房淑靜在一起，想到這個姊姊萬一遭遇什麼不測……她不禁渾身顫抖，腦子也停止了思考。

袁大山說道：「咱們分頭去找吧。言姊兒跟著我，其他兩個人一起繞著山腳找一找。」

接下來，此起彼伏的叫聲迴蕩在山裡。

「姊姊！」

「淑靜姊！」

「靜姊兒！」

袁大山走著走著，發現快到自己家了，他心中一動，順著路，往附近一個陷阱去了。

當他們越走越近的時候，房言隱約聽到喊叫聲。聽起來雖然悶悶的，但是很像房淑靜的聲音。

「姊姊！」房言像隻無頭蒼蠅一樣到處亂轉。

袁大山拉了房言一把，說道：「言姊兒，妳冷靜一點，跟我來。」

跟著袁大山繼續往前走之後，房言發現聲音越來越近，到了某個定點，她才察覺那是從地下傳出來的。

此時袁大山忽然把房言往後扯，說道：「別動，跟著我，前面是陷阱。」

走到陷阱邊緣，房言才終於放下心來，喊道：「姊姊！」

「二妮兒！」房淑靜抬起頭，眼眶含淚地叫道。

袁大山用手扒開陷阱周圍的草，房言總算看到了房淑靜整個人。

「姊姊，妳沒事吧？」

房淑靜回道：「沒事，就是腳有些疼。」

袁大山本來想回家拿繩子的，一聽到房淑靜說腳疼，皺了皺眉。

「啊……好疼啊！」房淑靜喊道。

「姊姊，妳怎麼了？」房言哭道。

「不知道，腳疼得不得了。」說著，房淑靜哭了起來。

袁大山站在一旁糾結了很久，這會兒終於忍不住了，說道：「可能是腳扭到或摔傷了，妳要是不介意的話，我……我……」

房言這會兒早已經聽不到房仲齊跟房荷花的叫聲了，等他們找過來，不知道還要多久？萬一房淑靜的腳真的是骨折的話，那可就麻煩了，延誤就醫，很可能造成一輩子的遺憾。就算她有靈泉，時間拖久了也不好說。

見房淑靜疼得一時之間沒再講話，房言當機立斷道：「大山哥，麻煩你救我姊姊上來吧。」

袁大山紅著臉說道：「妳們放心，這裡只有咱們三個人，我絕不會對任何人說的。」

房言點點頭，說道：「好，大山哥，我相信你。」

接著，房言又對房淑靜說道：「姊姊，妳讓大山哥下去救妳，別擔心，不會有人知道的。」

房淑靜一開始還不懂是什麼意思，等袁大山從上面跳下來的時候，她終於明白了。她咬著唇看著眼前這個高大的男人，然後低下了頭。

袁大山臉紅得都快滴出血了。這是他第一次離一個姑娘家這麼近，近到能感受彼此的呼吸。

房言看著下面那兩個人像是被按了暫停鍵一般，著急地道：「姊姊，你們倆快點上來啊！」

袁大山這才回過神，低聲說道：「得、得罪了。」

房淑靜低低地應了一聲。

一得到應允，袁大山立刻動手把房淑靜托舉起來。下面有袁大山、上面有房言，房淑靜一下子就脫離了陷阱。

等房淑靜上來之後，房言原本想拉袁大山一把，結果她還沒看清楚他的動作，他就迅速爬上來了。

看到他不需要幫忙，房言隨即轉過頭，伸手就要檢查房淑靜的傷勢。

袁大山一注意到姊妹倆的動作，趕緊說道：「妳們兩個都別亂動！」此話一出，房言與房淑靜都看著他。

袁大山的臉又紅了起來，他低聲說道：「要是妳們放心的話，就讓我看一看吧。我平時一個人住，受傷的時候都自己處理，所以懂一些這方面的事。」

房言一聽到這話，又看到房淑靜強忍痛苦的表情，馬上讓開了。

袁大山看著房淑靜，緊張地說道：「妳、妳當我是郎中就行。」說完之後，他就抬起房淑靜的腳，害羞卻認真地檢查起來。

聽到房淑靜的痛呼聲，房言緊張地問道：「大山哥，我姊姊沒事吧？」

袁大山隨口說道：「沒事。」

誰知他話音剛落，隨即傳來關節碰撞的聲音，還有一聲慘叫。關節的聲音來自袁大山手掌下方，慘叫聲則出自房淑靜的嘴巴。

「好疼啊！」房淑靜喊道。

房言被眼前的情況嚇了一跳，呆了一會兒才了解袁大山的做法。這……就是所謂的「推拿」吧？

「妳……妳活動一下，現……現在還疼不疼？」袁大山問道。

房淑靜本來想說疼的，但是轉動了一下腳踝的關節之後，說道：「好像不怎麼疼了。」說完，她紅著臉看向袁大山。

見狀，房言終於鬆了口氣，她一屁股坐在地上，說道：「姊姊，妳突然就不見，可把我們嚇死了，還好妳沒出啥事。」

房淑靜說道：「我、我也不知道怎麼著就走到這裡來了。剛才跟你們一起的時候，不小心跌了一跤，等我爬起來，就不見你們的人影了。於是我往前面走，走著走著，還以為自己要下山了，沒想到卻掉進這個洞裡面……」

房言回道：「還好有大山哥在，不然我們真不知道該往哪裡找？對了，二哥跟荷花姊還在找妳，得趕緊跟他們說找到妳了。」

聽到這裡，房淑靜看了袁大山一眼，不好意思地說道：「謝謝你。」

他們三個人正討論要怎麼去找房仲齊跟房荷花時，房言就聽到了房伯玄的聲音，趕緊回應道：「大哥，我跟姊姊在這裡。大哥，大哥！」

過了一會兒之後，房伯玄循聲跑了過來。

他看起來有些急躁，跟平時淡定從容的樣子完全不同。待看到兩個妹妹安然無恙，他才悄悄鬆了口氣，腳步也慢了下來。

等房伯玄走到他們面前，房言就對他說明情況。「大哥，我是跟著大山哥找到姊姊的。姊姊掉到洞裡去，腳還扭到了，是大山哥救了姊姊。」

房伯玄看了那個洞一眼，又看向眼前幾個人，自然明白發生了什麼事。他對袁大山拱拱手，說道：「多謝兄臺。」

袁大山不認得幾個字，也很少跟讀書人接觸，面對這種禮節，頓時有些手足無措，而且他覺得，房伯玄看著自己的眼神似乎有些怪異……

「不、不用謝。」袁大山回道。

房伯玄蹲下身子，對房淑靜問道：「腳還疼不疼？」

見到自家哥哥，房淑靜不禁又哭起來，說道：「不疼了，大哥。」

房伯玄笑著摸了摸房淑靜的頭髮，說道：「不疼就好。來，大哥揹妳回家。」

一聽這話，房言趕緊過去扶了房淑靜一把。袁大山原本也下意識地伸出手，但當他發現自己的舉動不應該之後，馬上趁沒人注意時，快速把手收了回去。

揹起房淑靜之後，房伯玄轉過頭，深深地看著袁大山說道：「多謝兄臺救了我妹妹，房伯玄一定會報答這份恩情，但是希望你不要把今天的事情說出去。」

一聽到房伯玄說的話，袁大山臉上的紅暈一下子就退了。他抿抿唇，說道：「你放心，我不會說的。」

房言站在一旁看看她大哥，又看看袁大山，似乎想說些什麼。

看到房言那副樣子，房伯玄說道：「二妮兒，看什麼呢，還不快跟大哥回家去，二郎還在找你們呢。」

「喔，對，我得趕緊去跟二哥說。」房言這才想起自己忘記了重要的事情。

跟袁大山打了聲招呼之後，房言就跟在房伯玄後面離開了。

返家之後，房伯玄又查看了一下房淑靜的傷勢，見她的腳踝處除了皮膚泛紅，沒有其他狀況。不過他還是有些不放心，要房仲齊把村子裡的郎中請過來。
待郎中確認過房淑靜的腳沒問題之後，房伯玄的臉色才變得好看一點。
在這段期間，沒有一個人敢說話。
一看郎中離開，房蓮花與房樹腳底抹油溜了出去，房青跟房荷花也匆匆告辭。
房言、房仲齊和房淑靜三個人則是低著頭，你看看我、我看看你，大氣都不敢喘一下。
房伯玄假裝沒看到他們三個人的小動作，他掀了掀衣襬，找了張椅子坐下來。
就在房仲齊以為今天能矇混過關的時候，房伯玄突然說道：「二郎，你今日出門時我怎麼跟你說的？」
房仲齊一聽這話，雙腿瞬間發軟。他沒解釋也沒狡辯，直接說道：「大哥，我錯了。」
「錯在哪裡？」
「我沒看好姊姊，害她走丟了。」
「還有呢？」
「還有……還有……」還有什麼？沒了啊？雖然心裡是這麼想的，可是房仲齊卻不敢說出來。
「二妮兒，妳說，錯在哪裡？」
房言第一次經歷這種場面，內心也很害怕。她大哥這個樣子實在太恐怖了，臉上雖然帶著笑意，卻讓人打從心底發寒。
「錯在不該去山上抓……」房言一邊說，一邊觀察她大哥的臉色。她不確定房蓮花這個大喇叭到底是怎麼跟她大哥說的？

「抓什麼？」

一聽這話，房言就曉得她大哥肯定什麼都知道了。她眼睛一閉，說道：「抓兔子。」

房伯玄把手往桌上一放，聲音雖輕，卻嚇得房言哆嗦了一下。

「抓兔子啊，沒想到小妹竟然這麼厲害，連兔子都會抓了。只是，妳抓的兔子呢？」

房言心想，兔子回深山了，沒抓到。不過，這話她可沒膽子說。

教訓完房言，房伯玄又轉頭看向房淑靜，問道：「大妮兒，妳可知道自己錯在哪裡？」

房淑靜老老實實地低著頭說：「我不該任由弟弟跟妹妹往山裡跑，而且我還迷了路，害大家四處找我，都是我的錯。」

說著說著，房淑靜又哭起來。

一時之間，屋裡只能聽見房淑靜的哭聲，房言和房仲齊心裡也不好受。

「你們幾個都很厲害，翅膀硬了，爹娘交代的事情看來都沒記住，既然記不住，就去寫幾張大字好好記一記。我看你們閒得無聊，多練練字也能修身養性，是不是啊？」

「是！」房仲齊與房言立刻齊聲喊道。

「二郎，你寫十張大字，寫不完別說吃晚飯，連覺也不用睡了；二妮兒，妳寫五張；大妮兒，妳也寫五張。」

房仲齊一聽要寫十張，眼前頓時一黑。

「別想著偷懶，寫得不好的都得重寫。下一次要是還記不住，張數就翻倍。」

確定房伯玄沒別的話要說以後，房言與房仲齊就扶著房淑靜往書房去了。除了房淑靜被允許坐在椅子上寫字，房言跟房仲齊都是站著寫的。

當房二河與王氏從縣城回來的時候，看到孩子們都在練字，還非常欣慰來著，結果一聽到房伯玄說的話，臉色瞬間轉黑。

王氏去看了看房淑靜的腳踝，確定沒事之後，她才放下心來。

「妳這孩子，平時看著怪穩重的，怎麼淨讓人擔心！」說著說著，王氏哭了起來。他們在外面做生意，最擔心的就是家裡的孩子，一聽房淑靜差點在山上走丟，心頭就像是被刨了一塊肉似的。

房仲齊跟房言兩個聽了，也相當自責。

見王氏與房二河的表情不好看，房伯玄就領著他們出去了。

到了正屋之後，房伯玄說道：「爹娘不必擔心，雖說今天出了點意外，但是他們幾個人心裡有數，並沒往深山裡面去。」

王氏心情不佳地說道：「就算只是在外面轉，我看也不安全。」

「娘，大妹是因為不熟悉路，不小心走丟了，況且她掉進去的那個洞，也是袁大山挖的陷阱，並不是真的跑到什麼危險的地方去。」

「你是說大山？」房二河問道。

「是，爹。事情是這樣的……」

聽完房伯玄的話，房二河與王氏都沈默了。

大妮兒不小了，是個十二、三歲的大姑娘；袁大山則是十五、六歲的少年，這兩個人……

房伯玄明白他們的顧慮，說道：「爹娘放心，當時的事情只有袁大山、我、大妮兒跟二妮兒知道，其他人並不曉得，爹娘不用擔心這件事會傳出去。況且，我也相信袁大山的品性。」

房二河點點頭，說道：「他的人品爹也信得過。」

聽到這句話，房伯玄看了他爹一眼，心裡不知道在想什麼？

王氏去做飯的時候，房言終於寫完五張大字，她緊張地把紙交到房伯玄手中。

房伯玄看了房言的字一眼，說道：「小妹，大哥一直對妳很放心，以為妳能照顧好姊姊，結果妳……真是令大哥失望了。」

聽了房伯玄的話，房言相當後悔，今天她的確太任性了。

見房言有反省之意，房伯玄便說道：「這次就算了，下不為例。」

房言點點頭，轉身就想要去幫王氏的忙。

結果她還沒走出房門，就聽見背後傳來房伯玄的聲音。「小妹，妳的字還是要好好練一練。」

房言腳步一頓，應了一聲就匆匆逃離現場，自然沒能看到房伯玄揚起的嘴角。

直到要吃晚飯了，房淑靜跟房仲齊都沒能寫完房伯玄規定的量。

房伯玄過來瞧了瞧，就對房淑靜說道：「大妮兒，妳今天受傷，就先別寫了，跟哥哥一起去吃飯吧。」

聽到這些話，房仲齊用懷著希冀的目光看向房伯玄，誰知房伯玄理都沒理他，就扶著房淑靜去堂屋吃飯。房仲齊頓時洩了氣，只能低頭繼續寫字。

對於房仲齊受的懲罰，無人提出意見，看見他沒跟過來吃飯，也沒人要去叫他。

等到晚上快要休息的時候，房仲齊終於寫完十張大字。

房伯玄瞥過房仲齊寫的字之後，靜靜地看著他說道：「看來二郎的字越寫越好，也越寫越快了，以後要多多練字才好。你說是不是，二郎？」

「是……不是……呃，大哥，我餓了。」房仲齊適時轉移話題道。

房伯玄沒再指責房仲齊的不是，只點點頭道：「去吃飯吧。」

房仲齊如獲大赦，趕緊跑到廚房去找吃的了。

晚上睡覺前，房言在一碗水裡滴了一滴靈泉，然後把碗端給房淑靜，親眼看著她全部喝完，才放下心來。

躺在床上的時候，房言抱著房淑靜的胳膊，覺得好有安全感。

她過去是孤兒，一個親人都沒有，不知道親情是什麼滋味。如今她有這麼多的家人，一定要好好珍惜才是。

第二天，王氏起床第一件事就是去看看房淑靜怎麼樣。

聽房淑靜說她腳一點都不疼，王氏還是有點擔憂，讓房淑靜走了幾步、跳了幾下，確定一切無恙後，她才安心。

# 第四十章　古代溫室

今天房二河本來想謝一謝袁大山，結果原本天天來這裡吃飯的袁大山竟然沒出現，讓房二河很詫異。

回到家之後，房二河去袁大山家走了一趟，發現他不在家，隔天的情況也是一樣。到了第三天的傍晚，房二河再去袁大山家拜訪的時候，終於找到人了。

「大山！」房二河驚喜地叫道。

袁大山一看來人是房二河，頓時有些不自在。他也說不清是為什麼，明明救人是好事，可是自從他救了房淑靜後，他就覺得有些愧對房二河一家人，因此他這幾天沒去縣城做工，而是到山裡打獵。

此時聽到房二河親切地呼喚，袁大山有些尷尬地說：「房大叔，您最近還好嗎？」

房二河回道：「還好。大山，叔叔要謝謝你，多虧你救了我家大妮兒。」

一聽房二河提起這件事，袁大山的臉上不自覺地爬滿紅暈。

「不用謝，這是我應該做的。那天……」想起自己當時做的事，再想到房伯玄看他的眼神，袁大山更加彆扭了。

房二河笑道：「我知道你想說什麼。叔叔不是迂腐的人，那終究是突發狀況，你那麼做是對的，不僅不用有什麼負擔，叔叔還要感謝你。這是一件成衣跟一些點心，還有糖、茶葉，你快收下吧。」

袁大山哪裡敢收這些東西，房二河一家人不怪罪他，他就謝天謝地了。

「不行，房大叔，這些東西我不能要。」袁大山推辭道。

房二河假裝生氣地道：「你要是不要，就是瞧不起我們家！」

袁大山的個性老實又單純，一下子就被房二河唬住，只能乖乖地收下謝禮。

房二河離開的時候說道：「大山，明天記得去我們家野菜館吃飯啊。」

袁大山點點頭，看著手中的東西，第一次覺得自己原來對別人有些用處，也不是所有人都不待見他……

房言家在後院那邊新買的地不小，其中一畝地融合了「風水寶地」的土，等上面又長出足夠的野菜之後，房二河開始實施之前房言提出來的計劃。

如今天氣變涼，包子、饅頭、湯都比之前賣得多。吃了幾個月的蒸包，房二河打算開始賣水煎包。由於現在水果差不多過季，也沒什麼人買果汁了，所以房二河就收了外面的攤子，讓黑丫進廚房幫忙，這樣一來就不用擔心人手不夠。

因為水煎包的個頭小一些，所以賣得比蒸包便宜。素餡的一文錢一個，肉餡的兩文錢一個——不用說，這也參考了縣城其他店鋪的價格跟分量。

水煎包的出現，讓店裡的收益攀上了一個小高峰，之前野菜館平均每天收入四兩銀子，現在達到五兩銀子，眾人都很有成就感。

自從發生房淑靜的事情，房言跟小夥伴們不敢動不動就往山上跑了，每天上完讀書識字的課，房言就指揮他們幹活。

他們家現在地方這麼大，正好缺人手幫忙，鬆鬆地什麼的對這些孩子來說不算什麼，就當是體育活動了。

不過房言自然不會讓他們白幹，這些事情的工資她都挑明了說。雖然這樣似乎很傷感情，但是關係再親近也得把帳算清楚，若不這麼做，時間一長，才真的有損情誼。

當天氣變得更涼的時候，有人來到他們家門口。

不知為何，最近乞討的人比往年都要多，王氏一時心善，救了兩個乞討的老人。在讓郎中檢查過身體、打聽過兩人的背景之後，房二河為他們辦了賣身契，然後帶回家。

男的姓丁，叫老丁頭，至於大名是什麼，他自己也不知道；女的姓盧，叫盧小花，在家鄉，大家都叫她花嬸子。

休息了一陣子，吃了幾天房二河家的地種出來的菜之後，這兩人的身體漸漸恢復過來。這麼一看，才發覺他們一點都不老，也就是四十多歲而已。

據說北方今年雨水不足、天冷得早，地裡的收成不好，很多人都餓死了，甚至有老人一夜之間被凍死。老丁頭跟花嬸子家雖然還有些糧食，但是兒子跟兒媳為了養活孩子，把他們兩老趕出來。他們從北邊一直往南走，走了一個多月才來到這裡。

房言和房淑靜之前聽過房二河想買兩個人來幫忙，結果人還沒買，老丁頭跟花嬸子就來了。

老丁頭與花嬸子第一次看到房淑靜跟房言的時候，立刻跪下來喊「小姐」，這可把她們嚇了一跳，就連一旁的房蓮花等人也呆住了。

這情況要是傳出去，那還得了！

房言趕緊要他們站起來，又說道：「丁大叔、花嬸子，咱們家不講究這些。你們只需要把該做的事情做好就成，不要動不動就下跪，就是大戶人家也沒這樣的。」

花嬸子有些拘束地搓了搓手，說道：「說書的不都是這麼講的嗎？我還以為大家都是這樣，連我們村裡那個大地主，也是這麼要求的。」

王氏笑道：「那是別人家的規矩，我們家不這樣，你們只管安心住下來就是。」

老丁頭跟花嬸子聽了，這才放心地點點頭。

話雖如此，為了守住這個家的秘密，房二河私下告訴過他們，這裡發生的事絕對不能告訴外人，否則只怕引發軒然大波，對他們也不好。

對老丁頭夫妻來說，房二河一家是他們的救命恩人，他們自然不可能忘恩負義，對外洩漏任何事。

得到兩人的保證，房二河等人也鬆了口氣。

這天一早，老丁頭跟花嬸子正式上工，他們洗漱之後就去摘菜，兩個人幹起活來非常俐落。雖然老丁頭的腿有些跛，但並不影響他做事。

現在天氣涼，野菜館需要的菜很多，多了兩個人手，可謂一場及時雨。王氏這下不需要再那麼早起，也不用一直擔心家裡沒大人幫忙看著孩子了。

等房二河一行人出門之後，老丁頭與花嬸子就開始餵雞、餵豬，看到房淑靜跟房言起床，花嬸子就趕緊去做飯。

看著打掃得乾乾淨淨的院子、吃得開心的雞與豬，房淑靜覺得有些不自在。她轉過身就要去廚房幫忙，結果被房言拉住。

「二妮兒，怎麼了？」房淑靜問道。

房言說道：「姊姊，妳是不是想去廚房幫忙？」

房淑靜點點頭，回道：「是啊。花嬸子一早起來就幹這麼多活，我怎麼好意思就這樣在旁邊看著呢，得去幫忙才行。」

不料房言卻說：「姊姊，我不反對妳這麼做，但是妳得認清一個事實。丁大叔跟花嬸子是咱們家的僕人，是爹買回來的，妳是主人，別忘了自己的身分。」

房淑靜愣愣地看著房言，像是從來不認識她似的。過了一會兒，房淑靜說道：「二妮兒，妳怎麼這麼冷漠？這不像妳說出來的話。」

聽了房淑靜的話，房言嘆了口氣，說道：「姊姊，枉費妳讀了那麼多的書，連這樣的道理都不懂嗎？他們是咱們家的僕人，妳不能用這種心態對待，沒聽過『奴大欺主』嗎？」

其實房言也不想這樣，可是她就是生活在這樣一個階級森嚴的時代。如果你對待僕人跟對待親人的態度相同，要這些親人怎麼想？如果不一開始就擺正態度，等到以後僕人越來越多，要怎麼管理他們？

雖然之前房二河買下胡平順一家人，可是他們住在縣城城郊，房淑靜基本上沒跟他們打交道，見了面，他們頂多叫她一聲「大小姐」，就沒再說什麼。

然而現在這兩個僕人就住在自己家裡，年紀比她爹娘大，還要為他們幹活。在房淑靜的價值觀裡，對這種人冷眼旁觀實在太沒同情心了。

不過，房淑靜又覺得自家小妹說得也對。書上說過，如果對待僕人太好，他們可能會騎到主人頭上，偷主家的東西去賣。

房言見房淑靜沒講話，就接著道：「姊姊，我知道妳是好心，但是妳也知道，咱們家會越來越有錢，大哥以後也可能會考上秀才，甚至考上舉人去做官，到時候妳就是官家小姐了，伺候妳的人會更多，得早點習慣才是。」

房淑靜糾結了半天，說道：「可是二妮兒，咱們好手好腳的，幹麼要買人來伺候咱們啊？別人替咱們幹活、端東西給咱們吃，這豈不是活得跟個廢物似的？」

房言心想，可不跟個廢物一樣嗎？不過她可以換一種「好聽一點」的說法，就是「米蟲」！

「姊姊，有錢人家都是這樣的，咱們家有錢就要懂得享受，要不然賺那麼多錢幹什麼，攢著嗎？還是放著讓它們發霉？大家這麼辛苦，不就是要過這種不用幹活跟勞累的日子嗎？」

這會兒房淑靜還沒想通其中的道理，但是她想到自家小妹比自己聰明，也就沒再反駁什麼，點點頭出去了。

房言從屋裡看到房淑靜去院子閒晃，並沒往廚房去，也就放下心來，悠哉悠哉地穿好衣服去洗漱。

等到飯菜端上來的時候，房言很自然地坐在桌前，接受花嬸子的服務。當熱騰騰的飯菜入口時，房言開心得眼睛都瞇起來了。

這才是美好人生，這才是賺錢的意義！

雖然這樣算是壓榨別人，但這是現在這個社會的規則。更何況這些人在他們家勞動，得到的待遇跟月錢絕對比外面不知道好上多少倍，她相信他們不會後悔的。

等老丁頭與花嬸子重新打理過那兩畝地之後，房二河開始準備蓋大棚——也就是現代的「溫室」。

當房二河第一次提起大棚的時候，房言非常驚訝，她原本還想著該怎麼傳達溫室的概念，沒想到現在就已經有這種東西了。

其實房言納悶得很，她不知道古代人是怎麼弄溫室的？保持室內溫度這一點不難做到，放幾個火爐進去就是，但是光照呢？沒有透明塑膠布，該怎麼做呢？

等到跟著房二河去縣城，房言才知道這時候的溫室技術是怎麼來的——竟然使用非常昂貴的帛！除了在架子上覆蓋帛之外，還要在帛上面塗上一層油。

聽到帛的價格時，房言整個人都傻住了。她仔細算了算，如果把那兩畝地全都用帛蓋上的話，最少要花五百兩銀子。

二十一世紀找幾塊塑膠布就能解決的問題，這個時候卻要花這麼多錢！

房二河顯然也被這個昂貴的金額嚇到。當他猶豫不決、不知如何是好的時候，他帶著房言駕車去了趟霜山書院。

聽到這件事，房伯玄思考了一會兒，說道：「買下來吧，畢竟冬天能生產蔬菜的時間比較短，數量也少一些。別人家的包子裡可能見不到什麼青菜，所以咱們包子裡的菜可以適當減少一些分量，想必客人們能體諒。至於野菜的價格，一斤要提高至少兩文錢，不只能在店裡賣，也能賣給酒樓。還有，爹不是想過要種一些冬天能收成的菜嗎？可以留一些地種起來了。」

自從房言作過跟「前世」有關的夢之後，對房伯玄的信任與日俱增，他說什麼，她就信什麼。

「大哥的主意真好！」房言稱讚道。

房伯玄笑道：「這樣一來，這個冬天應該能賺不少錢，反正那些帛明年還能用，我覺得非常值得。」

房二河雖然相信房伯玄的話，但是聽兒子提起漲價的事情，他有些遲疑。

「大郎，一口氣提高兩文錢，是不是漲得太厲害了？而且包子裡面的菜減少，客人們真的不會不高興？」

房伯玄回道：「爹，不會的，您不漲價反而不好。若是您擔心，那就去集市上打聽一下，別人漲多少，咱們就漲多少，總之絕對不能比別家便宜，甚至要貴一些，因為咱們的菜好。」

房言忍不住開心地抱了抱房伯玄，說道：「大哥，我也這麼覺得！」

她的靈泉功效那麼強勁，受到它滋潤的菜怎麼能賣太便宜？

房伯玄喜歡房言這般親近他，疼愛地摸了摸她的頭髮。

房二河見大兒子跟小女兒都這麼說，就不再有意見，打算照他們的意思去做。

第二天早上，房二河就買了帛跟油，返家之後，幾個人就開始一起搭大棚。他們將這兩畝地分成四個大棚，因為大棚越小越好管理。

花了五天，所有大棚都設置完畢。看著一個個蒙古包似的大棚，房言的心情非常好。

這次搭大棚，房二河用的都是自家的僕人，這些人全都簽過契約，屬於自己的私人財產；加上他特別叮囑過，所以他們絕不敢說出他們家的秘密，要是說了的話，他有權把人押去見官。

因為大棚與這些菜地屬於貴重物品，房二河覺得只有一隻狼狗不夠，他打算在菜地旁蓋一些房子讓僕人們住，好幫忙看著這些財產。由於是給僕人們住的，不需要太講究，房二河本來想蓋個兩間就好，但是房言覺得他們家以後會有更多僕人，所以要房二河找人多蓋幾間。

這四個大棚都用來種菜，其中三塊地種野菜，剩下一塊地用來種冬白菜跟高麗菜等常見的蔬菜。雖說後面這兩樣蔬菜本來就是冬天產的，種在外面也沒關係，但是畢竟大棚裡有神奇的土壤，自然要種在那裡。

花嬸子以前種慣了蔬菜，一開始還勸過房二河別這麼做，因為她覺得這個時候才播種，不知道什麼時候才能長出東西來？不過房二河卻只是笑了笑，堅持要她去地裡播種。

當花嬸子發現那些地的蔬菜不僅迅速冒出來，而且長得非常快的時候，著實感到震驚。他們夫妻倆在主家已經察覺好幾處不合常理的地方，一隻雞每天下蛋的顆數就是其中之一。

不過老丁頭與花嬸子當然什麼都不會說。不只房二河，之前房伯玄回來的時候也警告過他們，所以他們現在看到主家之外的人，一句閒話都不敢多聊，連主家什麼時候回來這種事都不敢告訴別人，嘴巴緊得很。

去集市觀察過後，房二河剛開始沒漲菜價，因為目前外頭還是有一些零星的蔬菜能買。一場北風颳過之後，溫度降低許多，雨水也少得可憐，不僅是集市，就連山間小路上的綠意也消失不見。

這個時候，房二河家賣的野菜終於漲價了。準備漲價的牌子在房言提醒下，早早就掛上，客人們心裡也有了底。

漲價之後，野菜賣出去的數量明顯減少了。此時很多人家裡還有一些存起來放的蔬菜，所以不急著買。等再過了幾天，吃不到菜不說，連那種渾身是勁的感覺都消失了，眾人不得不來買變貴的野菜，就連沒吃過野菜館賣的野菜的人，也來買了一些。

誰教這個時節的蔬菜太少，大白菜都吃膩了，他們不僅想換點新鮮的口味，身體也急需蔬菜補充營養。

尤其是一些大戶人家，家裡沒有大棚，那些奴僕每隔幾天就得去府城買一些大棚種出來的菜。如今縣城這家野菜館就能滿足他們的需求，自然不需要捨近求遠。

過沒幾天，野菜館的收入開始提高，等房言家其他蔬菜能收成的時候，野菜館賣出去的菜量就更多了。

# 第四十一章　不速之客

眼看就要下雪了，房二河就找人來家裡做了火炕。因為他們很多年沒回房家村，所以過去沒這東西。

由於這裡的冬天，一直不像北邊極度寒涼之地那麼令人難以忍受，不少人家嫌火炕廢柴火，不願意燒；有些人是因為火炕占地方，乾脆不做。

房二河可不管了那麼多，不只他們自己屋裡做了火炕，包括胡平順那邊在內，僕人們的房間裡也有。老丁頭夫妻都說了，他們家鄉那裡有人一夜凍死，往年可沒這種情況，可見今年天氣冷得詭異。

下雪之後，房言一點都不想出門，只想躺在炕上。這天下午她正坐在炕上看書，忽然間聽到她爹娘在隔壁的談話。

她覺得這房子的隔音效果真是太差了，不只能聽到說話聲，晚上甚至能聽到一些「不和諧」的聲音，怪折磨人的。

房言原本以為房淑靜會跟她一樣難受，結果她卻對那些聲音毫無反應，讓房言不知道該說什麼才好?也是，她在現代生活了那麼久，有些事懂太多了……

只聽王氏說道：「孩子他爹，大山他說親沒有?」

聽到這句話，房言動作一頓，仔細地聽了起來。

房二河問道：「嗯？怎麼想起這個問題了？」

「是荷花她娘要我問的，我看弟妹或許是看上大山了。」

房言相當驚訝，立刻放下手中的書，下床走到牆邊，把耳朵貼在牆上聽起來。

房二河看了王氏一眼，訝異地問道：「弟妹想把荷花說給大山？」

王氏點點頭，說道：「我看她有這個意思，之前她也跟我提過，只是沒明說就是了。不過前幾日，她又向我打聽起大山的情況。」

房二河沈思一下，說道：「大山的品性好，幹活也賣力，是個踏實的孩子，只不過家境差了些。」

王氏說道：「就是啊。弟妹應該也覺得大山是個好孩子，不過考慮到他的家境，才遲遲沒決定。我看她猶豫得很，所以沒跟我挑明了說。」

房二河皺了皺眉，回道：「改天我去打聽打聽。」

「好。」

說完這件事，房二河又跟王氏談起其他事。

人在隔壁的房言可就沒那麼淡定了。她爹娘不會亂點鴛鴦譜吧？

房言有個直覺，她認為袁大山似乎挺喜歡她姊姊的。要說原因麼，就是他救了她姊姊之後刻意迴避他們家的舉動，讓她有了一些想法。光是想像他們站在一起的畫面，她就覺得這兩個人真的好相配。

可是……她姊姊呢？

若是房淑靜也有意思，卻因為大人的想法而被迫錯過這麼好的兒郎，那就虧大了。

不行，她得探探她姊姊的話！

晚上睡覺的時候，房言悄聲問道：「姊姊，我看別人都開始說親了，堂嬸也在幫荷花姊找對象，妳心裡有什麼想法啊？」

房淑靜一聽到這個話題，臉紅了紅，說道：「二妮兒，妳才多大啊，怎麼想這些有的沒的？」

房言回道：「哪有啊？我這不就是隨便問問。」

只聽房淑靜道：「我能有什麼想法，當然是爹娘說什麼就是什麼啊。」

這個答案房言不太滿意，她追問道：「姊姊，妳真的沒有自己的想法嗎？」

房淑靜輕輕拍了房言的手臂一下，說道：「妳怎麼能說這種話，我可沒想過這樣的問題。總歸爹娘不會害我，他們找什麼樣的人，我就嫁什麼樣的人。」

對於房淑靜的回答，房言著實感到驚奇。父母自由戀愛這個例子擺在面前，房淑靜竟然完全沒有表達自己觀點的念頭。

「妳真這麼想？」

「自……自然是這麼想的。」

「一點都沒想過自己找對象？」

「其實……其實也想過，就是找個像爹一樣……一樣體貼的人就行。」說著，房淑靜用被子蓋住頭，喊道：「快睡吧，別想這些亂七八糟的了。」

聽到被子裡傳來房淑靜那悶悶的聲音，房言覺得，她就像把頭埋在沙子裡的鴕鳥一樣逃避現實。不過，想問的話還沒說出來，她可不能睡！

房言使勁拉開房淑靜頭上的被子，問道：「姊姊，跟我說實話，妳覺得大山哥如何？」

房淑靜立刻回道：「我對他能有什麼想法？妳可不能亂說。」

房言驚訝地看了房淑靜一眼，一時之間也不確定這個姊姊的意向了，於是她又補充一句：「我聽說有人想要為他說媒呢。」

她非常機靈地沒說出那個人是房荷花的娘，也就是李氏。若是這件事沒成真，或是她姊姊喜歡袁大山的話，她們這些姊妹可就難做了。

「喔。」過了半晌，房淑靜應了一聲，然後就轉身背對著房言睡了。

房言等了半天就等來一聲「喔」，接著房淑靜就沒有任何反應，她也看不到她的表情。所以……這個「喔」到底是什麼意思呢？

房言忍不住輕輕叫了房淑靜幾聲，結果她並未應答。無奈之下，房言只好睡下了。

她不知道，等她睡著之後，旁邊傳來一聲輕輕的嘆息。

十二月中旬，房二河家門口突然來了一個人。

房言愣愣地看著眼前的人，覺得有些熟悉，又有些陌生，直到房淑靜在背後喊了一聲「舅舅」，房言才知道他是誰。

房淑靜推了推房言，說道：「二妮兒，快叫人，這是咱們的親舅舅啊。」

想到這個人在她夢境裡的行為，房言實在對他沒多少好感，但還是勉強地喊了聲：「舅舅。」

不知道她這個舅舅這會兒來做什麼？在他們家最需要幫助的時候沒看到他的影子，現在莫不是看他們家有錢了，所以過來蹭蹭？

王知義驚訝地看著房言，問房淑靜道：「言姊兒如今已經會說話了？這是什麼時候的事？」

房淑靜回道：「可不是，今年春天就會講話了，不只這樣，她的腦子也比一般人聰明許多呢。」

王知義看了房言一眼，欣慰地說道：「那可真是太好了，妳娘再也不用為她擔心了。」

「舅舅快進來坐吧。」房淑靜引著王知義進門。

王知義說道：「好。」

當他走進屋裡，卻不見房二河與王氏，不禁問道：「妳爹娘不在家嗎？我聽說你們搬回村子裡了啊。」

房淑靜道：「不在，他們去縣城做生意，過一會兒就要回來了。」

王知義皺著眉頭說道：「他們去縣城做生意了？我聽說他在鎮上得罪了人，怎麼又跑去縣城，難道還想得罪更厲害的人嗎？妳爹本身就不是做生意的料子，怎麼又重操舊業了？」

他迸出這一串話，頓時讓房淑靜不知道該怎麼回？

「我爹怎麼就不是做生意的料子了？我覺得他做得挺好的。」房言冷不防地說道。想到前世的事情，房言就很生氣。她爹可是被人打死了啊，可那時候舅舅家卻大門緊閉，怎麼叫都沒人應門，他們去找里正、縣令的時候，這個舅舅也沒提供任何幫助。這種親戚還理會他做什麼？趁早趕出去才是！

認真說起來，房言這種想法有點無理取鬧。親戚之間，別人幫你是情分，不幫你是本分，強求不得。

可是一想到他們家後來的遭遇，房言就是嚥不下這口氣。她舅舅家，跟老宅的人一樣可惡！

聽到這句話，王知義重重地用手拍了一旁的桌子，喝道：「妳這是什麼態度，怎麼跟舅舅這樣說話?!」

「二妮兒，快別說了。」房淑靜焦急地拉著房言道。

此時的房淑靜很害怕。她還記得小時候住在鎮上，他們讀書不認真的時候，舅舅都會發好大一頓脾氣，不只她弟弟，就連她大哥也被打得不輕。

這一世的房淑靜沒再經歷那悲慘的遭遇，自然不像房言心中有恨，她只知道這個舅舅是童生，是她外祖家的驕傲。

三個人正尷尬著，門外忽然傳來馬車聲，原來是房二河他們回來了。

房二河一見大舅子在家，趕緊放下東西走過來。不管在鎮上受人欺負的時候大舅子有沒有幫忙，他在那裡找店鋪、兩個兒子找夫子，全都是憑這個大舅子的面子。

「大哥，你來了。」房二河打招呼道。

王知義的臉色不太好看，他看了房二河一眼，又看向外面的馬車，說道：「二河，買馬車了啊。」

房二河笑道：「是，前些日子買的。」

「喔，有錢了啊。」

「大哥先坐下來等一會兒，孩子他娘，妳去裡面拿些好茶葉出來。」房二河說道，接著他又轉頭看著王知義說：「對了，許久沒見著大哥，大哥最近在忙什麼呢？」

王知義想到自己之前因為房二河一家得罪了周家，所以故意躲開他們而出遠門的行為，嘴角動了動，說道：「跟一幫同窗舊友討論書上的問題。」

「哦，舅母也去了啊？我爹娘去舅舅家時，舅舅家可是沒開門的。」房言諷刺道。

發生那些事情的時候她還「病著」，照道理說應該不知道，儘管透過夢境得知，卻不能直接說出來。不過她「病好了」之後，就聽房淑靜與房仲齊絮絮叨叨地說過，所以對他們來說，她知道這件事並不稀奇。

王知義一聽這話，皺了皺眉，看著房二河說道：「二河，你這個女兒是怎麼回事，一點禮數都不懂。大人說話，哪裡有小孩子插嘴的分兒？你可得好好教教她什麼是禮義廉恥。」

房二河一聽王知義這麼說，臉色頓時轉黑。

想到之前他們去找大舅子幫忙的時候，他們家那大門緊閉的樣子，他心裡也有些不滿。不肯幫忙就算了，竟然連大門都沒讓他們進。

再說了，二妮兒是他聰明又貼心的好閨女，哪裡像他大舅子說的那樣不懂禮數？

「大哥，二妮兒的病早就好了，她一直都很懂事，書也讀得不錯。也許是因為心疼咱們之前吃了閉門羹，所以她語氣衝了點，大哥要是心裡不舒服，我就在這裡向你賠不是了。」

王知義被房二河這番話噎得回不了嘴，一張臉也脹得通紅。

當王氏拿著茶葉盒出來的時候，看到外面這個情形，就輕輕地叫了聲：「大哥。」

王知義一看見王氏，就數落起來。「小妹，不是我這個做哥哥的要說妳，一個女人家天天去做生意幹什麼，也不好好教養孩子。看看，妳這女兒像什麼話，莫不是以後也想像妳一樣找個泥腿子當丈夫！」

「泥腿子」這個詞是對農家人的蔑稱，也可用來指鄉巴佬、沒文化的人。

王知義說完之後，看著周圍的人滿臉不自在的樣子，心裡不禁一陣得意。他到現在都不覺得自己不出手相助有什麼錯，他們家在鎮上又沒有根基，得罪了周家對他們沒好處。何況他還要參加科舉考試，哪裡有時間管那些亂七八糟的事？他能過來看看他們，已經很給面子了。

只是王知義並不知道，現在的房二河不是原來那個房二河了。這種話過去說說也就算了，畢竟王知義對他有恩，他銘記在心，不會說些什麼。然而現在他們一家人團結一心，已經走出過去的陰霾，他也慢慢學會怎麼保護自己與家人，這個過程中衍生出來的自信與勇氣，早已超越他對岳家那份感激之情。

「大哥，你這話我就不愛聽了，我們家閨女要嫁什麼樣的人，不勞大哥操心。只要我們家閨女願意，別說她想嫁個農村的泥腿子，就算她想嫁給山裡的獵人，我也同意。」
王知義沒料到會被房二河這樣反駁，氣得一時之間說不出一句話。
這房二河如今翅膀真是硬了，竟然敢對他這麼說話?!憋了半天，王知義終於擠出聲音說道：「你……你……你，簡直不可理喻！」
王知義從兜裡掏出二兩銀子丟在桌上，又道：「這二兩銀子就當是我可憐你們了。」說完他就要離開。
「等一等！」
「等一下！」
「大哥！」
房二河、房言與王氏同時喊道。
王氏拿起那二兩銀子遞給王知義，說道：「大哥，我知道你一直以來都不喜歡二河，但是因為小妹我中意，所以不得不忍著；我也知道你嫌棄二河大字不識一個，是個農家人。從今天開始，大哥不用委屈了，你要是不喜歡我們一家，我們也不會自討沒趣。如今小妹我過得很好，就不用大哥施捨了。」
說完，王氏輕咳一聲，喊道：「老丁，你用馬車送一送我大哥！」
老丁頭一聽王氏喊他，趕緊過來說道：「好的，夫人。」
王知義手裡拿著那二兩銀子，想到這一屋子的人對他的態度，氣得手抖個不停。一看老丁頭過來請他，他甩甩袖子就離開了。

其實王知義忘了一件很重要的事，既然房二河家都能有馬車了，還會在意他那二兩銀子嗎？也是他一直以來太過自大，才會忽略眼前的事實。

等王知義出門後，王氏低著頭抹了抹眼淚，往裡屋走去。房二河見媳婦這個樣子，趕緊跟在她後頭。

且不說房言是怎麼想的，就是房淑靜，經過今日這麼一齣，她也知道這個舅舅有多不待見他們家了。

又過了幾天，房二河在野菜館門口掛了一個牌子，上面寫著「臘月二十六至正月初七歇業」。

吃慣了房二河家東西的人，一看到這個牌子，頭都痛了起來，連連勸房二河不要歇那麼久。不過，已經累了很久、幾乎一天空閒都沒有的房二河，堅決地拒絕了。

如今手頭上有錢，也不差那幾十兩銀子，該休息的時候就要好好休息。

回到家之後，房二河告訴房言這件事，她靈機一動，說道：「爹，您可以告訴他們咱們家在哪裡，讓那些人過來買菜，這樣咱們不用出門都能賺錢了。」

房二河聽了挑了挑眉，思索一會兒之後說道：「他們願意嗎？」

房言心想，爹，您還是不明白吃貨對美食的執著，而且靈泉養出來的東西，真的會讓人上癮的！

「爹，甭管那些人願不願意，您都可以告訴他們，這樣咱們多多少少能賺點錢，又不費什麼事。」

房二河覺得房言說得有道理，點點頭道：「好，爹就照妳的意思去辦。」

到了第二天，再有人問起歇業一事的時候，房二河都是這麼告訴他們的。

回來的時候，房二河對房言說：「沒想到真的有幾個人想來這裡買菜，仔細地問了咱們家的住址呢。」

房言得意地說道：「那當然了，咱們家的菜那麼好吃，他們肯定會來的。」

到了臘月二十五這天，房二河準備好要收拾東西回去時，店裡突然來了一個不速之客。

這人不是別人，正是周八爺。

周八爺是要來縣城辦事的，他在外面看到這家店的招牌，心頭一動，再看到裡面那個熟悉的身影，頓時不屑起來。

沒想到這個房二河長本事了，不在鎮上做生意，倒跑到縣城來了！

「房老闆，好久不見，原來在這裡發財啊。」

房二河一聽到熟悉的聲音，立刻看了過去。他的眼睛像是能噴出火一樣，呼吸間也亂了幾分。

他壓住心中的怒氣，走出去說道：「周老闆，好久不見。」

周八爺看著這間明顯比鎮上更好的店鋪，陰陽怪氣地說道：「房老闆生意竟然越做越大了，也不知道……能不能做得長久？」

房二河頓時怒道：「周老八，你到底想幹什麼？」

周八爺瞇了瞇眼睛，說道：「我沒想幹什麼啊，只是覺得這個地方不錯罷了。」

房二河冷哼一聲，說道：「地方是不錯，只不過，你要是想跟過去在鎮上一樣為所欲為，那就是癡人說夢了。」

「呵呵，那你就看看我是不是癡人說夢。」

「你敢！」說到這裡，房二河心思轉了轉，又道：「也不去打聽打聽，我們這家店背後的主人是誰。周老八，你在鎮上張狂就算了，到了縣城，可不是你說了算的！」

# 第四十二章 低頭認錯

周八爺聽了之後，一時之間愣住了，不過他一想到房二河家的背景，就說道：「房老闆，你這不是在說笑嗎，你們家有哪幾門破親戚，當我不知道？聽說你那大舅子也不管你們家，你跟我裝什麼凶狠？」

這會兒房二河已經冷靜下來，他說道：「你要是不信的話，那就試試看吧。」

周八爺一臉不以為然，又打量店鋪一回後，他說道：「對了，你兒子明年又要考科舉了吧？也不知道你那傻女兒好了沒？哈哈哈哈哈哈！」

說完，沒等房二河說什麼，周八爺就大步離開了。

之前野菜館在平康鎮營業的時間不長，周八爺也只跟房言在街上打過一次照面，他既不知道那就是房二河的小女兒，也不曉得房言在店鋪裡多活躍，所以印象還停留在房言「生病」的時候。

房二河看著他的背影，手緊握成拳，恨不得現在就給周八爺一頓排頭吃。

把店裡打掃乾淨之後，房二河心事重重地帶著眾人回到房家村。

王氏一直沒好好休息，如今有這麼長一個假期，她終於可以喘口氣了。雖說有了戚氏跟黑丫之後，野菜館在縣城的生意不太用得著她，但是這樣每天陪著大夥兒來回，她也有些疲憊。

房二河見媳婦疲倦的樣子，就沒告訴她今天在店外發生的事。

到了下午，房伯玄跟房仲齊回來了。因為野菜館要暫時歇業，得把一些東西運回家，馬車實在塞不下人了，所以房二河就沒去霜山書院載他們回來。

晚上，房二河、房伯玄跟房言關起書房的門，開始結算今年的帳。算帳之前，房二河把周八爺找上門的事告訴他們兩個。

房言一聽，挑了挑眉。

這個周家還真是狂刷存在感，不解決他們，實在挺煩人的。只是如今哥哥們還沒考上科舉，該怎麼解決，也是個問題。

房言想起之前她爹說的，周家的女兒被送到一個大戶人家當小妾，那個大戶人家……會不會是孫家？而那女兒就是孫博父親的小妾？

「爹，您去找孫少爺的時候，可以跟他提一提。」房言說道。

房二河回道：「告訴孫少爺這種事情，會不會太打擾他了？畢竟這是咱們跟周家的私事。」

房伯玄卻道：「小妹這個主意好，爹，我覺得您可以試試。咱們現在跟孫少爺拴在同一條繩子上，店裡賺的錢多，他也跟著受惠。您就告訴他，說有人想打野菜館的主意，這店鋪是孫少爺他娘的嫁妝，他肯定不會坐視不理。」

聽到這番話，房言對房伯玄豎起大拇指。如果周家的女兒真的在孫家當小妾的話，房伯玄這話可就誅心了。一個小妾惦記著已逝正房的嫁妝，要不要命啦？

商量完這些事，房二河總算不再那麼緊繃，大家也開始計算起收益。

房二河之前從客人那邊拿到的多半是銅錢，等銅錢攢得多了，他就把其中一部分換成銀子，等銀子多了再換成銀票，銀票也被他藏得很好。雖然他對大概賺了多少錢心裡也有底，但不清楚確切的數字。

如今這麼一算，就一目瞭然了。從野菜館開張到現在，扣除材料費、工資，他們總共賺了一千多兩銀子，去掉給孫博的兩成分紅，還能剩下八、九百兩。

房伯玄看到這些數字的時候呆住了，他和房二河兩個人你看看我、我看看你，一時之間有些說不出話來。只有房言淡定得很，覺得賺到這個數字是應該的。

驚訝過後，房伯玄說道：「至少咱們沒讓孫少爺吃虧。爹，您明天帶著帳本跟銀票去找孫少爺，然後找機會跟他提提周家的事吧。」

房二河點點頭，接著三人就各自回房歇下了。

第二天，房伯玄與房言跟著房二河搭馬車去縣城，王氏則在家裡指揮眾人大掃除。

找地方停好馬車後，房二河要房伯玄帶著房言去逛逛，他一個人去孫家，等時間差不多的時候，大家再會合。

到了孫家門口的時候，房二河看到了一個熟悉的人，正是周八爺。

房二河看到他，眸光銳利得就像刀子一樣。他今天本來就要跟孫博說周八爺的事，沒想到竟在這裡看到他。

周八爺看見房二河，則是驚訝得下巴都快掉下來了，因為房二河是從正門被請進去的，而他剛剛走的卻是後門。

看到這個情景，周八爺嚇得渾身直哆嗦。他心想，難道房二河真的找到靠山了？

待房二河進去之後，周八爺走到孫家正門口，拿著幾個銅錢塞給看門的僕人，問道：「這位小哥，我想問件事，剛才進門的那個人是誰啊？是你們家的親戚嗎？」

僕人掂量了一下手裡的銅錢，說道：「沒看到嗎？出來接人的是我們家大少爺的貼身小廝，那個人自然是我們家的貴客。」

周八爺心裡一涼，低著頭說道：「嗯，謝謝小哥。」

從正門走開之後，周八爺又去了後門。他剛剛才從這裡離開的，但是事關重大，所以他想了想，又走了回來。

周大剛被人叫出來的時候，不耐煩地道：「大叔，您怎麼又來了？還有什麼事，一次說完，大過年的，我忙著呢。」

周八爺滿臉堆笑道：「這也是不得已啊，我有件重要的事要跟你說。」說著，周八爺就湊到周大剛耳邊講了起來。

這個周大剛是孫家的一個管事，賣身之前跟周八爺是一個村子的人，從小就喜歡周八爺家的閨女周雲兒。周八爺把周雲兒賣進孫家當丫鬟的時候，他也把自己賣來這裡，反正他沒爹沒娘，這麼做不痛不癢。

周大剛本來以為他們都賣到同一戶人家，朝夕相處的，感情肯定會好起來，沒想到周雲兒竟然爬上孫吉思——也就是孫博他父親的床。周大剛那時氣得不得了，還跑去找周雲兒理論。

誰知一直對他愛理不理的周雲兒，竟然哭著說自己是被逼的，因為老爺喝醉了。既然身子已經給了老爺，她也沒辦法，以後她就是老爺的小妾，還需要周大剛多照看著點。

看到周雲兒哭得梨花帶雨的樣子，周大剛一時心軟，答應下來，而且後來周雲兒也跟他……

所以這些年來，周大剛不只照顧周雲兒，也幫忙照應周八爺。

不過關於這點，其實周大剛有點後悔，因為周雲兒這個爹真的是到處惹麻煩。

女兒從丫鬟「晉升」為小妾之後，周八爺在縣城處事相當囂張，後來被孫吉思知道了，就把他趕回鎮上去。誰知他在鎮上也不好好做事，還讓周大剛拿著名帖到處去疏通關係。

這會兒聽了周八爺的話，周大剛不禁怒道：「什麼?!大叔，您到底惹了什麼人？」

「這個……那個……他從前真的只是鎮上一個木匠，誰知道他跟你們家大少爺扯上關係了……」周八爺聲音微弱地道。

周大剛皺了皺眉，回道：「您先在這裡候著，待我去打聽清楚了再說。」

不僅周八爺在意房二河的身分，房二河也非常關心周八爺跟孫家的關係。

他跟著全忠走在迴廊上，裝出隨意的樣子問道：「小哥，剛才門口外面那人是誰？」

全忠回想了一下，說道：「這我就不清楚了，沒見過他，不知道是不是來咱們府上的？」

房二河聽了以後，心事重重地點點頭。

看到孫博與坐在他身邊、像是帳房先生的人時，房二河立刻整理好心中紛亂的思緒，朝孫博打招呼。「孫少爺。」說著，他又對孫博旁邊的人微微頷首。

「房大叔，請坐。」

自從關係越來越近之後，孫博就改了對房二河的稱呼，可是房二河還是用對待主家的禮節回應孫博。對孫博來說，他信得過房二河一家人的品性，若全由他作主，根本不會要帳房先生來監督，不過人是他祖母派來的，他也不好說什麼。

帳房先生接過房二河遞來的帳本，翻開以後打起了算盤，越算越是心驚。

他是老夫人派來的不假，但也只是走個過場而已。老夫人的意思是，這不過是門小生意，隨便算算就行，可他萬萬沒想到，不到一年，這間店就已經賺了一千多兩銀子。這哪裡是小生意啊，明明賺錢得很，而且還越賺越多！

孫博看到最後出來的數字時，也嚇到了。不過想到野菜館人來人往的盛況，再想想那些料理的味道，他就笑道：「還是房大叔家的菜好吃，才能賺這麼多錢。」

房二河趕緊回道：「多虧孫少爺照拂，要不然這生意不會這麼穩當。」

寒暄了一會兒之後，房二河有些糾結地看了帳房先生一眼，又看向孫博。

帳房先生見狀，非常識趣地說道：「大少爺，小的先拿帳本去給老夫人看了。」

「好。」

當房間裡剩下孫博與房二河時，房二河就把事情的經過，原原本本地跟孫博說了一遍。

孫博一聽到「周八爺」這個名字，皺了皺眉。他爹那些小妾真的是沒一個讓人省心，尤其是周雲兒！

當年他娘身體原本就不好，還被那些人氣得不輕，生生折磨了好一段時間。若是他不給周雲兒一點顏色瞧瞧，他們真不知道這裡到底是誰在當家了！連他母親的東西都敢覬覦，是誰給他們的膽子?!

孫博看著房二河說道：「房大叔，您不用擔心，周家不敢的，生意放心地做下去就是了。」

房二河一聽這話，像是吃了一顆定心丸。過了一會兒，帳房先生拿著帳本回來，房二河收好東西以後，就笑著跟孫博道別了。

孫博在屋裡坐了一會兒之後，就去正屋找他祖母。

孫老太君得知這件事之後，生氣地拍了一下桌子，道：「這些奴才如今都張狂得不知道自己是誰了！」

孫博默默地站在那裡，一聲不吭。

見狀，孫老太君道：「博哥兒，你放心，這件事祖母一定會為你作主。你爹這些年太不像話了些，竟慣得人不知天高地厚了。」

孫博回道：「多謝祖母體諒孫兒。」

待周大剛打聽到房二河的身分之後，嚇得出了一身冷汗。原來房二河不只跟他們家大少爺一起做生意，背後還有老夫人撐腰，簽約的時候，是老夫人派身邊的人去辦，今天去對帳的，也是老夫人信任的人。

周大剛走到後門的時候，臉色蒼白地說道：「大叔，您回去趕緊備一份禮送到房家，求他們高抬貴手。他們家今非昔比，已經是我們老夫人身邊的紅人了。」

聽到這些話，周八爺嚇得一屁股跌坐在地上。

不、不是吧……這房二河到底什麼時候攀上了孫老夫人，竟然一聲不響地就站到他頭上去了！想到之前對房二河做過的事，他後背一陣一陣地發涼。

此時有路過的僕人看到這一幕，周大剛趕緊擺擺手，示意周八爺馬上離開。

與兒女碰面之後，房二河轉述了孫博的話，房言與房伯玄都鬆了口氣，三個人打算繼續在街上逛逛，看看有沒有什麼家裡用得著的東西。

一行人正在逛街，房二河突然間看到一個熟人，喊道：「童少爺！」

「房老闆。」童錦元點頭道。

看到眼前的少年，房言心想，這個人不是住在府城嗎，怎麼又來縣城了？

房二河笑道：「真巧，竟然在這裡看到童少爺，您來縣城辦事嗎？」

童錦元回道：「我聽說縣城有一家店賣的菜很特別，可是繞了幾圈都沒能找到。」

其實童錦元大可差小廝去問人，不過他覺得多走一些路，就當是逛逛也沒關係，偏偏走了半天都沒看到。

房言看了童錦元一眼，半開玩笑地說道：「童少爺找的不會就是我們家的店吧？」

童錦元看向房言，思索了一下後說道：「還真有可能。」

他身邊的小廝聽見了，就問道：「你們可是姓房？我聽說那家店的老闆姓房。」

房二河點點頭，笑道：「那就沒錯了，是我們家。」

小廝高興地道：「少爺，太好了，咱們找到老闆了！」

童錦元微笑著點點頭。他當然知道房二河的姓氏，也曉得他們開了家野菜館，但他卻沒把這幾件事聯想在一起，直到房言一說，他才覺得事情說不定就是這麼巧。

「只是如今店鋪歇業了，要到正月初八才開門。」房二河說道。

「啊，那怎麼辦啊？」小廝著急地道。

房二河笑道：「你們急著要的話，不妨去一趟房家村，我們正在家裡賣一些蔬菜。」

童錦元向小廝使了個眼色，小廝就說道：「有賣就成，咱們現在就去吧。少爺，您先找間茶樓坐一會兒，小的去去就回。」

由於童錦元主僕兩人是搭馬車從府城過來的，所以小廝決定利用馬車在縣城與房家村之間往返一回，這樣就不需要花多少時間了。

「嗯。」童錦元點點頭。

童錦元這次出來，是因為他母親想吃蔬菜，聽別人家說縣城有一家賣的菜很好吃，他就自告奮勇出門了。原本這種事用不著童錦元親自出馬，但是家裡又有人對他提起說親的事，他煩不勝煩，便藉機出來躲一躲。

因為要跟著小廝一起去房家村，所以房二河便交代房伯玄兄妹別在縣城待太久，時間差不多了就搭自家馬車回去。

待童錦元、小廝與房二河都離開之後，房伯玄說道：「沒想到跟咱們做那麼大一筆生意的人，竟然如此年輕。」

房言點點頭說道：「是啊，這麼年輕就能做這樣大的生意，比旁人要厲害些。」

「哦？在小妹心中，他比大哥還要厲害嗎？」房伯玄慢悠悠地問道。

房言立刻識趣地回道：「怎麼可能，在小妹心中，最厲害的那個人當然是大哥，其他人比不上的。」

聽到這個答案，房伯玄笑著應了一聲。

還沒等周八爺去房二河家送禮，第二天孫老太君就藉故處罰周雲兒，讓僕人賞了她幾巴掌，丟丟她的臉。孫博的繼母一見到這個情況，立刻抓住不放，狠狠地教訓了她一頓。

周八爺得到這個消息，臉色大變，他要隨從拿好禮物，跳上驢車，就往房家村衝。

到房二河家之後，周八爺也不管地上髒不髒，就跪在院子裡。

房二河得到孫博的保證之後，以為不會再看到周八爺了，沒想到這麼快又再次見到他。不過這次周八爺不是來找事，而是來道歉的。

雖然不知道發生了什麼事，但是房言跟房伯玄看到周八爺這個樣子，也知道他女兒一定是倒楣了，要不然他不會登門求饒。

那天房二河在孫家外面看到周八爺之後，房言就跟家人說過自己的猜想，他們也都認同這個推測。如今看來，房言的想法完全正確。

「房老闆，以前是小的有眼不識泰山，竟然得罪了您，求您高抬貴手，放過小的吧！」

聽到這些話，房言忍不住想翻白眼。放過他？說得倒輕巧！他怎麼不放過她爹呢，她爹前世可是被打死了啊！雖說不一定要血債血還，但是絕不能輕易饒恕他！

房伯玄見房二河氣得說不出話來，走上前說道：「周老闆，大過年的，您跪在我們家門口像什麼樣子，快快起來吧。」

「房……大、大少爺，以前的事都是小的錯了，竟然沒發現咱們是一家人。」

周八爺指的是他們都跟孫家有關係，此話一出，在場的房家人就全都聽懂了。

只見房伯玄笑道：「一家人？不敢當，我們家姓房，而您姓周。」

周八爺被這麼頂了一下，趕緊說道：「小的現在知錯了，特地備上好禮，給您一家消消氣。」說著他看了隨從一眼，隨從立即拿了禮物過來。

「這是一百兩銀子跟幾疋布，希望你們笑納。」周八爺說道。

# 第四十三章　鎮上分店

房二河冷著臉說道：「這就不用了，周老闆，您請回吧。您說的話我一句也聽不懂，我們家跟大戶人家也沒什麼關係，咱們以後井水不犯河水。」

聽到房二河的話，周八爺有些著急地道：「房老闆，別、別這樣啊，我是真心來道歉的。」

房伯玄笑了笑，說道：「爹，我覺得您這話說得不對。既然周老闆誠心誠意送年禮給咱們，咱們這麼推辭不好，收下就是了。」

周八爺聽到房伯玄的話，心想有戲，還是年輕人更容易說動一些。

等周八爺的隨從把禮物放到堂屋的桌上後，房伯玄就說道：「周老闆，大過年的，您也別跪在這裡了，多不好看，快快回家過年去吧。」

周八爺看了房二河一眼後，就起身跟隨從一道離去了。

等周八爺走遠之後，房二河依然很生氣。「大郎，你怎麼能收下那種人的東西？太髒了，都是昧著良心賺來的錢！」

房伯玄悠哉地說道：「爹，大過年的，別生氣了。既然他誠心誠意地送來，咱們就收。」

說到這裡，房伯玄眼睛一瞇，說道：「況且這是周家欠咱們的，為何不收？」

房二河想了想，說道：「唉，不管收不收禮，爹都不會跟那種人為伍，他以後不來找麻煩就行了。」說完他就進屋去了。

房言看著房伯玄，內心有些糾結。她大哥不知道前世發生的事，萬一他真的原諒了周家怎麼辦？這仇到底還能不能報？

「大哥，你真的原諒周家了嗎？」房言思索一會兒，有些猶豫地說出來。

房伯玄牽起嘴角，說道：「原諒他？他既然種下了因，自然要結果，即便是佛祖，也講究因果輪迴，連佛祖都不輕易原諒壞人，我又怎麼會原諒他呢？」

看到房伯玄這個樣子，房言也不知道該放心還是擔心？

房言家在賣菜的事情，隨著一個個或是騎馬、或是坐馬車的人的到來，很快就在村裡傳開。

在高氏找人上門來喊之前，房二河就主動送了幾斤蔬菜過去。

張氏知道房二河家如今過得非常好，忍不住說了句酸話。「聽說二伯家種了很多蔬菜，就給咱們娘送了這麼一點過來啊？」

房二河像是沒聽到她說話一樣，放下菜之後，腳步絲毫沒有停頓，頭也不回地離開了。

王氏也沒閒著，她送了一些蔬菜給村裡相熟的人家，與德高望重的幾位長輩，就當是年禮了。

臘月二十八日這天，房二河叫村裡的屠夫來他們家殺豬。聽到豬的慘叫聲，房言一顆心一抖一抖的，她索性躲在炕上不出去。

好在屠夫的技術很高超，很快就沒聽到豬的叫聲。

等到外面安靜下來，房言出去一看，院子已經被收拾得乾乾淨淨。戚氏與花嬸子正在打包豬隻的各個部位，準備讓房二河拿一些分給有來往的人家。

店鋪歇業期間，胡平順一家人都會待在房二河家，所以今天戚氏才會在這裡。

一聽到有要給袁大山的肉，房仲齊就自告奮勇道：「爹，我去，正好能看看大山哥。」

房言好幾天沒出門了，今天也不是太冷，於是湊熱鬧道：「二哥，帶著我，我也幾天沒見到大山哥了。」

聞言，房二河點點頭，把包好的豬肉遞給房仲齊，囑咐他們路上小心。

房言打開門，發現外面還是挺冷的，便說道：「二哥，你等我一下，我去換件衣裳。」

當房言回到房間找衣裳的時候，房淑靜好奇地問道：「二妮兒，妳換衣服要幹麼？」

房言回道：「跟二哥一起去大山哥家裡送豬肉。」

原本房淑靜正在繡花，此時手不禁一頓。她抿抿唇，說道：「喔，外面怪冷的吧。」

「是啊，挺冷的。」一穿好衣服走到門口時，房言像是想起什麼似的，回頭看著房淑靜說道：「姊姊，妳也好久沒出門了吧，不如咱們一起去？」

看了房言一眼，房淑靜猶豫了一下後，說道：「嗯，出去逛逛也好。」

房言驚喜地說道：「姊姊，那我跟二哥在外面等妳，要快一點喔。」

他們兩個人在外面等了一會兒之後，房淑靜就從房間裡出來了。房言發現房淑靜換了一件新衣裳，頭髮也重新梳過，不過她什麼都沒說，假裝沒發現。

出門前，房言突然說道：「咱們給大山哥送點菜吧，大冷天的，估計他們家不缺肉，而是缺菜。」

房仲齊與房淑靜對這個提議沒什麼意見，一旁的戚氏聽到了，就去大棚裡挖了點菜讓他們帶走。

三個人在山腳繞了一段路之後，就到了袁大山家，此時袁大山正好在院子裡殺雞，一見他們來了，他馬上停下手中的動作。

「齊哥兒，你們來了啊。」袁大山本來要引他們進屋，結果他低頭一看，發現自己的手上滿是污漬，趕緊進廚房洗了把手。

洗好手，袁大山走出來說道：「你們別站著了，進屋去說吧。」

房言笑著回道：「沒事，現在還有些太陽，大山哥，你忙你的就行，我們就是過來送塊肉跟送點菜給你。」

袁大山連忙婉拒。「不用，我家裡有很多肉。」

「那可不行，那是大山哥家的，這是我們家的，不一樣。」房仲齊說著，就把肉放到袁大山手裡。

「真的不用……」袁大山還是不肯收。

此時房淑靜順勢把自己手中的菜遞到袁大山面前，他不好再拒絕，只好紅著臉，收下他們送來的東西。

這不是房仲齊第一次來袁大山家裡。經過房淑靜掉進陷阱的事之後，房仲齊休假時若有空，就會來袁大山家，欣賞他打的獵物、聽他說說打獵的事。

因此沒等房言看夠房淑靜與袁大山之間的反應，房仲齊就噼哩啪啦地對袁大山說起話來，袁大山也認真地告訴房仲齊，最近一段時間去山上的情況。

等到房言他們要走的時候，袁大山原本想把打到的兩隻兔子都送給他們，但是房淑靜一臉的不贊同，讓房言與房仲齊縮了手，最終只拎著一隻兔子離開。

回去的路上，房淑靜說道：「二妮兒，妳不是說他要成親了嗎，怎麼家裡還是冷冷清清的？」

見房淑靜關心這件事，房言淺淺一笑，回道：「哪裡要成親了，是有人打聽大山哥的情況，想要幫他說親。」

「喔，這樣啊……」房淑靜喃喃說道。

房家村的人有守歲的習俗，熬到子正的時候，大家才去歇息。睡覺之前，房言許了個願，她希望一家人都能平平安安的。

第二天早上天還沒亮，不管房言如何賴床，都被王氏叫了起來。這是新年的第一頓飯，必須全家一起吃才行。

吃完了飯，房二河領著房伯玄與房仲齊去村裡向人拜年，王氏則在家裡跟僕人們一起收拾東西。

房言雖然睏得頭發疼，可一時之間卻又睡不著。坐了一會兒，她終於抵不住瞌睡蟲的召喚，躺床上睡著了。這一睡，就睡到了要吃午飯的時候。

醒過來時，房言依然覺得渾身不對勁。果然熬夜這個行為，即便白天睡得再多也補不回元氣，為了身體健康，必須早睡早起。

大年初一這一天，房言只有一種感受，那就是「累」！

初二這一天，是走娘家的時候。雖然王知義很過分，但是該有的禮數一樣不能少——雖然他們也不會太重視就是了。房二河索性不自己去鎮上，而是叫胡平順駕馬車帶著禮物去王知義家。

初三的時候，住在縣城的房氏一家人來了。房氏之所以初二沒回房家村，是因為那天兒子跟孫子、孫女要陪兒媳回娘家，初三她才能帶著全家一起回來。

鄭傑明駕著馬車帶家人進入房家村，去老宅拜訪之後，他們就來房二河家裡。女眷跟小孩子到西屋去喝茶聊天，男眷則在堂屋談天說地。

房二河見鄭傑明安然無恙地從塞北回家過年，高興地拍了拍他的肩膀說道：「回來就好。」

鄭傑明說道：「本來應該早早就返鄉的，結果路上突然遇到大風雪，在一處被困了大半個月，直到除夕夜才趕回來。」

房伯玄問道：「表叔，聽說塞北那邊鬧雪災？」

鄭傑明嘆了口氣道：「可不是嗎？今年天氣太冷了，咱們這裡還好一些，再往北，很多人凍死、餓死，還有人因為房子不結實，被大量的雪給壓死。塞北那邊不只是人，牛羊也少了，還好我想要的那匹戰馬提前買了回來，否則這次過去真是賠大了。雖然這次在路上死了一些馬，但是現在戰馬也漲價了，多多少少能賺一些。」

房伯玄問道：「我聽說塞北正在打仗？」

對於房伯玄消息這麼靈通，鄭傑明有些驚訝，他挑了挑眉。「沒想到玄哥兒連這種事也知道。」

「在書院聽夫子講過，而且有些同窗家裡也跟塞北那邊有關聯，他們告訴我的。」

鄭傑明讚嘆道：「果然是讀書人，跟一般人就是不一樣。」

誇獎了房伯玄之後，鄭傑明又說道：「塞北那邊的確是在打仗。這種事咱們爺兒幾個關起門來說說也就算了，可別往外傳。塞北那邊不是一條心，有人主戰、有人主和，矛盾就出來了。」

房伯玄了然地點點頭。

房二河嘆道：「不但有天災，還起了戰爭，塞北的百姓不好過啊。」

鄭傑明道：「就是啊。想吃上一口飯，就得爭個頭破血流，很多人甚至開始吃樹皮，可憐得很。有些人為了求生，就往關內來，可惜身體不夠健壯的人，還沒來到關內，就已經餓死或累死在路上了。對了，說到這裡，言姊兒託我的事，我辦好了。」

「哦？二妮兒要你替她辦事？」房二河驚訝地問道。

房伯玄也好奇地看著鄭傑明。

鄭傑明回道：「是啊，不過不是什麼大事。言姊兒之前問我，關外有沒有想賣身的人？她告訴我，書上說那裡的人比較強壯，她想買幾個人來家裡幹活。」

房伯玄笑道：「的確像是小妹會做的事。」

「我這次在路上幫她帶了幾個人回來，但是你們也知道，遇到雪災，又要趕那麼多馬匹，同行的幾個人根本顧不過來，所以我不得不在流民裡面選了幾個，他們也跟著我回來了。只是今天是走親戚，沒帶他們過來，不知道言姊兒想要什麼樣的人，到時候再讓她挑一挑。」

房二河道：「二妮兒大概就是隨口說說，沒想到表弟竟然這麼認真。」

鄭傑明笑了笑，說道：「沒什麼，順道而已。」

過了一會兒，房言知道鄭傑明真的帶回幾個人要讓她挑的時候，開心得快要飛起來了。她雖然在鄭傑明去塞北之前跟他提過幾句，卻沒想到他不是隨口答應的。

這下可好，又要有生力軍加入啦！

縣城的店鋪再過兩天就要恢復營業，房二河與王氏他們即將變得忙碌，不過關於今年的規劃，房二河有了不一樣的想法。

初五當天，房二河要全家人聚在一起商議。

「今年咱們店鋪的生意不知道能不能比以往好，如果按照去年的形式發展下去，只怕店面不夠大，這樣就要重新找地方了，也是件麻煩事。」

房伯玄道：「爹，您到時候可以跟孫少爺商量關於房子的問題，看看他有什麼想法？」

這個問題房言之前也考慮過，在她看來，有兩種解決方法。一是把隔壁店鋪也租下來，然後兩邊打通，不過這種想法好像不太現實，除非孫博買下那間店鋪；二是換個地方，最好是兩層的，這樣方便許多。

房仲齊疑惑地問道：「那個地方太小了？可是後面不是還有院子跟廂房，挺大的啊。」

此話一出，眾人的目光都集中在房仲齊身上。

王氏道：「二郎，後面是廚房跟廂房，又不能供客人吃飯。」

房言卻是眼前一亮，她發現自己之前的想法太僵化，此時被房仲齊一點，有如醍醐灌頂。

於是她興奮地說：「爹、娘，我覺得二哥的想法很好。咱們可不能被房子本來的格局給迷惑了，前面的店鋪雖小，但是咱們可以跟孫少爺提議，把店鋪做得大一些啊！後院除了廚房，咱們用不著其他地方，那就把一半的院子加上廂房全都改成店面，這樣空間不就擴大幾乎一倍了嗎？」

房二河聽了兒女的話，也認真思考起來，越想越覺得這個提議很恰當。

最後房二河興奮地拍拍手，說道：「是啊，當然可行，二郎提出的這個想法很好。孩子他娘，妳覺得呢？」

經過房言的解釋，王氏明白了小兒子的意思，她笑道：「你們要是覺得行得通，那自然好。」

房伯玄讚賞地看了房仲齊一眼。「二郎最近有長進，腦子靈活了許多。」

房仲齊傻傻地笑起來，其實他也不明白自己剛剛到底說了什麼。

看著大家開心的樣子，房言說出自己的想法。「爹，其實我還有個主意。現在周家的人已不足為懼，既然這樣，咱們何不在鎮上再開一家野菜館呢？之前那裡的生意很好，也能賺不少錢。」

聽了這些話，房伯玄挑了挑眉，說道：「二妮兒，妳是想讓咱們家像那些老店鋪一樣，開分店嗎？」

房言笑著回道：「對啊，咱們家的菜味道那麼特別，有何不可？不只是在鎮上，咱們以後還能開到別的縣城，甚至開到府城、京城去。當然了，那些分店用的材料，都得是咱們家產出來的才行。這樣的話，咱們豈不是能賺更多錢？」

房二河被房言幾句話搞得熱血沸騰，他說道：「二妮兒這麼一說，爹都激動起來了，彷彿咱們家已經開了很多分店似的。」

房言說道：「爹，咱們從現在就開始啊。」

聽到這句話，房二河頓了一下才說道：「二妮兒，要開分店還有一個問題——人手不足。」

房言回道：「爹，您不是想幫南叔跟北叔嗎？不如把鎮上的生意交給他們去做。兩位堂嬸已經做了這麼久，早就熟悉廚房的情況，至於兩位堂叔……爹，您可以教他們，剛開張的時候您也去看一看，等他們上手就行了。」

「這個主意極好。」他之前就想過怎麼安排他們兩家，但是一直沒想到適當的辦法。當他去監督房南跟房北在鎮上的分店時，縣城這邊的店可以交給胡平順看管。

房伯玄卻道：「小妹的想法確實不錯，只是有幾點需要注意。第一，野菜館的名字該換一換了，不如改為野味館。咱們家還賣水煮蛋跟果汁，只寫野菜館太狹隘了。第二，不如在鎮上開兩間分店，兩個堂叔畢竟分家了，是兩家人，只開一家的話，未必適合。」

「大郎這話有道理，只是鎮上的人數有限，開的店要是太多，只怕各自都賺不了錢。況且兩間店賣的東西都一樣，對客人的吸引力也不夠。」房二河回道。

房伯玄搖搖頭，說道：「爹，不是都在平康鎮開。一間在咱們鎮上，另外一間則去隔壁鎮，總歸咱們離那裡也沒多遠。」

房二河道：「去隔壁鎮開？你堂叔他們會願意嗎？還有，誰去隔壁鎮，誰在咱們鎮上呢？」

# 第四十四章　前期投資

房言一下子就想通了其中的關鍵。「爹，這個問題您不如去問問堂叔跟堂嬸，想必他們寧願分開，也不願兩家在一起開店吧。」

王氏不解地問道：「為什麼？」

房言看了房伯玄一眼，說道：「爹、娘，你們不如把自己當作堂叔跟堂嬸，想想你們願意選擇哪一種？」

雖然房南夫婦與房北夫婦為人都不錯，但是有房大河跟房三河那種兄弟，還有陳氏跟張氏那種妯娌，想必她爹娘很快就能弄懂親人一起做生意的不易。

房伯玄一聽，就笑咪咪地點點頭。

大夥兒沈默了片刻之後，房淑靜率先開口道：「聽二妮兒這麼一說，要是我，我想分開，因為自己想幹啥就幹啥，賺了錢也不用分給別人。我也願意去隔壁鎮，畢竟那邊沒什麼熟人，沒那麼拘束。」

房二河也想通了，他點點頭。「行，爹一會兒就把你們堂叔跟堂嬸叫過來問一問，只是……工資要給多少呢？」

關於這點，房言早就想好了，她說道：「爹，我覺得給工資不太適合，這樣時間一久，容易沒勁。咱們不如像孫少爺一樣給他們分紅，賣得多，自然得到的就多；賣得少，賺的當然就少。至於要給多少成的分紅，爹，您自己想想吧。」

在房二河低頭沈思的時候，房伯玄也開始默默在心裡算起帳來。

算了一會兒之後，房伯玄說道：「給三成或三成半都行。按照咱們家之前在鎮上的營業狀況，等生意穩定之後，扣掉成本，一間店每個月大約能賺十幾兩銀子，粗略估算，分三成半能超過五兩，分三成也有四兩多。當時的成本還包括工資，若這部分由堂叔跟堂嬸自己承擔，賺的錢還會再多一些。」

房二河也算出這筆帳了，他回道：「那就給三成半吧，即使給這個數字，咱們家也能賺不少，對待他們這樣的親戚，不能太苛刻。」

房言聽了之後，點點頭。等分店的營運上了軌道，他們家兩間分店加起來，一個月能賺二十兩銀子左右，很不錯。

商議完之後，房二河就要胡平順駕馬車去縣城，由他向孫博提出擴大店面的事。孫博一聽，立刻就同意了，要房二河放手去做。

等到房二河要離開的時候，孫博說道：「房大叔，有件事我年前就想說了，咱們還是把分紅改為一成吧，要不您每年只把該繳的房租給我就成，不需要分紅。」

房二河一聽這話，立即說道：「孫少爺，這是簽約時就說好的事，做生意的人豈能言而無信？還是說……您覺得我們家給您惹麻煩了？」

想到這裡，房二河有些愧疚。周家的事情是孫少爺出面解決的，他們什麼也沒做。

孫博趕緊說道：「房大叔，您別誤會，不是這個意思。我本來就不喜歡他們家，做這些事情看起來是在幫您，但也是在幫我自己。」

房二河還是有些不相信地問道：「那您為何要減少分成？」

孫博嘆了口氣。「房大叔，我是覺得你們家如今賺得越來越多了，我平白無故拿走那麼多錢，受之有愧。」

房二河拱拱手，說道：「孫少爺，這話就不對了，您哪裡是平白無故拿那麼多錢？以前我們家在鎮上開店的時候，有一些人來找過麻煩，自從來到縣城，就沒再發生過這種事。我再笨也知道，這全憑您的面子，您就不要再推辭了。」

聽了房二河的話，孫博思考了一下，說道：「也行，房大叔就當我這話沒提過，您去忙擴大店面的事吧。」

房二河點點頭，笑著跟孫博道別。

離開孫家，房二河就跟在外面候著的胡平順一道去了野菜館。房二河把自己的想法告訴胡平順，胡平順就一一記下來。

等研究完如何改裝店鋪，他們兩個就回村了。

一回到家，房二河就要胡平順把房南、房北、李氏跟許氏叫過來。

聽到房二河提出這件事，他們幾個人都愣住了，你看看我、我看看你，覺得很不真實。

「二河哥，你說要讓我們自己去開店，當掌櫃的？」房南不可置信地問道。

房二河點點頭。「對，我想讓你們兄弟倆在鎮上開分店。只是還沒想好到底是一人開一間，還是兩家合在一起開一間。」

房南連忙拒絕道：「二河哥，我有多少本事，你又不是不知道，要我去蓋個房子、搬搬貨物也就算了，找我當掌櫃的，那可就不行了。別說一個人開了，兩個人都做不來的。」

房北雖然心思比他大哥靈活一些，但從來沒想過自己能有這種機會，他也說道：「二河哥，你這想法太大膽了些，敢就這樣把店鋪交給我們兄弟兩人啊？」

房二河笑道：「有什麼不敢的？剛開業的時候我會去幫忙，等一切上了正軌，你們再自己負責。我也不問你們敢不敢，你們老實說，想不想？」

思考了一會兒，房南嚥了嚥口水，說道：「是不太敢，但是……誰沒想過要當掌櫃的。」

房二河轉頭問道：「北子，那你呢？」

房北看了他大哥一眼，說道：「我也想過，只是我一個人怕是不成，至少要跟大哥在一起。」

房二河回道：「只要你們想就成。要知道，當掌櫃的，工資一般可是會翻幾倍啊。」

李氏聽到這裡，不禁問道：「翻幾倍？」

王氏點點頭說道：「可不是要翻幾倍嗎？當掌櫃的肯定跟打零工的工資是不一樣的。」

李氏與許氏的工資超出市場行情太多，作不得準，如果是一般的店小二，工資肯定遠不如掌櫃的。有些老闆就寧願自己來當掌櫃的，省得花太多錢請人。

這個提議對房南跟房北兩家來說真是太突然了，他們一直以來都是為別人做事，從沒想過有一天自己也能開店當老闆。

房二河也很清楚，雖然這對他們兩家人來說是件好事，卻需要時間消化。他覺得這麼拖下去不太好，索性再加把勁說道：「去當掌櫃的話，如果兩人合開，一個月一家是二兩銀子；如果分開的話，一個月一家是四兩銀子，一年就將近五十兩了。」

「四兩銀子？」他們四個人異口同聲道，同時瞪大眼睛看著房二河。

房二河打鐵趁熱。「沒錯，如果拿固定工錢的話就是四兩銀子，還有一種方式，就是拿分紅。你們拿三成半，生意越好，賺得越多，可以考慮一下。」

這顆重磅炸彈炸得他們幾個人頭都暈了，不知如何回應？

房南比較冷靜一些，他舔了舔嘴唇，說道：「二河哥，我能問一問你當初在鎮上一天能賺多少錢嗎？」

房二河頷首道：「當然可以。那時候的情況你們也知道，生意穩定下來以後，扣除成本，一天的收入大概是四、五百文錢左右。當然了，那時的成本還包括給弟妹們的工資，若不算這些，能賺更多。」

當房二河說出數字時，幾個人就已經深吸了一口氣，聽到自己掌店能賺更多時，就更心動了。

想了想，房南回道：「二河哥，我知道你這樣是為了幫襯我們兩家。自從沒了爹娘，二河哥就像我們哥倆的親人一樣，時不時處處照顧我們，二河哥的大恩大德，我跟北子絕對不會忘記的，只是……我們不是不想做掌櫃的，就怕做得不好，讓二河哥賠錢了。」

房二河笑呵呵地道：「這點你們不用擔心，我會帶著你們，直到一切都沒問題為止。對了，我建議你們拿分紅，在鎮上好好做的話，一間店一個月拿到的分紅肯定不只四兩。」

待兩兄弟答應下來之後，房二河又道：「所以，你們考慮好是開一間店，還是兩間店了嗎？開一間店的話，就在咱們平康鎮開；兩間的話，其中一家就要去隔壁鎮開。在咱們鎮上開的話，因為之前已經打響了名號，一開始客人肯定會比較多；在隔壁鎮上開的話，因為沒根基，所以需要時間拓展客源。還有，誰去咱們鎮上、誰去隔壁鎮，這些問題你們可以商量一下。」

房南聽了之後，眉頭緊緊皺了起來。他看了房北一眼，問道：「北子，你和弟妹想跟我們合開還是分開？」

房北看向房南，一時之間沒開口講話，這對他來說實在是有些難以抉擇。

「大哥，你是怎麼想的呢？」他從小到大都聽他哥哥的話，這麼重要的事，肯定要考慮他哥哥的感受。

房南沈默了一會兒，說道：「北子，咱們還是開兩間店吧，這樣能多賺一些。我和你嫂子去隔壁鎮，你跟弟妹去咱們鎮上。」

房北有些激動地說道：「大哥，我……」

房南立刻搖搖頭說道：「不用多說，就這麼決定了。」

見討論出了結果，房二河笑道：「去隔壁鎮的話，考慮到前期可能客流量少，所以第一個月給你們四成半分紅，其餘的月分就是三成半了。」

說著，房二河停頓了一下，又道：「我知道這件事是有點突然，你們不放心的話，可以再考慮考慮。然而一旦反悔的話，可是過了這個村就沒那個店了。」

房南趕緊說道：「二河哥放心，你這麼照顧我們兄弟，我們不是不識好歹的人，肯定不會辜負二河哥的好意。其實如今您家裡那麼多僕人，隨便找個人去也不必花那麼多錢……」

房二河擺擺手。「那不一樣，咱們是兄弟，交給你們我也比較放心。以後別說這種話了，想報答我的話，就好好地幹活。」

房南跟房北聽了，趕緊答應下來。

「南子、北子，要是沒事的話，快回去收拾收拾，咱們去鎮上找店鋪。既然決定要做，就把握時間，趕在正月十五之後馬上開業。」

房北用響亮的聲音保證道：「好，二河哥，我們一會兒就過來！」

回去的路上，幾個人都興奮得有些說不出話來。想到自己馬上就能當掌櫃的了，一個月還能拿好幾兩銀子的工錢，簡直就跟作夢一樣！

到了家門口的時候，房北囁嚅地說道：「大哥，謝謝你……把咱們鎮上讓給了我。」

房南拍了一下房北的肩膀。「你說的是什麼話，要謝就謝二河哥，別謝我，這是他給咱們的機會。」

房北重重地點點頭說道：「我記下了，大哥。以往我還有些不以為然，現在我是真的感念二河哥。」

房南笑了笑。「行了，快進去吧，咱們還得出一趟門呢。」

「好。」房北應道。

收拾好之後，胡平順趕車，載著房二河與房南、房北去鎮上找店鋪，首先去的是平康鎮。

中人帶著他們去找店鋪的時候，碰巧遇上趙家的房子要出租。

趙管事一見到房二河，就諷刺道：「唉唷，房老闆，你們還敢來鎮上開店，之前不是灰溜溜地逃了嗎？現在又是誰給你們的膽子啊！」

房二河笑了幾聲，說道：「趙管事，你是不是不知道啊，周老闆之前來我們家下跪道歉了。有些事情還是去打聽打聽比較好，免得得罪了人還不知道。」

聽到房二河的話，趙管事的臉色變得很不自在，但是一想到周家的靠山，又想到房二河家的情況，他不以為然。「你糊弄誰呢！不要以為你大舅子回來，你們能返回鎮上，周家可比你們厲害多了。」

房二河冷笑幾聲。「我是不是糊弄你，你去打探一下不就知道了？」

這個中人之前見過房二河，也大概知道當初發生了什麼事，這會兒聽到他們的對話，一時之間不知道該相信誰？

趙管事見房二河態度這麼篤定，頓時有些遲疑。「最好是你說的這個樣子。」

房二河看了中人一眼，說道：「他們家的房子我們就不租了，換一家吧。」

他們轉身離開之後，中人猶豫了一會兒，說道：「房老闆，周家……」

房二河明白中人的意思，他說道：「周記好像開門了吧，咱們就從店門前經過，你去打聲招呼就知道了。」

中人笑呵呵地應道：「好。」

到了周記門口，周八爺正好在那裡迎接客人，一見到房二河，他一顆心亂跳，趕緊走上前。「房老闆，您怎麼來鎮上了，快來店裡歇一歇吧。」

房二河冷著臉說：「不了，我還有事。」說完，他甩甩衣袖走了。

中人跟房南、房北一見到這個情形，趕緊跟了過去。

不久之後，趙管事知道了這件事，他告訴主家這個情況，大家都有些莫名其妙，又有點悔不當初。

現在剛翻了年，鎮上能租的地方還不少，因為很多人家在去年底搬走了。

沒了趙家的房子，還有其他人家的。房二河找到一個比之前租的還要好一些的地方，這裡的租金一樣是一兩銀子，房二河直接交了一年的租金。

之後他們又駕著馬車去了隔壁鎮，同樣租下一個月一兩銀子租金的房子，交了一年的房租。

接下來，房二河又馬不停蹄地去縣城訂做桌椅、板凳等東西，還訂了招牌，照房伯玄說的，在上面刻上「野味館」三個字。

做完這些事情，一行人回到村裡的時候，天色已經暗下來了。

回家之後，房二河臉上興奮的光彩擋也擋不住，他說道：「我看隔壁鎮比咱們鎮上還要富庶一些，看來真的要賺錢了。」

房言道：「那當然，肯定會賺錢。爹，等這兩家店鋪上了軌道，咱們還能開更多分店，這樣咱們躺在家裡數錢就行了。」

王氏笑道：「二妮兒，妳就是不肯放棄這個想法，天天想要躺著數錢。」

房仲齊也說道：「小妹，妳不覺得妳天天躺著看僕人們幫妳數錢，更省力氣嗎？」

房言搖搖頭，神情輕鬆地說：「二哥，數起錢來有多快樂，你是不會懂的。」

正當眾人被房言的話逗笑時，王氏突然問道：「孩子他爹，兩個弟妹去顧分店，那咱們縣城的生意怎麼辦？一時之間也招不到適合的人來幹活啊！」

「傑明表弟不是從北邊帶了些人嗎？咱們先看看再說。」

房言說道：「是啊，可以從那些人裡面挑選幾個出來。只是塞北那邊跟咱們這邊的風俗不同，吃食也不一樣，不知道這些人能不能幫上忙？」

房二河點點頭。「的確該去找妳表叔，正好爹也想買兩匹馬了。」

「爹買馬做什麼啊？」房仲齊問。

「做馬車，給你兩個堂叔用。」

王氏聽了，十分驚訝。「這樣的話，咱們這兩家店鋪的成本可是提高很多了。」

正如王氏所說，租房子、買桌椅跟板凳、做馬車、房屋裝修等，這些加起來算算要花將近一百兩銀子。

房二河回道：「這個問題我想清楚了，雖然說做兩輛馬車看起來沒必要，但是若能加快往返的速度，他們就能多保留點體力做事，甚至拉長營業時數。他們多賣些東西，咱們就能多賺一點錢；再說了，這兩輛馬車還是咱們自己的，等他們回來的時候，咱們也能用。」

房言對於房二河這個決定非常贊同。「爹，您這個決定很英明。前期投入得越多，後面收到的回報也會越多。堂叔跟堂嬸在路上節省的力氣，能在店鋪那邊賺回來，拉長時間來看的話，其實沒消耗太多成本。」

確定眾人都接受這個做法之後，房二河就要大家早早去歇息了。

# 第四十五章 寺廟相遇

第二天，房言全家一起搭馬車去縣城，後方的板車上裝了很多要給房氏他們的禮物。

看到房二河如今的成就，房氏直言不諱。「二河，你爹娘也是蠢，有這麼好的孩子卻不知道珍惜。你別傷心，他們遲早會後悔的。」

房二河聽了只是笑笑，沒說話。

坐了一會兒，鄭傑明帶他們去安置流民的地方。這批流民有十來人，即使給了房言幾個，他們家也用不著剩下的人。這些人很能吃，養著他們卻用不到，實在有些吃虧，不如幫他們找到更好、更適合的去處。

鄭傑明原本覺得，既然房言需要人，那他就順便問問相熟的人家有沒有這個需要？不料在見識了其中一個人的飯量之後，就被拒絕了。這樣的人能幹活是不假，但是吃得實在太多，他們養不起，而且語言也不通，用起來不順手。

這些人是自願跟著鄭傑明來到中原的，在路上也幫了他不少忙，他雖然做慣了買賣，也見過不少形形色色的事，但是一看到他們不安的眼神，他實在不忍心叫牙婆過來帶走。

房言是一定會挑些人走的，剩下的人若是怎麼樣都沒人肯用的話，他再想辦法往大一點的地方打探，看有沒有大戶人家需要僕人？這樣他們至少能吃飽飯，也能有個安穩的地方待著。要是再不行，也只能送回塞北了。

房言見到這些面黃肌瘦但體格健壯的人，相當開心。這不就是她想找的類型嗎？

鄭傑明看到房言的眼神，笑問道：「言姊兒，看來妳很滿意？」

房言點點頭，說道：「滿意，非常滿意。」

「表叔可要提醒妳了，這些人飯量很大，而且語言也有些不通。」雖然鄭傑明對於房言能替他負擔一些責任，多少鬆了口氣，可是他還是不希望造成他們一家的困擾。

房言心想，把一個英文只會說「你好」、「謝謝」、「再見」的人扔到國外，幾個月之後，也能說上幾句流利的外語，所以語言算不上是障礙。在這個大環境下，很快就能進行基本溝通的。

「沒事，教他們說漢語就行。」房言說道。

房伯玄瞧房言看看這個、又看看那個的樣子，問道：「小妹，妳想好要選哪幾個了嗎？」

房言皺了皺眉。「我看都挺好的。對了，表叔，您能賣給我幾個人啊？」

鄭傑明笑著回道：「說什麼賣，這些人在路上幫過我的忙，我沒花一分錢。是入關的時候求個方便，我才辦了賣身契，把他們都納為我的僕人，不然他們進不了關的。妳要是滿意的話，想要幾個，表叔就給妳幾個。」

房言雙眼發亮地問道：「表叔，您說的可是真的？我要是全都想要呢？」

鄭傑明驚訝地瞪大眼。「全都要？」說完，他看了房二河一眼。

房言笑著解釋。「且不說後院，我們家周圍那二十幾畝地可缺人打理了，等到種上果樹，會更忙的。有了他們，平時咱們家就不用再請人來幹活，再說了，咱們家的店鋪也缺人手。這麼一想，這些人還不一定夠用呢。」

房二河失笑地對鄭傑明說道：「她還嫌太少呢。」

鄭傑明笑道：「既然言姊兒這麼說，也成。不過你們要是不滿意的話，到時候就送回來，大不了過段時間我再把他們送回塞北去。」

他話一說完，那批人裡面就有幾個聽得懂漢語的人跪下了，噼哩啪啦地跟鄭傑明說一些眾人聽不太懂的語言，沒多久，其他人也跟著跪下。

不過房言倒是聽懂了關鍵字，他們在用哀求的語氣說「不要」。

看了那些跪在地上的人，房言道：「你們放心，只要大家肯做事、不偷懶，我會留你們下來的。」

安撫好那些流民，他們去辦了賣身契，接著又去買了兩匹馬。馬的價格如今已經上漲，一匹要價二十五兩銀子，不過這個價格是林老闆看在鄭傑明的面子上給的，若是一般人來買，最少要二十八兩。

買完馬之後，大夥兒就回村去了。雖然車廂塞不下這麼多人，但是後方的板車卻剛好能讓他們都坐上去。

儘管家裡一下子多了這麼多人，卻不用擔心如何安排住處，他們可以先睡在菜地旁那幾間還空著的房子裡。裡面是大通鋪，還有火炕，有足夠的空間讓男女分開住。

吃晚飯的時候，房言終於明白了她表叔說的話。這些人真的太能吃了，一頓飯就吃掉將近五十斤的麵。

其中一個會說漢語的老人羞愧道：「咱們很久沒能盡情吃一頓飯，一時之間沒能忍住，以後不會了。」

房言道：「沒事，能吃多少就吃多少，吃完飯就去休息一下吧。」

「大家今天吃多了，二小姐要是有什麼吩咐，就讓我們去做，也好消消食。」

房言趕緊說道：「不用，你們先去休息，明天早上起來再說吧。」

等到這些人出去之後，王氏道：「我第一次見到這麼能吃的人，光是大饅頭，就蒸了好幾籠。」

房二河也道：「我早些年是見過幾個能吃的人，但沒見過一群都這麼能吃的。」

房伯玄安慰道：「能吃的人必定是幹活的好手，爹不必擔心，可以考慮再買一些地了。」

聽到這句話，房二河說道：「再買一些地嗎？爹在想，開春前先買一些果樹回來種，然後再蓋咱們家的房子，到時如果還有餘錢的話，再考慮買地吧。」

如今他們家日子過得很好，一直住這麼舊的房子似乎有些可惜，況且周圍的環境也該好好規劃一下了。

房伯玄一聽，點點頭。

剛才房淑靜著實被那些人嚇著了，這會兒她才回過神來。「娘，您不是怕縣城沒人幫忙嗎？我看這些人裡面有幾個婦人，可以讓她們去縣城的店啊。」

房言也說道：「對，這樣咱們家的店鋪就不用另外找人了。」

房伯玄也這麼認為。「明天問問這些人的情況，像有沒有人是一家人、家庭背景跟擅長做什麼，咱們好安排。在分店開業之前，縣城那邊還是先讓兩個堂嬸去幫忙，等爹娘你們回來的時候，再讓堂嬸教她們。」

房二河回道：「就按照大郎說的去辦吧。」

最後，房言又提醒了下。「爹，明天請個郎中來吧，幫他們檢查一下身體。」

房二河笑著點點頭。

隔天房二河他們起床後，那些人就跟著起來了，一個個爭先恐後要去幫忙。

自從昨天吃飽了飯、睡在熱呼呼的炕上之後，他們就想留在這裡了，唯恐自己不幹活會被送回去。那會講漢語的老人也告訴他們，要好好做事，要不然沒飯吃。只不過他們沒摘過菜，不知道該怎麼做，房二河怕他們搞得一團糟，趕緊出聲阻止。

待房二河等人出門、大夥兒吃過早飯，房伯玄要眾人聚集在一起，他跟房言交代幾件事之後，就和房仲齊去看書了。還有一個多月就要考縣試，馬虎不得。

房言對那老人說道：「你們叫什麼名字、家裡有幾口人、自己擅長做什麼，把這些事都說清楚。」

老人點點頭，接著他跟另外兩個稍微聽得懂的人充當翻譯，接下來大家就輪流報出自己的情況，由房淑靜拿著筆跟紙在一旁記錄。

登記完資料、徵詢過這些人的意見之後，房言打算幫他們取名字。畢竟塞北人本身的名字長了一些，若是被人聽見，難免會用異樣的眼光看他們。

成年男性按照年齡大小從一到八排列，冠上房姓；兩位婦人則隨他們丈夫的名字稱呼，命名為房二媳、房五媳。三個小孩中，有兩個女孩、一個男孩，按照甲、乙、丙來叫，至於那個老人就叫房丁。

說完這些，房言開始交代其他事。

「因為你們來自塞北，語言跟這裡的人有些不同，所以每天早晨我會抽出一個時辰，教你們識字，其他時候你們就在後院幹活。小孩跟老人就不用去菜地了，幫忙照顧一下牲畜就行。」

經過翻譯，這些人無不感激萬分，承諾絕對會好好做事。

等李氏與許氏回來，就開始教房二媳跟房五媳蒸饅頭、捏包子、調涼拌菜，房南跟房北則教男人們如何種地。

過了三、四天，房二媳與房五媳學會店鋪那些東西的做法以後，房南與房北兩家人也準備要把一些東西運去店鋪了。

看到嶄新的馬車時，兩家人都呆住了。當初房二河去鎮上賣吃食，幾個人是推著板車，一步一步走到鎮上的，沒想到他們直接就有馬車坐，不禁更加感激房二河。

鎮上的分店需要人手，所以稍微懂漢語、本身擁有漢族血統的房三與房五，就各自被派去店裡幫忙。

縣城這邊，房二河開始讓胡平順學著當掌櫃的，廚房那裡也讓戚氏學習管理，王氏則在一旁監督，同時查看房二媳跟房五媳的工作情形。

正月十六那天一大早，老丁頭就把房伯玄與房仲齊送到霜山書院。在考試之前，他們哥兒倆不打算回家了，要靜心備考。

房二河先跟房北去平康鎮，因為他這間店鋪正月十六就要開張，房南的店鋪則在正月二十一開業。兩間店鋪錯開時間，能讓大夥兒有一些喘息的空間，房二河也能專心先讓房北的店上軌道。

第一天開業，房北的店生意就很好，許多人一見到房二河，就知道原來那家店重新回到了鎮上。一樣的配方、熟悉的味道，客人們都吃得非常開心。

五天過後，房南的店鋪也要開業了，這次是在隔壁鎮，房二河自然跟過去看了幾天。開張後，房南那間店明顯不如房北的賺得多，平康鎮那邊沒進行促銷活動，就有很多人光顧，隔壁鎮即使打了優惠，人也不是特別多。

李氏雖然有些失落，但還是對情緒低落的房南說道：「當家的，沒事，雖然人來得不夠多，但是咱們現在每天能賺個一百多文錢，一個月下來也不少，比咱們自己打零工賺錢好多了。」

聽了媳婦的話，房南對未來多了一分期待，夫妻倆也比平時起得更早，打算好好努力一番。

二月初一時，房南與房北去房二河家彙報情況，這也是當初說好的，每個月初一對帳。房北的店鋪開張半個月，賺了將近八兩銀子；房南的店鋪開張十天，賺了一兩多銀子。說實話，聽到弟弟的店賺了那麼多錢，房南有些羞愧。不過房二河好好地鼓勵了他一番，說是一間在隔壁鎮沒有根基的店，能有這種成績已經很好了，要他繼續加油。有了媳婦與堂哥的雙重安慰，房南工作得更加起勁了。

因為鎮上開了兩家分店，大棚裡的菜很快就要不夠用。房言心想，現在家裡的地都圍起來了，大門一關，就算她搞一些小動作，也沒人會知道。況且僕人都聽她指揮，她也方便把人支開。

房言要人在大棚旁邊翻了兩塊地，又要他們幫忙鬆了鬆大棚裡的土，接著她就做做樣子，把大棚其中一些土混到新翻的兩塊地上，充分混合，再從大棚那邊挖一些野菜，種到剛理好的地裡。等野菜種好，房言就趁沒人看到的空隙，往水缸裡滴了一滴靈泉，然後再讓人拿裡面的水澆菜。

因為氣溫稍微回暖，再加上靈泉加持，地裡的野菜沒幾天就長起來了。有了這兩塊地，野菜的量就補了上去。

房二河對這個情況雖然感到驚訝，卻也非常欣慰。家裡有小女兒管著，果然令人放心。

翻地種菜這件事讓房言發現，這些從塞北來的人幹活真的很快，除了新翻的兩塊地，剩下的地沒幾天就被他們翻了一遍。

時間就是金錢啊！為了犒賞他們，房言樂呵呵地幫他們加菜。

另外，因為家裡快要蓋房子了，所以房言打算做一些「試驗」。反正平時大家閒著也是閒著，房言就買了一些材料，拉著幾個僕人，在後院試驗起來。

房家目前還有很多事情要做，然而房二河的心思卻飄得有些遠。雖說過去房二河不是非要兒子們透過科舉光宗耀祖，但是在縣城待久了，加上被老宅那邊跟大舅子的刺激，又想到霜山書院名聲響亮，他心中不禁隱隱有了期待。

看到房二河心不在焉的樣子，房言就催著他趕快去買樹苗跟果苗。有些事情可是耽擱不得的。

雖然房二河這兩天有些恍神，但還是帶著房言去了，除了樹苗跟果苗，他們還訂了一部分長成的果樹。過沒幾天，家裡的僕人就種了十畝地的果樹，而且種得整整齊齊的。當然了，因為要蓋房子，所以種植的位置特別考慮過，不會占去新屋的空間。

房一看到主家滿意的神色，終於放下心來。他們派得上用場就行，這樣就不會再挨餓受凍了。

縣試前一天，房二河與王氏沒去店裡，而是帶著房言去寶相寺燒香拜佛。

之前房言「病好」了之後，他們也來過這裡參拜。房言還記得那次又是走路、又是換驢車再步行的，實在累得很。好在如今他們有了馬車，沒用多久時間就到了山腳下。

房二河、王氏還在裡面燒香時，房言就走出來透透氣。當她看到姻緣樹上掛滿紅色絲帶時，不禁好奇地走過去，卻忽然聽到有人在叫她。

「房二小姐。」

房言一聽就回過頭，發現叫她的人原來是童錦元身邊那個小廝，好像是叫招財吧？

「招財。」房言打招呼道。此時她看到童錦元就在不遠處，正站在一個美貌婦人身邊。

童錦元手中拿著紅色絲帶，當他瞄見房言的時候，頓時有些不自在地把那絲帶往身後藏。

「童少爺好。」

幾個月不見，房言覺得童少爺像是變了個人似的，長高了不說，舉止也比之前沈穩不少。

「房二小姐好，這位是家母。」

房言看著跟童錦元長相有些相似的美貌婦人，笑著俯了俯身子。「童夫人好。」

江氏看著眼前這位眼睛大大、模樣可愛的小姑娘，頓時心生好感。「這是誰家的小姐，長得這麼秀氣標緻。」

房言被一個長相好看的人誇讚外貌好，著實有些不好意思。

童錦元聽了，就附在他母親耳邊說出房言的身分。

江氏眼前一亮。「原來不只漂亮，還是個聰明的小姑娘。只是妳家人呢，怎麼就妳一個人在這裡？」

房言回道：「我爹娘在裡面燒香，我在外面等他們。童夫人跟童少爺怎麼大老遠地從府城來到這裡？」

一聽到這句話，江氏嘆了口氣，剛想說明原因，看到這雙眸發亮、單純可愛的小姑娘正認真地看著自己，又說不出口了。

「聽說寶相寺香火旺盛，我們到這裡來參拜，祈求平安。」她隨口找了個理由回道。

房言剛想說話，正好看到童錦元背後的紅色絲帶被風吹得飄了起來，再想到自己正站在姻緣樹下，瞬間明白他們的來意，也了解江氏為何欲言又止了。

她非常識趣地說道：「童夫人、童少爺，我出來也有一會兒了，我怕爹娘找不到我，我先進去找他們了，你們慢慢逛。」

待房言離開後，童錦元才不情不願地把握著紅色絲帶的手從背後拿出來。

江氏催促道：「錦元，你趕緊把絲帶扔上去。聽說這棵樹非常靈驗，你誠心祈求的話，說不定娘今年就能看到兒媳婦了。之前那件事，原因不是出在你身上，你不必煩惱。」

童錦元糾結了一會兒，看了看四周，沒發現認識的人，趕緊使勁把紅色絲帶往上扔。

江氏見到紅色絲帶穩穩掛在樹上，並未飄下來，開心地道：「錦元，看來你今年就能碰到好姻緣了。快，娘要去燒一炷香。」

童錦元已經跟著他娘去過無數廟宇了，一聽到這話，只好無奈地跟上去。

# 第四十六章　成績出爐

從寶相寺抵達縣城店鋪，也快到吃午飯的時候，房二河就從店裡拿了一些吃食，帶著房言，送去給在霜山書院的兒子們。

房言特地在房伯玄與房仲齊喝的湯裡，加入稀釋過後的靈泉。明天就要考試了，得做好萬全的準備。

喝完房言親手遞過來的湯，房伯玄神采奕奕地道：「每次小妹端過來的吃食，都比別人給的好吃上幾分。」

房言心裡打了個突，見房伯玄沒有其他意思，就笑道：「那還用說嗎，我們今天去寶相寺參拜，遊方道士又說過我是神仙身邊的童子，我端過來的東西自然好吃，哥哥們要珍惜啊。」

房伯玄聽了，笑著摸了摸房言的頭髮。

「爹、娘，考試這幾天我跟二郎還是住在書院裡，你們不必擔心，考完試，兒子們就回去了。爹不用親自接送我與二郎去考場，就讓胡管事來吧。」

房二河不解地問道：「大郎是嫌棄爹駕車不好嗎？」

房言回道：「爹，您看您緊張成這個樣子，哥哥們本來還好，看到您這樣，也要不安起來了。我覺得大哥說得很對，讓胡管事來就好，爹就在店鋪看著咱們家的生意吧。」

這番話讓房二河頓時啞口無言，房伯玄點點頭，笑道：「小妹說得是。」跟房伯玄與房仲齊又聊了幾句之後，房言他們就離開了。

幾天過後，房伯玄跟房仲齊回家了。

房二河問他們考得如何？房伯玄道：「應該沒有問題，只是成績還沒出來，我也不好多說什麼。」

房仲齊回道：「我覺得怪簡單的，也不知道是不是自己想太多了？」

童生的考試科目是房仲齊最拿手的，加上有靈泉幫忙，他自然不覺得哪裡困難。

房伯玄不贊同地道：「二郎，這樣的話到了書院可不許說。要是你覺得簡單，別人卻覺得難的話，這話就有些不中聽了。」

房仲齊點點頭。「知道了，大哥。」

在家裡待沒兩天，房伯玄跟房仲齊又回到霜山書院了。縣試是科舉考試的第一步，若是通過的話，接下來還要參加府試。

放榜那天，房二河得知房伯玄與房仲齊都通過了縣試，房伯玄甚至考了第一名，一顆忐忑不安的心終於能稍微放下來。

過了縣試就好，至少沒在第一關就刷下來，即使考不過府試也沒關係，至少可以繼續在霜山書院讀書了。

房言聽到這個消息，眼皮都沒動一下。她那兩個哥哥當然能通過縣試，沒過她才驚訝呢！

兒子們通過縣試後，房二河的注意力終於轉移到蓋房子上。

他們家現在占地寬廣，可以蓋一座大院落——這是房言的想法。地方大就要住大房子，多舒服啊。

當初房言提出意見的時候，房二河有些拿不定主意，因為他本來想蓋間普通大小的房子，或直接去縣城買一間。不過問過房伯玄的意思之後，他就動搖了。

房伯玄的理由是，家裡的主要進項就是這些菜地，得保護好才行，不管對誰都不能太放心，還是自己看著比較好。

後來房言還對房二河說：「爹，我覺得您不必在縣城買房子。您想想看，哥哥們在霜山書院書讀得那麼好，以後說不定能做官，要是做官的話，不曉得會被分派到哪裡去？這麼一想，咱們在哪裡買房子都不適合，不如原地重蓋，等哥哥們以後辭官歸隱，就能住在咱們家的大房子裡。」

他們家的地理位置實在太方便，房言早就打定主意要住在這裡不走。

到了這個時候，房二河終於被兒女們說動了。

確認兩個兒子通過縣試後，房二河就去縣城找匠人。看了一會兒，覺得縣城的人不太適合，於是他在鄭傑明的介紹下，去府城請來幾個經驗豐富的匠人。

他們家現在有很多人手，蓋房子時由老到的匠人帶領，自家人也能幫忙。跟匠人們商議幾天後，房二河的新家動工了。

蓋房子期間，不只是房言他們一家，還要安排好僕人們的住處。房南跟房北商議好之後，決定他們兩戶都暫住在房北家，騰出來的房南家讓房言一家上上下下住。

當初跟匠人討論好房屋格局、請風水師看過之後，除了原本就用牆圍好的農地，房二河也把雞舍、豬圈與馬廄，全都用牆跟工地隔開，以免影響牲畜的情緒。

另外，後院留了一間房子沒拆，好讓大夥兒能在蓋房子的空檔休息一下。

房二河的新家是一座三進的院落，但是其實像四進。這座院落跟一般三進院落唯一的區別在於，一般是第二進院的地方，隔成了前、後院兩個部分。

這樣的話，倒座房是一進、前院一進、後院一進、後罩房一進，也算是四進了。原本的菜地、種果樹的地方、雞舍、豬圈與馬廄，則統稱為後大院。

看門的僕人住在倒座房；房伯玄與房仲齊住在前院；房二河、王氏、房淑靜與房言住在後院；其餘僕人則住後罩房。後罩房有個通往後大院的小門，方便僕人去照料農作物跟牲畜。

原本後院留下來的那間房子，等整個院落蓋好後也會翻修，讓僕人睡在那邊看守。

按照一般的做法，其實僕人們全都應該住在倒座房，未出嫁的房淑靜與房言則是住在後罩房。不過考量到僕人們要早起摘菜，又有幾個僕人是一家人，房二河就照房言的建議，讓他們住後罩房了。

蓋房子這段時間，房言終於能提出一些有建設性的意見了。首先要改革的就是廁所，抽水馬桶的原理並不難，不過她也沒指望能直接抽水，若能往「方便的地方」倒一些水，大小便就能沖乾淨了——這算是沖水馬桶吧。

地基是請專門的工匠們打造的，安裝管道的事，房言就交給自家人去做。他們之前已經在後面的院子試驗過，所以大家都知道該怎麼做，雖然沒有塑膠管，但是用磚瓦之類的東西就能解決。這些管道前進的方向自然是後大院，畢竟那些排出來的東西能用來施肥。

除了沖水馬桶，他們還安裝了其他管道，那就是地暖。

既然沖水馬桶能透過在地下安裝管道來解決，那麼地暖也可以。打造地暖的方式其實跟火炕很類似，火炕是讓煙道從廚房通往炕裡，地暖則是在地下安裝管道當成煙道。

當然，他們不用再把煙道的終點設在廚房了，會有一間房間專門用來燒地暖，只需要有人往裡面放柴火或木炭就可以。

房言有智慧財產權的概念，這些東西是她結合前世的知識，以及跟自家僕人試驗了無數次的成果，不會隨意告訴別人。就連房二河都不太清楚她之前到底在做什麼東西，房二河問她，她也沒說。

她知道這兩樣設備都是能賺錢的，至於該怎麼用來賺錢，她目前還沒想清楚。

等到家裡的僕人們開始施工的時候，房言把房二河叫過來看，讓他猜猜他們到底在做什麼？

看了幾天之後，房二河終於明白了房言的意圖，也對她的想法感到驚奇不已。

他訝異地問道：「二妮兒，妳之前在後面的院子，就是跟僕人們弄這些東西嗎？」

房言驕傲地說道：「是呀。怎麼樣，爹，這些東西是不是很好？」

房二河讚嘆道：「的確很好。這些管道通往後大院的話，就不用讓人特地去倒東西了，又方便、又乾淨。」

「爹，除了這個，您猜這麼多管子還有什麼用？」

看著小女兒神秘兮兮的樣子，房二河也覺得管子似乎太多了，不過他實在猜不出來。最後，房言悄悄告訴了他。

「妳說的是真的？」房二河驚訝地瞪大眼。「真的能這樣嗎？那冬天就不用睡火炕了？」

火炕雖然暖和，但是一點都不舒服，因為是用石板跟泥蓋的，比較硬，得放上好幾層厚厚的褥子才行。

房言笑咪咪地點頭道：「那是自然的。」

深深看了小女兒一眼後，房二河感慨道：「爹終於明白妳為何要避開工匠們來做了，真不知道妳這小腦袋裡面還裝了什麼奇怪的想法。」

房言說道：「爹，這麼神奇的東西，肯定不能讓別人學了去，若是能幫人改造房屋，咱們還能靠這個賺錢呢。」

房二河笑道：「妳啊，天天就想著錢。不過妳說得對，這是妳想出來的東西，不能便宜了別人。」

等到房伯玄跟房仲齊要去考府試的時候，他們家的房子已經蓋了快一半。雖然房子大，但是除了從府城請來的幾個匠人、家裡的下人之外，房二河跟房南、房北收攤回來以後也會去幫忙。這樣算起來，總共有將近二十個人在蓋房子。

房二河這次想跟著房伯玄與房仲齊去府城考試，仍舊被房伯玄拒絕了。考試之前，房言又偷偷給她兩個哥哥喝了靈泉。

王氏覺得寶相寺非常靈驗，縣試放榜後，已經去還過一次願，府試前一天又去拜了拜。

幾日之後，房伯玄與房仲齊從府城回來了。

看著瘦了一圈的兩個孩子，王氏心疼得不得了，趕緊去做了一些好吃的，又鋪好了床，讓他們吃飽以後好好睡一覺。

直到第二天早上，房伯玄才醒過來。

房言起床之後，看到自家大哥站在院子裡看著遠方，不知道在想些什麼事，就走過去問道：「大哥，要不要去看看咱們家的新房子啊？」

房伯玄回過神來，轉頭笑著對房言說：「好啊。」

兩個人走在路上，房言嘰嘰喳喳地跟房伯玄說房子現在蓋得如何了、哪個地方蓋得很好看之類的事。

看著僕人們早早就起來幹活，房言又拉著她大哥去後大院看。

一打開門，一陣風吹過，桃樹的花瓣輕飄飄地落下來。

房伯玄不禁感嘆。「好美。」

伸手接住花瓣，房言笑道：「我也覺得很美。不只美，等到夏天的時候，咱們還能吃上好吃的果子。」

「好，大哥等著。」

走在果樹之間，房伯玄問道：「小妹，妳怎麼不關心大哥考得好不好？」

房言看著房伯玄，說道：「這還用問嗎？我知道大哥肯定能考上的。」

聽到她說的話，房伯玄心情愉悅地問道：「妳就這麼相信大哥能考上？」

房言點點頭。「大哥這話問的，我不相信大哥，還能相信誰？」

房伯玄笑道：「對，是應該相信大哥。」

等房言領著房伯玄去雞舍、豬圈與馬廄那邊看看之後，兩個人就回去了。

半個月後，就在房言家的房子，從外面看起來已經初具雛形的時候，報喜的人來到了房南家。

不只房伯玄，房仲齊也通過府試，他們正式成為童生。房伯玄考了第一名，而房仲齊的名字則在中間。

消息傳來那一刻，房二河有些不敢置信。要說大兒子考上了，他還不太意外，可是小兒子竟然也考上了……什麼時候童生這麼好考了？

王氏聽到之後，抱著房淑靜哭了一場。

房伯玄聽到自己的成績時，臉上沒什麼多餘的反應，還是一副淡定的樣子，但是聽到房仲齊的成績時，卻露出欣慰的笑容。
房仲齊則是開心地在院子裡跳起來。
房言得意地看著兩個哥哥。如今他們已然多了一層保障，摸到「士」這個階層的邊了。
這個好消息讓房二河想大宴賓客，卻被房伯玄阻止了。
「爹，暫時不要慶祝，等咱們家的房子蓋好之後，再請大家吃飯。考上童生就宴客，著實有些過了，要針對成績請客的話，就等兒子考上秀才之後再請。二郎，你說是不是？」
房仲齊正沈浸在自己考上童生的喜悅中。去年年底，他以最後一名的成績考進了乙班，在乙班待沒多久就去參加考試，沒想到最後竟然真的考上了，還好他大哥考試前特地為他複習了一遍。
「啊？大哥你說什麼？」
房伯玄道：「二郎，才考上一個童生，你就高興到忘了你是誰嗎？你忘記自己的目標了嗎？」
房仲齊這次沒被房伯玄嚇到，依然笑嘻嘻地道：「記得，當然記得。大哥你說什麼就是什麼，弟弟聽你的。」
房伯玄點點頭。「記得就好。」
除了房伯玄和房仲齊，還有一個人也考上了童生，就是孫博。
這個消息傳到了孫家，孫老太君激動地張著嘴，眼淚嘩嘩嘩地往下流。流了一會兒眼淚之後，她嘴裡不停說道：「好好好！」

孫博得知消息之後，即刻前去找了孫老太君，兩人雙雙抱在一起哭了。這次他的成績還挺好的，名次排在前面。

祖孫抱頭痛哭一會兒之後，孫博就差人去打聽房家兄弟考得如何？看到房伯玄的名次時，孫老太君愣住了。

孫博瞧見房伯玄的名次，開心地道：「孫兒就知道修竹兄肯定是前三名，但沒想到竟然是第一名，這可真是厲害了！」

孫老太君似乎有些不敢相信地看著孫博問道：「兩兄弟都考上了？」

孫博點點頭。「是的，祖母。修竹兄是第一名，真為我們霜山書院爭光，夫子肯定很高興。不過子山兄也很厲害，他之前一直在丁班，不久前才來了乙班，沒想到第一次參加科舉考試就考上了，真有一套。」

孫老太君笑道：「博哥兒，你可要記得帶一些東西過去謝謝人家。你能考上童生，多虧了他們家種出來的野菜。」

孫博正色道：「祖母放心，孫兒一直都記在心裡。」

孫老太君又說道：「平時你也要好好跟他們兄弟相處，切勿仗著身分，瞧不起人家。祖母知道你不是那樣的人，但是看這對兄弟的樣子，前途真的不可限量，尤其是老大，絕非池中之物！」

雖然只是一個小小的童生，但是孫老太君卻從中看到了房伯玄的大好前程。

孫博應道：「祖母，孫兒都記下來了。對孫兒好的人，孫兒一定不會忘記。」

看著孫博神采飛揚的樣子，孫老太君說道：「如今你在科舉考試上有所成就，以後不用怕被家裡人欺負了，等你考上秀才、舉人，你叔叔也能幫幫你。」

孫博聽了之後垂下眼簾，說道：「嗯，孫兒知道。」

「你別傷心，這次你考上童生，你爹一定很高興。他從前對你失望，也是因為你在科舉考試上一直沒什麼進展，如今你考上了，他會對你另眼相看的。」

只見孫博面無表情地道：「祖母，孫兒都知道。」

孫老太君嘆了口氣。「你知道就好。」

果然，晚上吃飯的時候，孫吉思聽到孫博考上了童生，竟然破天荒地誇了他幾句。

「不錯，你終於曉得要好好讀書了。身為爹的長子，你要給弟弟妹妹們當個好榜樣。之前你很不像話，如今懂事了，很好。繼續努力讀書，務必要考上秀才。」

孫博垂著頭，用沒有任何溫度的聲音回道：「知道了，爹。」

# 第四十七章　好色之徒

第二天，房南家來了一個客人。

孫博看到房言家在蓋新房子，一時之間不知道該去哪裡找房伯玄？多虧了一個匠人提醒，他才在房南家找到房伯玄。

見到房伯玄，孫博激動地上前抱了抱他。「修竹兄，恭喜了。」

房伯玄早已打聽到孫博也考上了，他拍拍他的肩膀，回道：「懋之兄，恭喜了。」

放開房伯玄的時候，孫博的眼角有淚水。房伯玄假裝沒看到，引著他去屋裡坐。

孫博用袖子擦了擦眼角的淚珠，跟著房伯玄進屋去了。

「沒想到我能考上童生，我還以為我這輩子都考不上了。多虧了你們家，要不然我可能真的一事無成。」

房伯玄客氣地說道：「懋之兄，你這說的是什麼話，能考上是你的本事，我們家哪幫了你什麼忙。」

孫博搖搖頭道：「不，修竹兄，你們家的大恩大德我是不會忘記的。沒有你們家的野菜治好我的病，我是不可能考上的。」

這種話，房伯玄不知道聽孫博說過多少次了，他一直告訴房伯玄，是他們家的野菜讓他考進霜山書院。如今孫博已經考上了童生，還在提這件事。

房伯玄雖然明白孫博是真心感激他們家，但是這麼大的功勞，他沒那麼厚的臉皮敢接下來。

「懋之兄，要是這麼說，我們家豈不是也要感激你了？要是沒有你，周家還不知道會怎麼對付我們家呢。」

提到周家，房伯玄的臉色明顯冷了下來。

孫博聽到房伯玄的話，說道：「周家實在令我厭惡，我這不過是舉手之勞，修竹兄就不要再提了。」

見孫博不願提周家，房伯玄心想，正好，我也討厭那家人。於是他笑道：「那好，我不提懋之兄對我們家的恩惠，懋之兄也不要再提我們家的功勞了。咱們是同窗，又是好友，提這些傷感情。」

孫博站起身來，對房伯玄鞠了個躬，說道：「好，我不提了。」

房伯玄也還了孫博一禮。

「不過這些謝禮還請修竹兄收下，這是我祖母準備的。長輩的東西，不好推辭。」孫博說道。

房伯玄笑著搖搖頭，道：「好，那我就收下了。」

雖然房伯玄說暫時不要宴客，但是房伯玄跟房仲齊同時考上童生的消息，還是像長了翅膀一樣，飛到了村子各個角落裡。

這可是天大的喜事啊！房家村的人還從來沒聽過，他們這裡有哪家兄弟兩個同時考上童生，不僅如此，房伯玄還考了第一名！

跟房二河他們相熟的人家一得知此事，立刻備好禮物送了過來。

房伯玄考上童生第一名這件事，一般人只覺得他很厲害、書讀得很好，然而內行人卻知道，這個房伯玄，怕是以後要發達起來了。

村長聽說房伯玄考了第一名，也激動得不得了，他跟自家媳婦感慨道：「有玄哥兒在，咱們村子以後說不定能出一個做官的。」

第二天，鄭傑明就帶著一家人來房家村道喜了。

「恭喜表哥，玄哥兒與齊哥兒考上了童生，表哥的好日子還在後頭呢。」鄭傑明說道。

房二河笑道：「我們也沒想到兩個孩子都能考上，也是他們自己爭氣。」

鄭傑明點點頭。「可不是嗎？我看這兩個孩子懂事得很。」

房伯玄立刻說道：「表叔謬讚了。」

鄭傑明回道：「哪裡謬讚了，我聽說縣令跟里正他們想見你，要好好褒獎你呢。」

房言聽了這話，嚇得差點沒拿好茶杯。縣令跟里正？他們在前世都不是好東西！如果房伯玄真的被他們收買，或者把他們當作好人，該怎麼辦？畢竟這一世縣令和里正並沒得罪他們家。

她有些著急地看向房伯玄。

房伯玄聽到這句話，皺了皺眉。「不過是件小事罷了，哪敢煩勞縣令跟里正他們。」

鄭傑明看到房伯玄的態度，猶豫了一下後說道：「大郎，表叔這裡有幾句話，也不知當講不當講？」

房伯玄拱拱手，說道：「表叔有話請講。」

鄭傑明見房伯玄雖然考上了童生，卻依然對他相當恭敬，心裡非常受用。

「不曉得你了不了解咱們縣令這個人？表叔在縣城待了許多年，多少碰到一些事。雖然咱們縣並不是多富裕，但每年的收入也不少，這個縣令在這裡做了不少年，背後沒有靠山，政績也不突出，每年都要送不少錢給上面才能留下來。那麼，這些錢是哪來的呢？其實是這樣的，若被縣令知道我們又從哪裡弄來一些高級貨品，必定會被他扣下一些；還有一些商戶為了做事方便，就拿出……給他。這些就是表叔要說的事。」

聽完之後，房伯玄又朝鄭傑明拱拱手，說道：「多謝表叔提醒。這些事情我也聽說過一些，只是不如表叔切身體會來得真切。」

房言長長地吐了口氣出來。還好還好，大家都知道這個縣令的德行。也怪她，天天只想著賺錢，不知道去打聽打聽這些事。

不過房仲齊卻疑惑地問：「可是表叔，我爹在縣城做了那麼久的生意，好像沒遇過這種事。」

聽到這些話，鄭傑明和房伯玄對視一眼，同時說道：「孫家！」

房仲齊瞪大了眼睛，重複道：「孫家？」

鄭傑明道：「是啊，孫家。他們的背景可不光是縣城的一個大戶人家那麼簡單。如今朝廷戶部有個大官就是姓孫，雖然咱們縣城的孫家跟戶部的大官不是一家人，但據說也有一些關係，況且孫家的二老爺也在京城做官。」

「什麼，孫家竟然如此厲害？真是看不出來啊！」房仲齊驚訝地說道。他跟孫博是同窗，卻覺得他溫和、好相處，一點架子都沒有。

房伯玄看著房仲齊，說道：「二郎，這就是大哥不讓你驕傲的原因。你要知道，越是有底蘊的人家，越是不會把自己的家世掛在嘴邊。孫家的事，我也聽說過一些。朝廷的戶部侍郎跟咱們縣城的孫家其實是一家人，戶部侍郎的父親跟孫少爺的祖父是同一個父親，只不過戶部侍郎的父親是嫡出，而縣城孫少爺的祖父是庶出。」

房言呆呆地聽著房伯玄的話。她的思緒有些紊亂，總覺得她好像漏掉了什麼重要的關鍵。

鄭傑明經常走南闖北，也知道一些戶部的官員，但是論起了解的程度，絕對比不上房伯玄。

「沒想到竟然是一家人，怪不得縣令對他們家那麼客氣，也沒人敢得罪他們。不過，我聽說孫侍郎倒是個好官。」鄭傑明說道。

房伯玄點點頭道：「他的確是個好官。據說為人勤懇，也很有能力，往後說不定能更進一步。」

更進一步……更進一步，侍郎更進一步是什麼？像是尚書，就比侍郎的官職要大吧？

戶部尚書！

前世的房伯玄最後逼死了戶部尚書，為了他自己，也為了皇帝。

可是，房伯玄剛剛親口承認，戶部侍郎是個好官……

想到這裡，房言整個人頓時心慌意亂。她默默地走出去，坐在門口的小凳子上，抬起頭來看著藍藍的天空。

天地如此廣闊，人的煩惱跟人與人之間的恩怨又算得了什麼？

這一世，沒了那些仇恨，她大哥肯定不會再成為一個殺人機器，她要相信她大哥才是。

聽著裡面斷斷續續傳出來的聲音，房言心想，想那麼多幹麼？她只要好好守護家人就行了，壞人終究會得到應有的懲罰。她不必再執著一定要處罰那些前世對不起他們的人，只要他們一家過得開開心心、平平安安就好。

晚上全家人在一起吃飯的時候，房二河感慨道：「爹過去就知道咱們能在縣城安穩地做生意，是託了孫家的照顧，可沒想到連縣令那邊的事情也是孫家處理的……唉，這麼一想，咱們家真是欠他們太多了。」

房伯玄說道：「爹，您不必擔心，安心接受便是。孫家的恩情，兒子一定會還的。」

房二河點點頭，道：「嗯，不只是你，二郎也要記住。以後要是有所成就，一定要好好報答孫家。」

房仲齊回道：「嗯，爹，我記住了。」

在房伯玄受到縣令跟里正接見之後，霜山書院開學了。又過了半個月，房二河家的新房子蓋好了。

蓋是蓋好了，但是後面要忙的事情還很多，房二河得在家裡盯著些。如今店鋪的事情他已經完全交由胡平順打理，王氏也不用去野味館了。

這一日，王氏想到馬上就要宴請賓客，她跟女兒們卻都沒有一件像樣的衣裳，於是打算帶著她們去縣城買東西。

「娘這段時間太忙，一直沒顧得上妳們。家裡如今有了些錢，也該為妳們置辦些新衣裳跟首飾了。」

房言對打扮不怎麼挑剔，不過想到能買新衣裳跟首飾，她還是很開心。

老丁頭駕馬車帶著王氏、房淑靜、房言與房甲去了縣城，在布店外停好馬車後，老丁頭就在原地等她們出來。

進了店鋪，房言覺得那些輕柔飄逸的衣裳實在太美了。果然還是當個有錢人比較好，有錢的話，就可以穿料子好又漂亮的衣裳，特別是用綾羅綢緞做的。

房言忍不住伸手摸了摸一套料子上好的衣裙，只可惜他們家雖然有錢，她還是捨不得穿這麼貴重的衣裳。

唉，看來錢還是賺得不夠啊。

買了幾件新衣裳跟一些布之後，王氏帶著女兒們走出布店，打算去看看首飾。

剛出了店門，王氏就頓住了。

房言順著王氏的視線看過去，只見那裡站著兩個人。一個是她舅舅王知義，另一個背對著她們的顯然是個年輕人，看不見長相。

王氏攥了攥手中的手帕，還沒想好到底要不要上前去打聲招呼？自從上次她大哥出言不遜，她心裡的疙瘩就越來越大了。

在王氏尚未想好該怎麼應對之前，王知義就看到了她。

見王氏站在原地、似乎不打算上前打招呼的樣子，王知義對面前的年輕人說了幾句話後，就走了過來。

「小妹，連大哥都不認識了嗎？」

「大哥。」

「舅舅。」房淑靜與房言同時喊道。

「嗯，還算知道些禮儀。聽說玄哥兒跟齊哥兒考上童生了。怎麼也不派人來跟我說一聲？我好歹是孩子的舅舅，當年他們的夫子還是我找的，你們這樣未免太不像話了，莫不是看不上我這個童生了？」

王氏皺了皺眉，說道：「大哥，我看你還要跟人談事情，我與大妮兒、二妮兒也要去別處逛逛，就不耽誤大哥的時間了。」

說著，王氏就要領著兩個女兒上馬車。

王知義被王氏這麼敷衍地對待，已處於發怒的邊緣。

此時一道年輕的男聲傳了過來——

「請問這位是……大叔怎麼不介紹一下？」

王知義看到徐天成，立刻變了臉色，笑道：「徐少爺，這是我家小妹，這兩位是我外甥女。」

徐天成的眼睛只在王氏身上停留一下，隨即直勾勾地盯著房淑靜瞧。

對於他的舉動，房言不禁瞇了瞇眼。她想起來了，這個人就是之前撞倒房淑靜的那個人，那個色胚！

看到他的眼神，房言立刻站到房淑靜面前，隨即背過身去催促房淑靜趕緊上馬車。

房淑靜也不喜歡那人看她的樣子，抓著裙襬就要上馬車。

「唉唷，看我這記性，兩位小姐莫不是忘了我？我們之前見過面的，小姐還落下了一朵絹花。」徐天成見房淑靜要上馬車，一臉曖昧地道。

自從去年見到房淑靜，徐天成就一直將她放在心上，後來在縣城逛了好幾次都沒再看到她的蹤影，卻沒料到今天在這裡遇見了。

王氏一聽到這些話，驚得不知所措。他們家的女兒會做出這種事？女子落下身上的東西讓男人拾去，這可是挑逗對方的意思啊！

不只王氏，房淑靜也嚇得不輕，差點從馬車上摔下來，還好一旁的房甲及時扶住她。

房言的反應卻是憤怒。「哪裡來的浪蕩子，在這裡胡說八道！我和姊姊可從沒見過你這樣的色胚！」

這個時候最好的辦法就是不承認他們見過面，不然很可能會越描越黑。

「休得胡言！」徐天成還沒開口，王知義就先發難了，不管青紅皂白地指責起房言。

「我之前是怎麼說的，要妳在家好好讀書識字，否則怎麼會像今天一樣胡言亂語！妳可知道這是誰？這是徐家少爺，妳膽子也太大了些！」

王氏聽到王知義的話，怒道：「大哥，你這說的是什麼話，這是一個當舅舅的人該說的嗎？你兩個外甥女在外面被人調戲，你不幫她們就算了，竟然還向著外人？哪有這樣的道理！」

說完之後，她又看著徐天成道：「我不清楚這位少爺的身分，但是我很了解我兩個女兒，她們斷不會做出少爺口中這種事，還請少爺謹言慎行。」

房言見四周有人圍過來，便扯了扯王氏的袖子，低聲道：「娘，別理他們。」

徐天成一開始被房言說了幾句，也不怎麼高興，待看到王知義與王氏吵了起來，他便笑道：「嬸子別生氣，都怪我這張嘴不好。要不然……我買幾朵絹花給小姐們賠賠禮？」

王氏被他氣得不輕，說道：「不用了。」

說完她就拉著房言轉身上了馬車，沒再去逛首飾店，直接回家。

房二河聽到王氏轉述這件事，也氣得不輕。他這個大舅子不但迂腐，還不潔身自愛，竟跟這種不正經的人混在一起！

另一邊，待王氏母女離開後，王知義還在一旁說道：「徐少爺，您別放在心上，我這個妹妹跟兩個外甥女都是出身鄉野，不懂事得很，我在這裡替她們賠禮道歉，等我回去，一定會好好教訓她們！」

徐天成轉過頭來，看著王知義說道：「唉唷，大叔，你這話說的。我哪裡有怪罪的意思，你的親戚很好啊，尤其是外甥女，長得挺漂亮的。」

王知義聽到這些話，愣了一下，問道：「徐少爺，您的意思是……」

徐天成笑道：「大叔，你之前求我的事情，我答應了，只不過，我這裡也有一些事想要你幫忙。」

王知義一聽徐天成答應了自己，立刻露出笑容說道：「不知道徐少爺有什麼事想要我幫忙？」

徐天成說道：「是這樣的……」

# 第四十八章　不懷好意

房子蓋好之後，正好到了房伯玄和房仲齊放假的日子。因為馬上就要收割小麥了，所以霜山書院這次放的是麥假，他們能在家多待幾天。

這一日，房二河邀請村裡相熟的人家以及自家親戚過來慶賀一番。這次是以新居落成為由請大家來溫鍋，但是在房二河心裡，更重要的是兩個兒子考上童生，必須好好慶祝。

收到房二河帖子的人都開心得不得了。房二河家如今已今非昔比，從前算是半個商戶，如今已經是耕讀人家，畢竟兩個兒子都考上童生，將來的前途可是大有希望。

就算房二河再不情願，還是要出門去老宅把他爹娘以及大房、三房請過來。

房言站在一旁，有些擔心地道：「爹，您要不晚一會兒再去請爺爺、奶奶他們吧。」

房二河笑問道：「為什麼？」

跟房言對視一眼後，房仲齊說道：「爹，這還用問為什麼，小妹不就是怕爺爺跟奶奶來了之後找碴嘛……」

房伯玄看向房仲齊，不鹹不淡地說：「二郎，怎麼說話的，那可是爺爺跟奶奶。」

輕輕嘆了口氣，房二河道：「我知道你們在想什麼，只是大郎、二郎，你們記清楚了，不管爺爺、奶奶做過什麼事，你們都不能在外人面前讓他們沒臉。不只是因為他們是長輩，就算為了你們自己的前程，也不能這麼做。」

房伯玄和房仲齊立刻齊聲答道：「知道了，爹。」
房二河點點頭，又道：「況且，你爺爺、奶奶今天未必會找咱們的碴。」
聞言，房言疑惑地問道：「為什麼啊，爹？」
房二河摸了摸房言的頭髮，高深莫測地說：「妳且看著就知道了。」
說完，房二河就去老宅請人了。

事情還真被房二河說對了，房鐵柱與高氏果然沒有找碴。
他們夫妻倆雖然不太喜歡房二河，但是自家兩個孫子都考上了童生，他們臉上也有光。說起房家村的後生們，總共也就三個人考上童生，還都是他們孫子。
到了房二河家，瞧見蓋得那麼氣派的院落，房鐵柱心裡難免不是滋味，不過他什麼都沒說，畢竟今天是他兩個孫子的好日子。
房鐵柱對讀書、考科舉光耀門楣這件事有很深的執念，房伯玄與房仲齊考上了童生，這兄弟兩人在他心中的地位就完全不一樣了。
不過房三河想的可不是這些，看著一眼望不到盡頭的大宅子，他說道：「二哥，你蓋這麼好的房子，看來是有錢了，怎麼不知道孝順一下爹娘啊……」
這句話還沒落音，房鐵柱就狠狠地打了房三河一下，他更當著賓客的面，斥責道：「三河，這是說的什麼話！你二哥最是孝順，逢年過節都給我跟你娘送來不少銀子和節禮，你胡說八道什麼？」

進門之前，房鐵柱瞪了房三河一眼，小聲道：「今天是你兩個姪子的好日子，你要是敢搗亂，看我回家怎麼收拾你！」

房三河極少被他爹這麼訓斥，心裡不是很痛快，他進屋轉了一圈、吃了一些東西之後，就出去晃蕩了。

女眷那邊，高氏也壓著陳氏和張氏，不讓她們亂說話。

這讓本來非常緊張的房言，終於鬆了一口氣。

房二河見房言躲在門後放鬆的表情，笑道：「二妮兒，妳這是不放心妳爺爺、奶奶吧？爹說對了不是嗎？」

房言不解地看著房二河，問道：「爹，您怎麼知道爺爺、奶奶今天會這樣？」

房二河回道：「妳爺爺、奶奶心心念念的，就是如何透過科舉光宗耀祖。小時候我、你大伯還有三叔都不是讀書的料，加上當初家裡沒錢，妳爺爺、奶奶很是遺憾。所以見妳大堂哥讀書好，就天天巴望他有點成績，如今大郎、二郎也考上了童生，他們可不就高興了？不僅不會找碴，就是別人說了什麼不中聽的話，他們也要頂回去。」

房言把這些話放在腦子裡轉了好幾圈，才明白房鐵柱與高氏的想法。

簡而言之，就是大家都不太能讀書的時候，就看個人喜好來疼孩子；等孫子們開始學習了，再按成績來看要喜歡誰。

袁大山也接到房二河下的帖子，他帶了幾隻兔子與處理好的毛皮來到房言家。看到寬廣大氣的院落，袁大山一顆心有些沈沈的。

把東西交給專門收禮的人，又看了新房子幾眼之後，袁大山不顧房言的挽留，心事重重地離開了。

到了吃飯的時候，房言家來了幾個不速之客，正是房言的舅舅王知義以及他媳婦錢氏。有鑑於那次在家裡的衝突，再加上在縣城發生的事，房二河跟王氏商量過後，就沒邀請王知義一家。結果不知道王知義從哪兒得來消息，趕著飯點來到他們家。

說實話，王知義並不知道今天是房二河宴請賓客的日子，他之所以過來，有其他原因。然而，當他看到院子裡的賓客時，心情瞬間變得非常不好。

這麼大的事情，他妹妹跟妹夫竟然沒通知他！他可是房伯玄與房仲齊唯一的舅舅，房二河一家人也太不把他放在眼裡了！

王知義說了房二河幾句，本以為他會道歉，結果房二河理都沒理他，甩甩袖子就走人了。

見丈夫就要發火，王知義的媳婦錢氏趕緊扯了扯他的衣角，提醒他今天的來意。想到今天還有更重要的事，王知義只能按下自己的火氣，找了個地方坐下來吃飯。

看到房二河對待王知義的態度，高氏不禁開心地多吃了一碗飯。她最討厭王氏的娘家，從前就仗著家裡有錢，又住在鎮上，一副瞧不起人的樣子，還弄得房二河跟她更不親。這會兒他們兩家鬧翻了，她可不就高興了嗎？

雖然賓客們送來不少東西，不過房二河早就準備好了回禮。家裡有孩子的就給幾張紙，沒孩子的就給幾斤菜，總之大家都不虧就是。

這個冬天冷得厲害，小麥的收成比往年差，大夥兒的日子都不太好過。他們家如今過得舒適了些，能幫襯的也就不藏著了。

等到賓客們差不多都離開，王知義與錢氏還坐在正屋裡喝茶。

當王知義看到房二河閒了下來，卻依然沒搭理他們時，終於忍無可忍地朝他走過去。

「妹夫，你過來一下。」王知義口氣不太好地說道。

房二河停下腳步，問道：「喔，大哥有什麼事嗎？」

錢氏看了臉色有些難看的王知義一眼，說道：「妹夫，今天我們過來，主要是慶賀兩個外甥考上童生，其次，還有一件大喜事等著妹夫。不知道妹妹在哪裡，也讓她過來聽聽吧。」

聽到錢氏說的話，房二河微微感到詫異，他又看向王知義，覺得這兩人今天的來意恐怕沒那麼簡單。不過，既然錢氏已經提出來，他不去叫自家媳婦也有些說不過去，於是他喚來家裡的丫鬟房乙。

「小乙，去把夫人叫過來。」

「好的，老爺。」

王氏本來跟李氏還有許氏一同坐在房間裡聊天，見到房乙過來叫她，不禁皺了皺眉。

她早就注意到她大哥跟大嫂來了，因為生這兩個人的氣，所以她根本不想去招待他們。這會兒房二河差人過來叫她，雖然她不太樂意，還是跟著房乙去了正屋。

看到王氏來了，錢氏笑道：「妹妹如今有錢了，連妳大哥和我想見妳一面都難了。」

王氏瞄了她大嫂一下，說道：「大嫂，我想見妳一面也挺難的，去年去了你們家幾次都沒瞧見呢。」

一聽這話，錢氏微微有些尷尬，趕忙說道：「呵呵，那時候妳大哥正準備考秀才呢，家裡也忙。」

王氏點點頭，認真地回道：「嗯，我也忙，大嫂沒看見嗎？我們家一攤子事都等著我去處理呢。」

錢氏覺得王氏就像變了個人似的，過去她很溫婉，說她幾句也從來不還嘴，可見錢財能讓人變得完全不同。不過沒關係，只要促成今天這件事，他們家也很快就會發達起來。

想到這裡，錢氏看了看王知義，笑道：「知義，你今天不是有事情要和妹妹還有妹夫說嗎？還不快說出來，讓他們也高興高興。」

王知義輕咳一聲，說道：「是有這麼一件喜事。你們聽好了，這可是看在我的面子上，人家才提出來的，到時別忘了我的恩情。」

房二河跟王氏對視一眼，實在是想不出來王知義那邊有什麼好事能輪到他們家頭上？

「縣城的徐家託我來說一門親事，對象是徐少爺。說起徐家，他們不僅有幾百畝良田，還有許多店鋪，家裡也有親戚在做官。如今他們家看上靜姊兒了，特地讓我跑這一趟，好表達心意。」

聽到王知義說的話，房二河夫妻覺得這門親事挺好的，卻不明白為何會找上他們家大妞兒？況且，他們實在不相信王知義會這麼好心。

「徐家？哪個徐家？我們怎麼沒聽過。」房二河問道。

王知義道：「你們小門小戶的，當然不知道徐家！徐家在縣城可是住了一輩子，你們才在那邊待了多久，自然不認識這種大戶人家。」

光是聽到王知義說話這般諷刺，房二河就已經對這門親事沒有任何好感。就算那個徐少爺條件再怎麼好，他們也不想和這樣的人家說親事。就衝著王知義這種態度，他們家大妮兒嫁過去，想必也不會有什麼好日子。

王氏卻沒有房二河想得那麼通透。身為女子，她當然希望女兒能嫁入比較富裕的人家，於是想多問幾句再打算。

「大哥，這樣的人家怎麼會想到我們家？你也說了，我們家小門小戶的。」

王知義看向自家妹妹，說道：「其實妳之前見過徐少爺，就是在縣城遇見的那個。」

聽到他這麼說，王氏有些疑惑地問道：「縣城？哪個人啊？」

「不就是那天跟我一起過去打招呼的那個少爺嗎？」

王氏一聽，立刻道：「竟然是那個人！」

房二河也知道是哪個人了，他的臉色立即冷下來。「我們家不會答應這門親事，大哥去回絕吧。」

王氏冷哼。「大哥，就那樣的人，你也好意思說給你外甥女？還是不是當舅舅的啊？」

王知義本來還想端著架子的，一聽他們這樣說，就生氣地吼道：「人家條件這麼好，能看上你們家就該知足了，竟然還挑三揀四，那個徐少爺有什麼不好的？」

「有什麼不好的？你看他那天的表現，哪裡像是正經人家出來的少爺！」王氏不滿地說道。

想到那天的事情，再想想徐天成平時的表現，王知義抽了抽嘴角。「年輕人麼，面對喜歡的女子難免會有些移不開眼。人家本來是要讓靜姊兒過去當妾的，要不是我，連貴妾都當不上！」

這話讓房二河氣得把手重重往旁邊的桌子一拍，怒道：「什麼，竟然是貴妾！我們家的女兒是不會給人做小的，大哥和大嫂請離開吧。」

房言早就交代好房乙去偷聽，因為房乙是房五的女兒，本身漢語就有點底子，學習了一陣子之後就進步許多，這個任務交給她再適合不過。

房乙聽了幾句之後趕緊過去告訴房言，當時房言正在書房跟她大哥讀書，一聽這話，她立刻跳了起來。貴妾？竟然是貴妾！

她這個舅舅不是來說親的，是來噁心他們家的吧?!

房伯玄的臉色也沈下來，他把書往桌上一扔，站起身來去了正屋。房言見狀，趕緊跟上去。

一到現場，房伯玄就笑道：「舅舅，不知道您說的徐家，是不是城南的徐家？」

王知義眼前一亮，說道：「玄哥兒，看來你多讀些書是有用處的，不像你爹娘那樣愚昧無知。可不就是城南的徐家，他們家啊，不光有錢，還有人做官。」

房伯玄笑了笑。「的確，他們家有人在做官，但不過就是個六品官，而且還是徐夫人的表哥，跟他們家的關係不是很大。」

王知義臉上的表情一僵。他實在沒想到房伯玄竟然知道得這麼清楚，這下子想糊弄過去也不行了。

「就算那是徐夫人的表哥，那也是有做官的親戚。」王知義說道。

房伯玄找了張椅子坐下來，然後看了他爹跟他舅舅一眼，說道：「爹、舅舅，坐下來說啊，都站著幹什麼。」

房二河雖然非常生氣，但是聽了房伯玄的話，還是坐了下去。王知義以為這件事有戲，趕緊坐好。

只有房言，聽到房伯玄的話、瞧見他的表情，就覺得有人要倒楣了。

果然，只見房伯玄慢條斯理地道：「這位徐少爺呢，我雖然沒見過，但聽過不少關於他的事，只是不知道準不準確。舅舅要不要聽一聽，看看我說得對不對？」

王知義心裡打了個突，趕緊喝了口茶，掩飾尷尬的表情。「玄哥兒，你說。」

「這個徐少爺，最出名的有兩件事，一件是為了一個小妾頂撞徐夫人，結果害小妾被徐夫人打死。另一件事呢，是去賭博，結果因為積欠賭債，被人打了一頓。舅舅，有沒有這麼兩件事啊？」

王知義立刻說道：「玄哥兒，這些都是你聽來的，作不得準。徐少爺那樣的身分，誰敢打他啊？再說了，就算是真的，那也是以前的事，他那時候年紀輕，做事沒個分寸，現在自然不會這樣。」

房二河與王氏一聽，又被氣了一遍，房二河不願再聽下去，想直接趕王知義與錢氏出門。

房言本來冷眼旁觀，結果聽著聽著，突然想到一些事，瞬間瞪大眼睛，盯著王知義。

她終於想起來了，為何她會對徐天成感到眼熟。這個人不就是房淑靜「前世」的丈夫嗎?!

好色、打死丫鬟、賭博，再加上一個狠毒的主母……這種種的一切，導致前世的房淑靜命運悲慘，早早死於非命。

這樣的親事，能答應下來才怪！

她終於知道，房伯玄前世為什麼會那麼恨她舅舅家了。即使是關起門來、對他們見死不救的老宅，房伯玄都沒怎麼放在心上，卻偏偏報復了王知義一家，因為他們促成的這件事，間接害死她姊姊。

不行，就算這門親事成不了，也絕對不能放過徐天成一家！

# 第四十九章　今非昔比

看著房二河一家人「不知好歹」的樣子，王知義索性道：「你們可是想好了，錯過這次機會，可就沒下次了。要不是徐少爺看上靜姊兒，你們哪來這麼好的運氣！憑你們家的身分，還想找什麼更好的親家，說不定這丫頭最後只能嫁給山野匹夫！」

房淑靜不知道從哪兒聽到了消息，哭著跑過來說道：「舅舅，我就算嫁給山野匹夫，也不會嫁給那種人的！」

說完之後，她又看著房二河道：「爹，我不想嫁。」

房伯玄輕聲地安慰道：「妹妹放心，大哥不會讓妳嫁給這種人。二妮兒，妳陪大妮兒去洗把臉。」

房言本來還想聽一會兒的，但是看到房淑靜傷心的樣子，就過去拉著她離開了。

關於徐家，房伯玄知道他們的勢力。徐家在縣城是有名的大戶人家，貿然拒絕的話，他們家說不定會吃虧。看他舅舅這個樣子，肯定有求於徐家，他接下來要回霜山書院繼續讀書，可能顧不了家裡的事，所以最好趁現在斷了對方的念想。

在腦海中過濾了幾個念頭之後，房伯玄說道：「舅舅，您可知道我們家在鎮上跟縣城的生意為何做得那麼好，而且再也沒人敢去找事了嗎？鎮上的周家不敢找麻煩不說，今天還送了厚禮過來。」

王知義心頭一驚。他雖然納悶了一陣子，卻沒有細想，這會兒被房伯玄提出來，他突然覺得好像有哪裡不太對勁。

「為……為什麼？」王知義問道。

房伯玄笑道：「舅舅剛才問我爹娘知不知道縣城的徐家，那我也想問舅舅，知不知道縣城的孫家？」

王知義震驚地看了看房二河，又看著房伯玄。「難道你們認識孫家不成？」

房伯玄點點頭。「舅舅可是來晚了，今天一大早，孫老夫人就派人送來一馬車的厚禮。喔，對了，我才剛把孫少爺送走呢。」

王知義舔了舔發乾的嘴唇，看著笑得詭異的房伯玄，覺得心裡有些發冷。

「我知道舅舅是聰明人，但是有些事，我怕不明說的話，舅舅不明白。縣城野味館那間店鋪，是孫少爺已逝娘親的嫁妝，不僅如此，這門生意孫家也有份，您說，我們看不看得上徐家？」

房伯玄很清楚，對於王知義跟徐家這種人，最好的辦法，就是用更厲害的人來壓一壓他們。既然他們喜歡喜歡仗勢欺人，就要拿地位更高的人出來鎮場，讓他們心生畏懼、不敢亂來。

王知義呆呆地看著房二河，道：「原來你們有了這麼大的靠山，怪不得看不上我們家，也看不上徐家。不過，你們認識孫家的事，怎麼沒告訴我呢？」

房二河已經懶得搭理王知義了，但是看到這個大舅子吃癟的樣子，他也覺得挺爽快的，於是出言諷刺道：「我看不是我們家看不上大哥家，是大哥家先看不上我們家的吧。」

房伯玄看著房二河說道：「爹，您說得對，不過還要加一句，咱們家如今的確是有些看不上舅舅家了。把外甥女推往火坑這種事，一般人可是做不出來，只有咱們舅舅能為了自己的利益，這般狠心對待外甥女。」

王知義看著房伯玄一副「我什麼都知道」的樣子，心虛得很，色厲內荏地道：「大郎，你別這麼說，舅舅不是這樣的人。我能有什麼目的，不就是希望外甥女過得好一些嗎？」

房伯玄回道：「舅舅，有沒有其他什麼心思，您自己知道。我也不管您有什麼用意，這件事既然是您答應的，您就去跟徐家解釋吧，徐家肯定能理解的，畢竟有孫家在。舅舅，您說對不對？」

見房伯玄語帶威脅，王知義嚥了嚥唾沫。「玄哥兒，我知道你如今童生考了第一名就有些得意，不過你也別張狂，有多少童生考了那麼多年都沒能考上秀才，一個人的起起落落是說不準的。」

王氏生氣地道：「大哥，這是什麼話，你是在詛咒我們家大郎考不上嗎？」

房伯玄見王知義已經嚇得語無倫次，笑道：「舅舅，您是在說自己，還是在說之前教我跟二郎的夫子？說到這裡，我和二郎還得感激您呢，為我們兄弟倆介紹了一個『這麼好』的夫子，讓我們唸了那麼久的書，還是沒什麼長進。」

聽到這番話，王知義有些慌張地道：「科舉……科舉考試跟人的運勢也有一定的關係，你們夫子沒考上，那是運氣不好，說不定他明年就考上了。」

房伯玄點點頭。「嗯，希望夫子跟舅舅明年都能考上，否則我和二郎可能就等不了舅舅和夫子，先考上了。」

說完之後，房伯玄懶得再看王知義，他對房二河說道：「爹，我看咱們家還有很多事要忙，要不就請舅舅跟舅母先離開吧。」

王知義聽到房伯玄要趕他走，生氣地站起來道：「不用你們趕，我們自己走，好像誰稀罕來你們家似的。」

「嗯，舅舅自然不稀罕。不過我在這裡多說幾句，以後要是沒有要緊的事，您就不要來我們家……不對，即使有要緊的事，也不要來。畢竟您有事情的時候，說不定我爹娘不在家，就像你們家之前一樣。」

這些話讓王知義與錢氏立刻氣得轉身離開，等他們出去之後，房伯玄就吩咐人把大門關上。

聽到背後的關門聲，王知義快被氣得吐血。若不是孫家，房二河家敢這麼對待他？不過孫家的確非常厲害，他惹不起。

就這樣，拿孫家無可奈何的王知義跟錢氏，只能摸摸鼻子離去。

見王知義和錢氏走了，房伯玄就說道：「爹、娘，大妮兒的親事暫時不用著急。就算有人來說親，你們也要打聽清楚再說，沒有我的同意，切不可隨便答應。」

王氏點頭後，道：「娘知道了。也不知道你舅舅怎麼想的，竟然跟那種人混在一起！那天在縣城偶遇時，那個人看大妮兒的眼神就不太對了。」

房伯玄聽到這些話，眼神瞬間變冷。

另一邊，房淑靜去洗了把臉之後，心情依然不好。

房言建議房淑靜出門散散心。她本來不想去的，但是聽到房言說要去山上逛逛，她就答應了。

出門前，房言要房二媳陪她們一起出去，這樣房二河跟王氏也能安心些。

房言勸慰著她。「姊姊，妳放心就是了，爹娘絕對不會把妳嫁給那種人。咱們可不當妾，要嫁也是要當正房夫人，不僅如此，對方也不能納妾。」

房淑靜心事重重地頷頤，說道：「嗯，我相信爹娘。」

兩個人正聊著，房言突然發現不遠處有個人，仔細一看，是袁大山。

「大山哥！」房言大聲喊道。

袁大山正站在那裡發呆，突然看到房言與房淑靜，頓時沒能回過神。

「看什麼呢，大山哥？」房言好奇地問道。

房言走近之後，站在他旁邊的位置往下看，沒發現什麼特別的地方，只能看到……等一下，難道袁大山是在看他們家？

袁大山有些尷尬，連忙回答。「沒、沒，沒看什麼。」

「喔。」房言頷頤，選擇不戳破。

「大山哥。」

「靜姊兒。」

看到袁大山跟房淑靜互相打招呼，房言沒說話，只是左看看、右看看。

袁大山被房言看得不太自在，說道：「言姊兒，妳們怎麼跑出來了，家裡都忙完了啊？」

房言轉了轉眼珠，說道：「是啊，客人都走了，憋得慌，就出來了。再說了，我姊姊心情不好，所以出來散散心。」

房淑靜趕緊扯了扯房言的衣角，讓她不要亂說。

袁大山一聽這話，立刻反問：「怎麼會心情不好？有人給妳氣受了嗎？」

見袁大山關心自己，房淑靜的反應卻是抿著嘴、低著頭，一聲不吭。

「有人為我姊姊說親呢，可是她不太願意。」

「二妮兒，住口。」房淑靜忍不住說道。

袁大山眼睛猛然睜大，直勾勾地盯著房淑靜，喃喃自語。「有人為妳說親了啊……」也是，她已經十三歲，該有人說親了。

不知道是什麼人為她說親，說的又是怎樣的人家？如今他們家越來越厲害，不只在鎮上開分店，還蓋了那麼好的房子，她的哥哥和弟弟甚至考上童生……他和她之間的差距，真的越來越遠了。

想到這裡，袁大山的眼神更加黯淡。

房言被房淑靜一說，立刻閉上嘴。她悄悄看了袁大山一眼，只見他的表情甚是難過，整個人彷彿被抽走魂魄一般。

於是她故意問道：「大山哥，你怎麼了？怎麼感覺你心不在焉的，是不是有什麼心事啊，還是生病了？」

袁大山抿抿唇，勉強笑了笑。「我沒事，多謝言姊兒關心。」

「不客氣。大山哥，你要是有什麼心事，可以說給我們聽聽啊。」

袁大山趕緊說道：「沒有，我能有什麼心事啊，就是想著哪天去山裡轉轉，看看能不能獵一頭大獵物出來。」

房淑靜聽到他的話，捏了捏手帕，說道：「深山裡面不太安全，你還是少去吧。」

袁大山終於聽到房淑靜開口了，雖然知道自己不應該這麼做，但眼睛還是不自覺地看了過去。

就這麼湊巧，房淑靜關切的目光還沒收回去，又對上了袁大山的視線，兩個人的眼神就這樣在空中相會。

房淑靜看到了袁大山眸中複雜的神色，袁大山也看到房淑靜眼中透露出的關心。

意識到自己說了什麼，房淑靜趕緊低下頭，臉上浮現一絲懊惱。這樣的話不是她該說的，袁大山一定是覺得她管得太多了。

於是房淑靜緊張地道：「對、對不起，大山哥，我就是想到裡面不安全，怕你出事而已。」

這可真是話說得越多，錯得越多。房淑靜的手帕攥得越來越緊了。

房言仔細觀察他們兩人的反應，儘量弱化自己的存在。她悄悄後退一些，房二媳也被她拉開。

聽到房淑靜說的話，袁大山的神情流露出些許喜悅。他有些不確定地詢問。「妳……妳這是在關心我嗎？」

房淑靜的臉蛋瞬間紅透，否認道：「沒、沒有，我就是隨便說說。」

袁大山臉上的光彩頓時消散，他低下頭，跟房淑靜道歉。「對不起，靜姊兒，是我孟浪了，我說了不該說的話。」

看到眼前兩個明明互相喜歡，卻不敢表達情感的人，房言不知道該說什麼好？這兩個人應該是從山上的意外開始互生情愫，只是不知道他們有沒有察覺自己內心的想法？

「沒有，你不用道歉。」說完，房淑靜咬了咬嘴唇。

想到自家舅舅為她說的那門親事，房淑靜又委屈起來，眼眶也不自覺地泛紅。她現在才明白，自己一點都不想嫁給不喜歡的人，那個人的眼神讓她覺得噁心，而且還要她當妾。她好怕即使爹娘拒絕了，她以後還是會嫁給這種人。

袁大山覺得自己該離開了，他不好意思老是跟房淑靜待在一起，萬一被人看到，人家會說閒話的，這樣對她不好。

只不過，心裡明白是一回事，做不做得到又是另一回事，這麼一走開，他不知道什麼時候才能再看到她？現在已經有人在為她說親了，她肯定很快就會跟別人訂親。

想到這裡，袁大山一顆心隱隱作痛。正難受著呢，他突然聽到微弱的哭泣聲。

袁大山猛然抬起頭來，發現站在他對面的房淑靜在哭。他不知道她為什麼突然這樣，頓時有些手足無措。

他想問問房言是怎麼回事，結果一轉頭就發現房言不在旁邊，她正待在不遠處，好像跟僕人在地上挖東西。

袁大山想了想，有些緊張地問道：「靜姊兒，妳怎麼了，為什麼哭呢？是不是我剛剛說錯話了？」

房淑靜一邊哭，一邊搖頭。

「那是為什麼？是不是有人欺負妳？」

房淑靜一聽到袁大山的話，哭得更傷心了。

「到底怎麼了？妳說啊。」袁大山看到房淑靜哭成這樣，心裡難受得不得了。

房淑靜越哭越收不住，袁大山忍不住上前一步，想幫她擦擦眼淚，但是又覺得自己這樣做太踰矩了。

他想轉頭叫一下房言，但是房言這次真的不見了。剛剛他明明看到房言還在不遠處挖東西的，才這麼一下，她跟僕人竟都不見了人影。

袁大山無奈地嘆了口氣。「靜姊兒，妳別哭了。告訴我，誰欺負妳了，我去幫妳討公道。」

房淑靜哭了一會兒，心裡暢快了些，終於開口。「我不想嫁給那種人。」

袁大山聽到房淑靜的話，鬆了口氣道：「大叔跟大嬸那麼疼妳，不想嫁的話就去跟他們說，想必大叔跟大嬸都能理解。」

房淑靜點點頭，說道：「我知道，我爹娘不會把我嫁過去的。」

說完這句話，她看著袁大山道：「你……怎麼不問問我為什麼不想嫁？」

聽到這個問題，袁大山頓時手足無措，不知道該怎麼回答房淑靜？

此時，房言與房二媳就躲在附近的樹幹後面偷看。

房二媳看了半天，突然對房言問道：「大小姐……他……」然後比了個「在一起」的手勢。

房言趕緊說道：「噓，小聲點，我看著也像呢。」

過了一會兒，袁大山離開了，房言看房淑靜開始找她，她才跟房二媳一起走過去。

「姊姊，我剛才跟二媳一道去採蘑菇了。妳這會兒心情好些了嗎？大山哥人呢？」房言假裝不知道情況，一臉無辜地看著她。

房淑靜臉色微紅道：「他……他先回去了。我現在好多了，咱們快回去吧，出來這麼久，爹娘該找我們了。」

房言笑嘻嘻地點點頭。「行，咱們回家去吧。」

回到家之後，房言看著大大的廂房，內心覺得有些失落。原本她跟房淑靜睡在同一個房間，時不時就能瞧到人，現在突然剩她一個，還真有點不習慣。

房言本來想去找房淑靜，但是一想到今天的事，她就覺得應該讓姊姊冷靜一下，所以她便走到後大院去。

眼前的桃樹結滿了一顆顆桃子，在靈泉的加持下，這些果樹長得非常好，再過一陣子，桃子就能摘下來了。

房言種果樹的目的是賺錢，但她並不想單賣這些桃子，而是做成成品來賣。說起水果製品，房言第一個想到的就是罐頭，不過這件事目前還不急，等麥收過後再說。

第二天，房言家的小麥開始收割。

除了看門的老丁頭跟房一，全家都出動了，就連房伯玄和房仲齊也不在家讀書，而是換上一身粗布衣服，準備下地幹活。

收拾好東西、帶好工具，老丁頭打開了大門。

房二河出門的時候，不經意地往右邊一瞄，卻看到了一個熟悉的身影。

「大山？」

# 第五十章　初表心意

房二河原本以為自己看錯了，但是當那個人一回頭，房二河就發現那正是袁大山，他沒看錯。

「房大叔。」

房二河笑道：「大山，你來我們家有什麼事嗎？」

袁大山趕緊否認。「沒事，我今天就是到處轉轉，沒想到走著走著就到這邊來了。」

房二河點頭道：「年輕人是該多走走。」

袁大山看向房二河後方的馬車，以及跟在一旁的房家僕人，疑惑地問。「房大叔，你們這是做什麼去？」

房二河回道：「帶著他們去收小麥。」

袁大山沒種地，雖然看到小麥成熟了，但是到底什麼時候採收，他並不特別放在心上。

「這樣啊，那房大叔還需不需要人幫忙？我今天正好有空閒。」

房二河趕緊婉拒道：「不用了，大山，你平時幹活也挺累的，好不容易空下來一天，趕緊回家休息吧。」

「房大叔，你們家要是有需要的話，就帶上我吧，我今天真的沒事，您就不用跟我客氣了。」

正當房二河想再次拒絕他時，房言突然從門後走出來，笑道：「真的嗎？大山哥，那你跟我們一起去吧，讓我爹出工資給你。」

「不、不用給我工資，我就是去幫幫忙，平時你們家對我也挺照顧的。」袁大山立刻說道。

房二河不贊同地對著房言搖搖頭。

房言看著房二河，說道：「爹，就讓大山哥去嘛，咱們跟他這麼熟了，不用客氣的。」儘管房言這麼說，房二河還是不答應，甚至皺了皺眉。

此時房伯玄走過來，上上下下看了袁大山幾眼，不知道想到了什麼，忽然說道：「既然大山有心，爹，就帶他一起吧。」

房二河和房言都沒料到房伯玄會這麼說，但是連他都開口了，房二河便不再有意見。

袁大山看了房淑靜站的位置一眼，就低著頭跟房伯玄他們坐上同一輛馬車。馬車後面的車廂暫時被拆掉，直接掛上板車，這樣才方便運送東西。之前胡平順已經先帶著一些人過去了，現在是第二趟。

因為正處麥收時節，房南與房北兩兄弟回村後，馬車就被房三與房五駕了回來，最後三輛馬車一起前往城郊那塊地。

到了那裡，大家都下地幹活去了，除了房言一家人跟僕人，還請了一些短工來幫忙。袁大山雖然沒幹過農活，但也知道跟著旁人做就對了，結果還沒等他學會用鐮刀砍小麥，就被房言阻止了。

在房言心中，袁大山算是半個自己人。說是半個，是因為當初周家派人去店裡鬧的時候，袁大山曾主動詢問需不需要幫忙，而且他還在山上救過房淑靜。不過要想成為真正的自己人，那得等他跟房淑靜成親了才算。

「大山哥，你別割了，能不能幫忙往地頭上運送小麥？」房言說道。

她剛才忽然想到，這些地的土混進了用靈泉澆灌過的土，產量肯定跟別處不同，運送小麥的人，很容易就能從重量推算出產量，這麼做實在是太危險了，還是讓半個自己人，而且又從來沒種過地的袁大山來吧。

其實房二河也知道這塊地跟別處不同，因為其中一些土是從家裡那塊地運送過來的。只不過他不可能知道這是靈泉的作用，尤其是房言又在那批土裡偷偷滴過靈泉。

有鑑於此，房二河早就安排好了，運送麥子的都是自家下人，這會兒房言的舉動讓他更加警醒，於是他叫了胡平順過來，叮嚀他絕不能讓短工運送小麥。

房言這才留意到，房二河早已做足了準備，不過她都叫袁大山幫忙了，也就不用再讓他回去割麥。

「喔，好。」袁大山一聽到房言的吩咐，立刻答應下來。反正他不會割麥，比較擅長運送東西。

房言交代好袁大山之後，就去草棚那邊了。他們在地頭上搭了個草棚，王氏和房淑靜待在棚子底下，為大家準備茶水和點心。等喝了幾口茶，房言就又要去地裡查看了。

看著房言連帽子都不戴就往外跑的行為，王氏十分不贊同。「二妮兒，這樣會讓妳的皮膚曬傷，還是戴頂草帽吧。」

房言覺得陽光雖然強，但現在不過是初夏，其實不太需要遮。不過既然王氏要求了，她還是聽話地戴了頂草帽才出去。

到了地裡，房言就四處晃，看看自家的小麥跟別人家的有什麼區別？她很快就發現，自家的小麥比一般的顆粒飽滿一些，不禁得意地笑起來。

房淑靜窩在草棚底下著實無聊，她見房言在外面玩，便也戴上草帽走了出去。

不知是有心還是無意，房淑靜順著地頭走過去，袁大山也正好把割下來的小麥往地頭上運送，兩個人就這麼相遇了。

你看看我，我看看你，都沒有說話。

那天袁大山不曉得該怎麼回答房淑靜的問題，顧左右而言他了一會兒，就落荒而逃了。

袁大山抿抿唇，先把小麥放到板車上。房淑靜見袁大山沒理會她，咬咬唇，想要離開，結果她沒注意腳下的石頭，一個重心不穩，眼看就要摔倒在地。

正巧，袁大山回過頭來想找房淑靜，就看到她快要摔倒。情急之下，他伸手抓住房淑靜的胳膊，一把將她拽了回來。

房淑靜不自覺地叫了一聲，然後撞向袁大山的胸口。

她摀住被撞到的鼻子後退幾步，結果不知道袁大山是怎麼想的，依然抓著她的手不放。

房淑靜掙扎幾下之後，就沒再試圖掙脫了。

此時兩個人之間隔著不到一步的距離，袁大山高大的身軀，擋住了照向房淑靜的陽光。房淑靜低著頭站在陰影裡，加上她又戴著草帽，袁大山一時之間看不到她的表情。

「靜姊兒，我……我……我有話想對妳說。」

聞言，房淑靜猛然抬起頭，紅著鼻子跟眼眶看著袁大山。

袁大山趕緊鬆開房淑靜的手腕，關心地問道：「我是不是撞疼妳了？對不起，我不是故意的，因為我有話想對妳說，可是又怕妳走了。對不起，那個，唉……」

見袁大山有些緊張，又想到自己的心情，房淑靜的臉蛋一下子就紅了。她擦了擦眼角的淚珠，說道：「我沒事，就是剛剛把鼻子撞麻了，忍不住掉了幾滴淚。」

袁大山這才放心地說道：「那就好。」只要房淑靜沒怪他太過孟浪就行。

這麼一想，袁大山又說道：「沒事的話，我就幹活去了，妳也快點回去吧。外面太曬，這裡的路也不好走，還是回草棚待著比較妥當。」

說完以後，他就要離開了。

「站……站住，你剛才不是說有話想對我說嗎，怎麼這會兒又不說了。」房淑靜鼓起勇氣問道。

剛才看到房淑靜的那一刻，袁大山心裡是有一股衝動，但是冷靜下來之後，他又覺得那些話不該說了。自己可謂一無所有，拿什麼喜歡人家？又憑什麼娶心愛的姑娘？跟著他，她就只能吃苦了。
不過這會兒一聽到房淑靜說的話，看著她那亮晶晶的眼神，他心中那股衝動又回來了。
「靜姊兒，我……我……我思慕妳。」袁大山閉了閉眼，一不做二不休地當場表白。
「思慕」這個詞還是他無意間聽一個說書的說的，覺得很適合，就拿來用了。
表明心意後，袁大山一張臉脹得通紅，一直壓在心裡的那塊大石頭，也終於落了地。
房淑靜雖然喜歡袁大山一陣子了，也希望袁大山一樣喜歡她，卻沒料到他就這樣直接說出來，整個人頓時愣住了。
兩個人就這樣默默對視，心臟怦怦怦地狂跳。
正當他們含情脈脈、進入無聲勝有聲的境界時，一道聲音傳了過來——
「大妮兒，你們在做什麼？」
「大哥。」
「嗯，大妮兒，我聽見二妮兒在找妳呢，快過去看看她有什麼事吧。」
房淑靜聽到這話，紅著臉、低著頭，趕緊跑掉了。
看著房淑靜離開之後，房伯玄轉頭對袁大山說道：「今天真的是麻煩你了。」
跟姑娘表白的時候，正好被她哥哥抓個正著，這是一種什麼樣的感受？袁大山此刻就處在這種尷尬的境地中。
「不、不麻煩，是我應該做的。」
房伯玄聽了這話，帶著笑意道：「應該做的？這話說得過了。這是我們房家的地，你來幫忙是基於情分，我們家都銘記在心，你真是客氣了。」
明明太陽一曬就會流汗，袁大山卻覺得不知道從哪裡吹來一股寒氣，冷颼颼的。
「不、不應該的。不是，應……」遇上房伯玄，袁大山很多話都不知道該如何表達，他乾脆不解釋了。「房大叔幫了我很多忙，我都記在心裡。」
房伯玄聽了，又道：「大山也幫了我們家不少忙，這份情我跟爹會還，但是我希望你知道自己在做什麼。」
袁大山臉上的紅暈慢慢消退，他出了一身冷汗，卻仍是勇敢地說道：「我知道自己配不上靜姊兒，也沒敢奢望什麼，只是……只是，我真的很喜歡她。」
「喜歡到每天站在山上往我們家這邊看，喜歡到每天站在我們家門口往裡面觀望？」
房伯玄說這些話的時候，嘴角微揚，可是袁大山卻感覺不到他在笑。他一直以為自己做這些事時非常隱蔽，不會有人發現，卻沒想到自己的舉動早就被人盡收眼底了。
「你可曾想過，如果發現這些事的人不是我，而是別人，該怎麼辦？我妹妹又該如何自處？」問這些話的時候，房伯玄的眼神沒有一絲溫度。
房伯玄這幾句質疑，讓袁大山幾乎快要喘不過氣來了。他握緊雙拳，深深呼吸幾下之後，看著房伯玄說道：「我喜歡靜姊兒，不會做出任何傷害她的事情。」
房伯玄一聽，表情反而放鬆了，他打趣地問道：「喜歡我妹妹？你拿什麼喜歡她？」
袁大山被房伯玄戳到痛處，但還是堅定地說道：「我雖然家裡沒有田地，也沒多少錢財，但是我能保證，娶了靜姊兒之後，一定會對她好，她跟著我，肯定不會受苦。只要我去縣城多幹點活、去山裡多獵幾隻獵物，沒多久我也能蓋大房子。」

房伯玄背著手，看著遠處翻滾的麥浪，說道：「可是你也看到了，我妹妹現在過著怎樣的生活，你拿什麼保證呢？你身無恆產，又是獵戶，朝不保夕的，我怎麼放心把妹妹交給你？」

袁大山臉上的血色消失殆盡。剛才那些話已經用盡他全部的力氣，也賭上所有的驕傲了。

看了幾眼麥浪之後，房伯玄轉回來看著袁大山道：「我不會把妹妹嫁給一個一無是處、生活不安穩的人，你要是真有心，就證明給我看吧。」

聽他這麼一說，袁大山那趨近絕望的心立刻復活了。他抬起頭來，激動地看著房伯玄，想要說些什麼。

此時房伯玄忽然笑道：「對了，我妹妹喜不喜歡你？這一切會不會是你的一廂情願？我不會把妹妹交給一個她不喜歡的人的。」

說完之後，房伯玄拍了拍袁大山的肩膀，朝著麥浪走去。

看了看房伯玄的背影，袁大山又看向遠處草棚下那模糊的身影。他站在原地握了握拳，心中某個想法慢慢成形。

房言從剛剛就看到房伯玄跟袁大山在說話，她非常好奇他們之間的談話內容，但是又有些害怕，糾結了很久之後，也沒能挪動腳步。

終於，等房伯玄離開之後，房言就一溜煙地跑到袁大山身邊。

說真的，她實在有些拿捏不準她大哥的意思。

根據前世的回憶，她認為房伯玄是個能出賣妹妹換取榮華富貴的人，但是他之所以這麼做，出發點是為父報仇。她覺得一個人在經歷那樣的事情之後，心性難免會改變，所以她才能理解房伯玄前世的做法。

今生房伯玄性格陰暗的一面，她只在他面對周家時看過，而且時間很短暫，所以她還是站在他那一邊，但是她不知道袁大山會不會觸發他什麼開關，不禁有些擔憂。

房言走到袁大山面前，抬起頭來觀察他的臉色——不像是被房伯玄打擊過的樣子，難道她猜錯了？還是說……她想太多了，剛才她大哥並沒有跟袁大山說她姊姊的事？

可是，按照她對房伯玄的了解，他不會無緣無故採取某些行動。既然今天他答應袁大山過來幫忙，肯定會對他說一些話。以房伯玄的敏感程度，說不定早就發現袁大山與房淑靜之間的情愫了。

「言姊兒，妳盯著我做什麼？」袁大山看到房言走過來，但是等了半天也沒聽到她開口，他都要被盯到有些不好意思了。

房言笑道：「沒什麼，我就是路過而已。方才跟你說話的人好像是我大哥吧，他跟你說了什麼啊？」

袁大山沈默了一下，回道：「是，不過他沒說什麼，他真的是個好哥哥。」

房言問完問題之後就一直盯著袁大山的表情，聽到他說的話，她微微有些詫異。

「言姊兒，要是沒事的話，我就去幹活了。」
「喔，好。」
看著袁大山的背影，房言心想，她大哥到底跟袁大山說了什麼話，他怎麼有這種反應？不過，照這個情況看來，她大哥並未棒打鴛鴦。
想通了這些之後，房言的心情瞬間好了起來。

兩天之後，房言家的小麥就全部收完了。除了這裡的五十畝地，還有分家時那塊地。
接下來就是壓麥了，得讓麥稈上的小麥粒脫落下來。讓小麥粒脫落的方法很多，以前房言生活的那個地方，一些人會把麥放在大馬路上，讓來來往往的車壓一壓，小麥粒很快就脫落，而更多人則是放在村裡專門壓麥的地方，拉著石磨在上面滾來滾去。
房言家地方大、人又多，這些問題在家裡就能解決了。
麥收之前，胡平順曾帶領下人，把家裡一塊空地來來回回壓了好幾次，最後變成一塊非常結實、平整的土地，壓麥、揚麥皮都是在這裡進行。
等小麥全弄乾淨之後，房二河在家裡秤了秤小麥的重量。經過房言提醒，這件事由家人直接經手，沒找胡平順。
小麥的重量也不是一次秤完，每次輪流換人去秤，由房二河在一旁記錄。
其實不用等到秤重，房二河就已經發現家裡的地產量太高了，胡平順也不例外。
中原的氣候再好、他打理得再細心，也不可能多出那麼多量。不管房二河是不是提醒過他，他都很清楚，什麼樣的話該說、什麼樣的話不該說，況且房二河救了他們一家人的命，這裡的秘密，他到死都不會說出去。

再說了，房伯玄也找他談過，他自然知道在外面該如何應對。

# 第五十一章 從軍遠行

秤完重量，房二河、房伯玄與房言三個人進了書房，當房二河核算出總重量的時候，後背出了一身冷汗。

房伯玄看到房二河失神的樣子，不禁問道：「爹，算出來多少？」

聽到房伯玄的問話，房二河立刻清醒過來，他顫抖地拿著算盤，說道：「大郎，也許是爹算錯了，你再算一遍吧。」

房伯玄雖然沒做過帳房先生，平時也很少算帳，但是他們在霜山書院也會學習算數，這對他來說不成問題。

他接過算盤，看著帳本算起來，算完之後，他看了看帳本，又看了看算盤。

「大哥，多少？」房言好奇地問道。

房伯玄略帶深意地看了房言一眼，說道：「如果我沒算錯的話，兩萬六千多斤，畝產量約五百斤。爹，您剛剛算的是多少？」

房二河嘆了口氣，說道：「爹剛才算出來也是這樣。」

房言聽了之後挑了挑眉。畝產量約五百斤……嗯，還行，看來她靈泉控制得不錯，沒放太多。她只挑五十畝那塊地下手，分家拿到的地離家有點距離，她可不敢這麼做，否則平均的畝產量會更高。不過看到她爹震驚的樣子，她還是有些不好意思地摸了摸鼻子。

房伯玄瞄了房言一下，然後慢悠悠地道：「我記得，去年朝廷統計的小麥畝產量約三百五十斤。」

房二河說道：「是啊，小麥畝產量一般都是三百多斤，咱們家卻是約五百斤，太多了些。」

房伯玄回道：「三百五十斤是去年的平均畝產量，不過去年風調雨順，今年天氣不好，小麥應該會減少兩到三成的產量。」

「啊？會減少這麼多嗎？」因為手中握有靈泉，加上地處中原富庶地區，房言的認知與事實有些落差。在她看來，所有東西畝產量都很高。

「對，聽說朝廷已經下令減少今年的稅收了。」房伯玄答道。

房二河有些不安地說：「這樣的話，咱們家豈不是更加出格了？」

又瞧了數據一眼後，房伯玄說道：「爹，您不必擔心。雖然當初我不知道這件事，但是您跟二妮兒處理得很好，不會有多少人懷疑的，即使懷疑，也只會以為是胡管事的緣故。況且，咱們都是用自己人，他們又出身自塞北，沒種過地，對這些事肯定不太清楚。」

房二河有些猶豫地道：「不過……胡管事大概知道一些。」

房伯玄笑著回道：「爹，胡管事不是不牢靠的人，您放心就是。」

這個時候，房二河才點點頭。

「爹、大哥，這可是好事啊！咱們家有了這麼多小麥，就不用去外面買麵粉了，可以省很多錢。再說了，既然糧食減產，麵粉的價格肯定很貴，咱們又能賺錢了呢。」房言一派天真地看著房伯玄和房二河說道。

房伯玄笑道：「的確，爹，這可是件好事，您別太擔心。不過，爹，有件事該做了。」

「什麼事？」

「買地！」

房二河疑惑地問道：「買地？咱們家的地還不夠多嗎，怎麼又要買了？」

房伯玄說道：「對，買地。那塊五十畝地周圍不是還有一些？您把那些地都買下來吧。麥收的時候我觀察過了，那附近的地跟咱們家的小麥粒大小差得有些多，若是人家不想賣的話，就多加一些錢。」

儘管房伯玄這麼說，房二河還是不太理解他的考量。「大郎，你再解釋一下，為啥要爹買那些地，而且還要提高價格？」

房伯玄回道：「爹，咱們家的小麥畝產量太高，原因就出在土地上。馬上就要種玉米了，小麥比較小，還不明顯，但是玉米可就不一樣了。要是一棵玉米株長出好幾個又大又沈的玉米，很難不被人發現，到時候就太遲了。這種事畢竟太出格，只希望以後的糧食長得不要更離譜就好。」

說完，房伯玄瞄了房言一下。

這一眼讓房言心頭一驚。房伯玄已經不是第一次用這種眼神看她，但這次卻是最讓她心虛。

她早就懷疑房伯玄知道她的秘密，只是他沒提出來罷了。

聽了房伯玄的話，房言也知道自己這次做得太過，以後一定要謹慎行事才好。

想到這裡，她說道：「爹，我覺得大哥說得有道理，把附近的地都買下來，然後用牆圈起來，加上原來就有的房子，就能當作咱們家的莊子了。」

房二河聽了房伯玄和房言的話，說道：「被你們這麼一說，爹也覺得好像該注意一些。要是玉米長得太大，或生產量是別人家兩倍的話……」

想到這裡，房二河有些著急地說：「萬一被人發現了，咱們該怎麼辦啊？」

房伯玄笑道：「爹不用擔心，咱們家那塊地處於中間的位置，只要買下周圍的地，就成為完整的一塊地了。目前產量特別多的，也就只有咱們家這塊，用牆把它圍起來，外人就只能看到四周的地，看不到中間那一塊，只要周圍的地往後別有什麼變化就行。」

這已經是房伯玄今天第二次警告房言了，她一顆心狂跳，立刻表態道：「大哥，你放心，只要咱們不把家裡的土往旁邊的地移過去，是不會有什麼問題的。」

房伯玄點點頭，說道：「嗯，那就好。」

思考房伯玄的提議後，房二河覺得也有理。「行，爹就按你的意思，買下周圍的地。」

房伯玄又說道：「爹，您買地的時候，就說這些地離咱們家近，咱們家想建個莊子，所以要把這些地連成一塊，免得別人起疑。」

房二河回道：「爹知道。」

接下來，房二河就著手處理買地的事。過了麥收馬上就要種玉米，如果不抓緊時間，只怕人家早就把地收拾好，到時候再買就比較麻煩了。

房二河加了一些錢，才終於把周圍的地都買下來。買完地之後，房二河請人把中間那五十畝地全都圈起來，由自家人負責打理，原本請的長工則在外圍的地裡幹活。

房南與房北家的地比較少，很快就忙完了，所以他們每天從鎮上回來後，都會去房言家幫忙。

這天下午，王氏看著李氏，突然想起之前李氏託她打聽的事情。

「荷花她娘，妳問我的事情，我打聽好了。那個袁家村的大山，如今十六歲了，還沒說親。」

雖然李氏之後考慮了一段時間，但最後還是決定請王氏幫忙了解一下袁大山的情況。

李氏聽了，忽然問道：「那他……是不是有喜歡的姑娘了？」

王氏疑惑地說：「這就不清楚了，難道妳聽說了什麼？」

李氏小聲道：「其實啊，前幾天我跟荷花提過。妳也知道，自從荷花讀書之後，想法就多了起來，我們家很多事她也能拿主意了。我一提這件事，荷花就不高興了，妳們猜她跟我說什麼？」

王氏在等李氏說出答案，許氏則是好奇地問道：「說了什麼？是覺得大山家太窮了嗎？」

李氏搖搖頭。「那倒不是，我們家從前也苦過，荷花是個懂事的孩子，不會嫌棄別人家貧困，她是說……說我什麼，亂點鴛鴦譜？我再問她是怎麼回事，她就不說了，總歸一個態度——不願意，也不知道這孩子在想啥？」

王氏問道：「亂點鴛鴦譜？是荷花有喜歡的人，還是大山有喜歡的人啊？」

孩子們的心事，這些大人哪有知道的道理。兩個人又感慨幾句之後，就沒再提這件事了。

房言再次看到袁大山的時候，已經過了十天，袁大山先把她叫出去，然後又要房言把房淑靜找過去。

房淑靜聽到袁大山叫她的時候，害羞得不得了，但還是跟房言一起去了山上。到了之後，房言便讓他們兩個人獨處，自己躲得遠遠的。

「靜姊兒，我是真的思慕妳，妳心裡是怎麼想的？喜歡我嗎？」袁大山緊張地問她。這些天他想了很多事，也做好了打算，卻還不知道自己喜歡的姑娘態度如何？

房淑靜看了袁大山一眼，又低下頭，臉蛋發紅，就在袁大山以為房淑靜不會回答的時候，她說道：「喜歡。」

雖然房淑靜回答的聲音非常小，但袁大山還是聽見了，他內心頓時充滿喜悅。這種心情難以言喻，就像漫山遍野盛開著花朵一樣，他的心裡歌頌著春天。

「我、我……我想娶妳為妻。」袁大山結結巴巴地說道。

房淑靜沒料到袁大山會直接說出這種話，一時之間不知道該如何回應？

「你去跟我爹娘說。」想了半天，房淑靜才蹦出這麼一句話。

「我知道，之前妳大哥跟我談過。」
房淑靜一聽立刻抬起頭來，緊張地問：「我大哥跟你說了什麼？」
袁大山笑道：「沒說什麼，大哥是個好人。」
房淑靜點點頭。「嗯。」
看著如此美麗又溫婉的房淑靜，袁大山不禁露出傻笑。
兩個人就這麼待了一會兒，袁大山突然說道：「靜姊兒，我是真的想娶妳，但是我知道我如今沒資格說這種話。我家沒有大房子、沒有土地，根本不能保護妳。」
房淑靜驚訝地說道：「我不在乎。」
袁大山看著喜歡的姑娘，越看越覺得她可愛。「妳不在乎，但是我在乎。妳如今才十三歲，聽妳大哥的意思，你們家會多留妳幾年。這樣正好，妳能不能等我兩年……最多三年？」
房淑靜羞澀地道：「這種事還是跟我爹娘說吧。」
袁大山見旁邊沒別人，就牽起房淑靜的手。「靜姊兒，我是認真的，我想讓妳過好日子。妳哥哥跟弟弟如今都考上童生，以我的身分而言，是高攀你們家了，我不想讓妳以後被人嘲笑。如今北邊不大太平，所以我想去從軍，只有獲得軍功，我才有資格保護妳。」
房淑靜的手被袁大山牽住的時候，她一顆心還怦怦跳個不停，想抽出手，卻沒有。等聽完袁大山說的話後，她心中的甜蜜瞬間轉變成驚恐。
「為什麼要去從軍？大家都不想去啊。從軍太危險了，你不要去！」

看到房淑靜關心他的樣子，袁大山說道：「靜姊兒，妳知道嗎，我從很久之前就喜歡妳了，一直沒告訴妳，是因為我覺得自己條件太差。我們家只有我一個人，家裡也沒什麼產業，可是你們家不同，有錢不說，兄弟也在讀書。我思考了很久，才想到有這麼一種方法，能讓我有資格娶到妳。我讀書不行，也不會賺錢，但是卻有一身力氣，若是上陣殺敵，說不定能掙個功名。」

房淑靜一邊聽袁大山說話，一邊搖頭。

袁大山耐心地繼續說：「靜姊兒，所有的事情我都已經準備好了。妳要是願意等我兩、三年的話，妳就等；要是不願意的話，就嫁人吧。我怕我不能活著回來，所以在我離開之前，想把心裡的話告訴妳。也許我這樣太自私了些，不過妳不用擔心，之後我若是沒有回來，妳就當我不再喜歡妳，已經去了別處吧。」

聽到這裡，房淑靜的眼淚不停往下掉，嘴裡喃喃道：「怎麼能這樣……你不要去好不好？」

袁大山靜靜地看著房淑靜半晌後，說道：「我後天就要走了，能不能給我一個妳繡的荷包？」

房淑靜有些生氣，便道：「不給。」

袁大山的眼神頓時有些黯淡。「嗯，不給就不給吧。」

房淑靜氣得呼喊站在遠處的房言，拉著她離開了。袁大山則站在山邊，看著遠處的房家院落，久久沒有移動。

看到房淑靜明顯哭過的樣子，房言心裡相當納悶，她問房淑靜是怎麼回事，房淑靜卻一言不發。

回到家，房淑靜把自己關在廂房裡，房言叫她她也不應，甚至到了晚飯時也說自己沒胃口，沒出來吃。

睡覺之前，房言又去了一趟，房淑靜才終於打開門。看到房淑靜紅腫的雙眼，房言追問起原因，她還是不肯說，只是拿著手中的荷包認真地繡著。

房言實在很想問一問袁大山，但是又覺得事情不太對勁，一時之間不知道該怎麼辦？

兩天後的早上，房言與房淑靜正準備坐下來吃飯，老丁頭走了過來，遞給房言一個沈沈的小箱子，說是袁大山給她的。

房言接過箱子打開，一看裡面的東西，呆住了。房淑靜就站在旁邊，看了箱子裡一眼後，她就跑回廂房，從抽屜裡拿出一樣東西跑出去。

瞧見房淑靜的舉動，不知道為什麼，房言有一種不太好的預感。

山腳下，房淑靜看到了揹著行囊，準備遠行的袁大山。

「袁大山，你站住！」

袁大山以為房淑靜生他的氣、不理他了，卻沒想到在臨走之前還能再見她一面，開心地咧開嘴角。

房淑靜雙眼通紅，把緊緊攥在手裡的荷包遞過去。她知道袁大山去意已決，她說再多也無用。

「戰場上要保重性命。」

聽到房淑靜這句話，袁大山重重地點點頭。

房淑靜的淚水滴到地上，她輕聲說道：「我等你。」說完，她頭也不回地往家的方向飛奔而去。

袁大山站在原地佇立許久，小聲道：「嗯，我會回來娶妳的。」

此時，人在家裡的房言看著箱中的銀子，又瞄到裡面的信。大概是寫信的人沒怎麼用過毛筆，用力過猛，上面的字都透了出來，房言沒打開，就看到了「從軍」兩個字。

想到房淑靜這兩、三天整個人有多不對勁，房言立刻明白是怎麼回事，臉上的表情也變得嚴肅。

等房淑靜哭著跑回來的時候，房言就問道：「姊姊，大山哥是不是從軍去了？」

房淑靜點點頭，隨即坐下來，趴在桌上哭個不停。房言沒來得及安慰她，就轉頭離開。

看到姊姊傷心的樣子，房言實在難過得很。想到這些日子以來跟袁大山的相處，她知道，自己早已把他當作是自己的哥哥了。

沒想到，這麼一個不是親人卻像親人的好哥哥要去從軍了。從軍在現代是一件非常光榮的事，若不是戰火頻繁的地方，從軍沒什麼生命危險。但是如今這個時代不同，餓死的流民那麼多，又聽關外來的僕人們說過打仗的慘狀，她的心情非常沈重。

況且，房淑靜對袁大山有情，她不忍心看到房淑靜將來有一天，要面對會令她傷心欲絕的情況。

回到自己的房間，房言準備了一下之後，就拿著一樣東西走出去。

# 第五十二章　水果罐頭

當房言出門的時候，已經不見袁大山的蹤影。她跑到袁大山家裡，發現他們家收拾得整整齊齊的，物品都被布蓋了起來。

她趕緊跑回家，要老丁頭駕著馬車，帶她朝縣城的方向前進。她在賭，賭袁大山會不會走這條路，要是賭對了，她就把東西交給他；若是賭錯了，那就只能聽天由命……

好在，房言的運氣不錯，還沒到縣城，就發現了袁大山。

「大山哥！」

袁大山回過頭，就看到了房言。

房言跳下馬車，把袁大山拉到一邊，說道：「大山哥，我知道你要去從軍，我姊姊要我把這個東西交給你，這是我們家祖傳的寶貝，保命用的。小傷不要用，遇到性命攸關的狀況，只需抿上一點點，就能讓你活命。千萬要記住，這件事不能告訴任何人，這東西也不能弄丟。」

房言交給袁大山的是一個跟食指長度差不多的瓷瓶，裡面倒進一些水，還滴了幾滴靈泉。

袁大山一聽是房淑靜要給他的，立刻接了過來。他握緊瓷瓶，慎重地點點頭，說道：「好，我記住了。」

「大山哥，你要保重身體，刀槍無眼，保命要緊。你要記得，我姊姊還在家裡等著你，不要太過拚命。」

聽到房言的話，袁大山笑起來，說道：「嗯，我記住了，保命要緊。」他知道房言是好意，但若只求保住性命，要怎麼立下軍功呢？

房言不知道袁大山的想法，只曉得自己得到了他的保證。她站在馬車前，依依不捨地送別了袁大山。

送走袁大山之後，房言坐著馬車回家。一返家，她就去找房淑靜，這會兒她正趴在自己的床上哭。

為了轉移房淑靜的注意力，房言說道：「姊姊，這些銀子差不多有二百兩吧？」如今數錢數得多，她看一看、掂一掂重量，也差不多知道有多少了。

房淑靜揑著手中的信，啞著聲音道：「二百二十三兩，是他全部的積蓄。」

房言沒想到袁大山不聲不響地攢下這麼多錢了。果然是個可靠的男人，而且他還毫不吝惜地把全部的家當都交給姊姊。

「他、他怕自己回不來，所以都給了我。」說著，房淑靜的眼淚又簌簌地掉下來。

房言安慰道：「姊姊，大山哥對妳真好。不過妳不用太擔心，妳忘了，大山哥經常在山裡跟猛獸交手，上了戰場肯定也沒問題。」

其實房言沒能說出來的話，是袁大山還有她給的靈泉。只要不是被砍了頭，性命總歸能保住。

房淑靜哭了一會兒之後，就止住了淚水，她看著箱子裡的東西，一樣一樣地摸起來。裡面除了袁大山的銀子，還有一些毛皮，以及他爹娘生前留給他的首飾。

看著這個情景，房言心裡有些難受，她悄悄地退出房間，去了後大院。坐在桃樹下，透過樹葉看著藍藍的天空，她覺得心情似乎好了一些。

也不知道她能不能在這個朝代，遇到像袁大山一樣癡情的少年郎？

想著想著，房言眼睛一眨，看到了泛紅的桃子。沒有男人，總歸還有錢財，她今年才十一歲，談戀愛有些早，還是先想想怎麼賺錢吧。

麥收結束後，大家沒那麼忙了，房言的果汁生意又熱鬧起來。到了這個時候，房言終於能開始準備做罐頭了。

說起罐頭的做法，房言本身就有些概念。小時候，孤兒院旁邊就有一間罐頭加工廠，他們幾個小夥伴沒事的時候，就會跑到裡面去觀看罐頭生產的過程。

那個時候工廠生產的東西不像後來那樣有嚴密、講求衛生的流水線，通常做得比較隨意，房言大致上記得流程。不過因為時間久遠，記憶有些模糊，她也不知道自己想的是不是完全正確？

雖說房言在前世看到的都是黃桃罐頭，但是她知道，普通的桃子也能拿來加工。

有一些較青澀、較硬的桃子，不用添加任何東西，直接扔到水裡煮一煮，拿出來之後也會變得甜甜、軟軟的，味道就像罐頭裡面的桃子。

第一次在罐頭加工廠看到這種做法的時候，房言很驚訝。她一直以為是加了糖之後，罐頭裡的桃子才會變甜，也一直以為那些桃子本身就是又熟、又好吃，沒想到沒那麼熟的桃子做成罐頭也很棒。雖然比起成熟的來說不是那麼完美，但是味道也不錯。

不過，房言想好好經營罐頭生意，所以她不想選沒有成熟的桃子，而是耐心等待它們長成。

為了做出口感好的桃子罐頭，房言第一步就是試驗。嘗試了幾次之後，終於成功了。方法是這樣的：先將果皮削掉，挖出裡面的核，將整顆桃子切成一片片。接著放到鹽水裡泡幾分鐘，再倒掉鹽水，把一片片桃子放進鍋裡，倒點水，加上冰糖煮一煮，煮上一刻鐘，就能撈出來放涼吃了。

房二河和王氏第一次吃到這種東西的時候，都訝異得不得了。

王氏問道：「二妮兒，妳是不是放了很多糖啊？」

房言得意地道：「當然沒有，就放了一點點而已。」

房二河道：「前幾日我直接吃過咱們家的桃子，似乎沒這麼甜。二妮兒，妳究竟是怎麼做的？」

笑了笑，房言回道：「爹，我拿鹽水泡過，然後加點冰糖煮了一下，就變成這個樣子了。也是因為咱們家的桃子好吃，所以做出來的味道才這麼美味。」

嘴上這麼說，房言心裡卻想，說來說去，還是得歸功於靈泉啊。

最近情緒一直不怎麼高昂的房淑靜，吃了桃子之後，臉上也多了一絲笑容，她有些愧疚地道：「姊姊都沒發現妳竟然做了這麼多事。」

王氏和房二河聽了這話，有些奇怪地看向房淑靜，房淑靜不禁心虛地低下頭去。因為房淑靜的個性一向內斂，加上房二河夫妻每天還是一樣會往縣城跑，因此最近並未注意到她有什麼不對勁。

房二河關心地問：「大妮兒，妳怎麼了，爹看妳好像有點瘦了。」

見到房淑靜糾結的樣子，房言趕緊說道：「爹、娘，姊姊最近有個荷包的花樣老是繡不好，有點沮喪呢。」

房淑靜聽到房言為她解圍，不禁朝她投以感激的微笑。

房二河笑道：「不就是一個花樣而已，要是繡不好，爹就替妳買一個荷包回來。」

房淑靜搖搖頭。「不用了，爹，沒事了。」

見狀，房言趕緊岔開話題。「爹，我要拿這個東西去賺錢。」

房二河也很看好房言煮的桃子。「嗯，爹也覺得這能拿來賺錢。」

房言又說道：「爹，您看看縣城有沒有適合的店鋪，最好是在咱們家附近，把店面租下來。」

王氏道：「嗯？何必特地租店鋪，在咱們家的野味館賣不就得了。」

「娘，咱們家的店鋪本來就不太夠用，還是別拿這些東西去占地方了。我打算重新開一家店鋪，把果汁跟桃子一起搬過去賣，除了這些，再想一點其他的品項。」

王氏道：「還不確定能不能賺錢，這麼做會不會太浪費了？」

「娘，您放心，這東西一定能賺很多錢，說不定比野味館還要厲害喔。」

當房言跟王氏對話的時候，房二河一直在思考，沒有開口，這會兒他突然說道：「爹聽說，隔壁的酒肆老闆似乎想直接賣掉房子，而不是租給別人。」

房言聽了之後，心裡一喜。買過來也很好，租房子的話一年要七、八十兩，還是買下來比較方便，而且就在野味館隔壁，多好啊！

「爹，對方要賣多少錢？」房言問道。

房二河回道：「之前爹沒詢問過行情，所以不是很清楚價格，但是之前爹在外面聽人聊過，有人在縣城買店鋪，好像花了一千多兩。只不過，那個地方偏僻了一點，不如隔壁酒鋪的位置好。」

房淑靜驚訝地說：「一千多兩！怎麼這麼貴？」

不管是房淑靜還是王氏，都不太清楚家裡究竟有多少積蓄，但是房二河跟房言兩個人心裡卻有底。

隨著野味館的店面擴大，每天能賺十兩銀子左右，鎮上兩間分店也慢慢上了軌道，兩邊加起來，一天能有一兩半銀子。這樣一算，一天有十一兩半銀子，一個月就有將近三百五十兩銀子。

算上去年的結餘、賣機器賺的錢、周家的賠禮以及過完年到現在的收入，扣掉開分店、分紅、買果樹、蓋房子、買地、蓋圍牆還有僕人的月錢等較大項的支出，他們家大約還有兩千多兩的積蓄。

之前請中人帶他們看店鋪的時候，房言曾經瞄過一眼，她記得主街道的房子似乎就是要價兩千兩左右。過了這麼一段時間，只怕要漲價了。

不過沒關係，她手裡還有一些賣果汁賺來的錢。縱然賣機器的錢被納入公款，但房二河跟王氏卻把賣果汁的錢都交給她。

雖然房言的鬼點子多，但是房二河知道她不會亂花錢，所以他跟王氏商量之後，就讓她自己保管這筆錢。

這樣加一加，買房子的錢也夠了。

想到這裡，房言說道：「爹，您明天去問問吧，如果不是太貴，咱們就買下來。我有信心，一年之內就能把房子的錢賺回來！」

房言信誓旦旦地說完這句話之後，發現所有人都盯著她瞧。

「一年之內賺回來？這裡的房子最起碼也要兩千兩銀子吧？妳能保證在一年之內賺回來？」房二河訝異地看著自信滿滿的小女兒。

他實在不願意打擊她，但是這新產品根本還沒經過市場檢驗，她怎能保證一定那麼賺錢？他們家的野味館也是經過了一年、慢慢改善做法之後，才能日入十兩的。

王氏也被房言的話嚇到了，她不禁問道：「二妮兒，妳就這麼有信心嗎？」

不過房淑靜的反應反而沒這麼大，她態度堅定地說：「我相信二妮兒，她都這麼說了，肯定可以。從前她提的建議經常讓人覺得奇怪，但是最後都成功了，所以我相信二妮兒。」

房言對房淑靜笑了笑。「多謝姊姊的信任。」

房二河思考了一會兒，說道：「行，既然妳覺得自己能成功，那就按照妳的意思來。即使不成功，買下店鋪之後，咱們也能把野味館搬過去，就不用一直占著孫少爺家的店鋪了。」

不管孫博怎麼說，房二河心中始終對他充滿感激，想讓他分紅照拿，還可以另外再把店鋪租人。

王氏聽到房二河的話，眼前一亮。「還是你想得周到，可不是嗎？買下來好了。」

房二河笑道：「我明天就去縣城問一問。」

第二天，經過房二河詢問後，果然確定酒肆的老闆要賣掉自家的店鋪，原因是他們家兒子賺了許多錢，他們要去府城開業了。

酒肆跟房二河家的野味館挨著，因為野味館生意非常好，他們家的營業額也被帶起來。酒肆的老闆知道房二河家與孫家的關係，也曉得房二河家的兩個兒子考上童生。他跟自家兒子商量之後，最終沒向房二河要太多錢，出價兩千三百兩。

這個價格在房二河可以接受的範圍，加上房言的錢，他們大約有兩千五、六百兩。買下這間店鋪，簡單裝修一下，錢還是夠。

房二河去霜山書院找房伯玄商量，房伯玄聽了以後，非常贊同這個做法。房二河回到家，轉告王氏她們，第二天就拿著銀票去縣城買房子。

買下了房子，房言終於能大刀闊斧地準備開店了！

房言拉著房淑靜，兩個人一起想主意，首先就是確定要怎麼裝修。之前這個地方是開酒肆，如今變成水果相關行業，很多地方都需要改裝。再來，還要取個適合的店名，綜合各方面的考量，她們決定將店鋪命名為「水果齋」。

除此之外，房言還要房二河帶她去訂做許多罈子。如今這裡沒有鋁罐，要是想帶桃子走的話，就只能用罈子裝著了。罈子就用裝酒的那種就行，不過樣子跟大小要改裝一下，儘量做得好看一點，上面還要刻上「水果齋」三個字。

就在房言忙得腳不離地之際，她瞧見鄭傑明跟童錦元進了他們家的店鋪。

房言在隔壁看到他們的時候，本來不想去打招呼的，但是看到門口的果汁攤，她突然想到了些什麼。交代房淑靜幾句之後，房言就去了野味館。

「表叔好、童少爺好。」

鄭傑明笑道：「言姊兒，最近在忙什麼？我聽妳爹說，你們把隔壁的房子買下來了？」

房言回道：「是，表叔，我就是在忙那邊的事，就要開一家新店鋪了。」

童錦元很看好這家人的生意，說道：「你們家現在這間店鋪小了一些，要是開大一點，客人會更多。」

房言看了童錦元一眼，回道：「童少爺有所不知，我們家在旁邊要開的不是野味館，而是水果的生意。」

鄭傑明感興趣地問道：「水果生意？賣水果嗎？我記得你們家種了十畝的果樹對吧。」

「不是，只賣水果可賺不了多少錢，我們家要賣果汁，還要賣一種新的吃食，水果罐頭。」

童錦元道：「水果……罐頭？」

鄭傑明詫異地道：「表叔走南闖北這麼多年，還是第一次聽說這種東西。童少爺，您也是這麼想的吧？」

童錦元點點頭，看著房言說道：「我的確沒聽過這種東西，不管是在府城還是在京城都一樣。」

房言笑了笑。「可能是叫法不同吧，反正好吃就對了。」

鄭傑明笑著指著房言道：「不用說，這東西肯定又是妳想出來的吧？到時候表叔肯定要去試試。妳說好吃的東西，肯定不會錯。」

房言笑得瞇起眼睛。「到時候送給表叔幾罈，讓文哥兒跟慧姊兒吃個夠。」

說到這裡，房言想起自己過來的目的，她看著童錦元，說道：「童少爺，那兩種機器如今賣得怎麼樣？」

童錦元回道：「一開始賣得不錯，仿製品出來之後就不如一開始賣得好了，不過也算是賺了一筆。」

「那就好。對了，童少爺，我想麻煩您一件事。」

童錦元想到自己藉由房言那兩臺機器賺的那一大筆錢，再想到母親的店鋪業績因此大幅提升，便正色道：「妳說。」

「童少爺，您也知道，現在我們是擺個攤子做果汁生意，以後店鋪開業的話，客人肯定會多一些。我想多做幾臺機器，不過我爹如今忙得很，所以想請童少爺賣我幾臺機器。」

童錦元還以為房言有什麼重要的事要他幫忙，一聽原來只是要幾臺機器，這好辦。

「行，妳要幾臺？我改天讓招財替妳送過來。」

房言道：「嗯……三臺吧。」

雙方就這麼說好。房言見房二河走過來，向鄭傑明跟童錦元說一聲之後，就又去隔壁忙裝修的事了。

# 第五十三章　拓寬客源

所有的事情都處理好之後，也差不多過了十天。由於天氣已經轉熱，房言非常心急，房子都沒來得及仔細裝修，就正式開始營運了。

房四被房言調過來當掌櫃，他的漢語學得很快，還會算帳，放在他們家後大院幹活實在太可惜了，還是來這裡比較適合，她也比較放心。至於跑堂的工作，房言打算交給房甲，當然，開業前幾個月她也會去幫忙。

水果齋的事房二河基本上不管，都是房言與房淑靜兩個人商量之後決定的。

果汁的價格沒變，一碗西瓜汁四文錢、梨子汁五文錢、桃子汁六文錢。如今這些水果都是自家出產的，花費比之前節省許多，也能賺更多錢了。

糖煮水果分為三種，分別是梨子、桃子跟李子。這幾樣水果在市面上的價格差不多，但是李子有時稍微便宜一些。

所以如果要在店裡吃碗裝糖煮水果，李子的價格比較低，四文錢一碗，裡面有四分之三個李子的量；梨子跟桃子的價格一樣，都是五文錢一碗，裡面有三分之一顆梨子與桃子的量。

賣果汁跟碗裝糖煮水果並不複雜，目前房言把重點擺在賣罐裝糖煮水果，也就是水果罐頭上。罐裝的自然是用罈子當作容器，分為一斤裝、兩斤裝跟五斤裝。一斤裝指的是裡面足足有一斤水果，水的分量不算進去，兩斤跟五斤裝的也一樣。

罈子是房言特地訂做的，有些罈子像酒罈一樣是暗紅色的陶製品，有些則是白色的陶瓷做的。不過，罈子的形狀跟裝酒的不一樣，除了開口比較小，中間也沒鼓起來，基本上是直筒狀。一斤裝跟兩斤裝的罈子大小一樣，五斤裝的則大一些，但是因為陶器店的老闆是鄭傑明介紹的，所以五斤大小的價格並未調高。

考量到密封性，房言還訂做了木塞，好堵住罈子的開口。因為古代不具備現代真空包裝的技術，房言會叮嚀客人，必須在一、兩天內吃完，天氣涼一點的時候，放個三、五天也不成問題。

說起罐頭的訂價，普通罈子一個在市面上賣十二到十五文錢，高檔一點的白色罈子，一個則是賣一百二十到一百三十文錢；不同於普通罈子，白色罈子只有一斤跟兩斤大小的。若裝成水果罐頭販售，罈子本身的價格也得算進去。

一斤李子可以做成十二碗糖煮水果，一碗四文錢，一斤就是四十八文錢。由於她大量訂製普通罈子，所以一個罈子是十文錢，這樣算起來，一個一斤的李子罐頭就是五十八文錢。房言當然不會按照成本價來賣，所以一斤李子罐頭是七十文錢。

相較於普通罈子一個十文錢，白色罈子大量訂製的結果，一個是一百一十文錢，所以白色罈子的李子罐頭，一斤賣到一百八十文。梨子跟桃子的罐頭計算價格的方式也是一樣，而且更貴。

房言知道這個價格有些高，但是她這次走的本來就不是平民路線，在店鋪裡喝果汁才是一般人負擔得起的。她用這些罈子裝煮過的水果，就是讓大戶人家買來送禮，或自己買回去吃的。如果有人拿用過的罈子再回來買糖煮水果，她也願意扣掉一些費用。

在開業之前，房言用三種水果做了一些白色罈子罐頭，送過去給孫老夫人。

這麼做的效果非常明顯，水果齋開張那天，孫老夫人派僕人前來，一口氣買走十個兩斤裝的白色罈子罐頭，房言一下子就收到將近三兩銀子，去掉成本的話，賺了一兩多銀子。

房言開心得不得了，心想之前那些東西沒有白送。

此外，由於替孫老夫人來買東西的僕人站在門口時自曝了身分，很多人一聽到孫老夫人買，就跟風選購了一些回去。短短一刻鐘內，房言就賣出十兩銀子的東西，最後淨賺了六、七兩銀子。

除了買罐頭，也有很多人到店鋪裡坐下來喝果汁。

因為剛開張，所以水果罐頭前三天照例給一些優惠，買白罈裝的送一斤水果，買普通裝的送半斤水果。

一天下來，房言進帳了三十多兩銀子，去掉成本，也有十八、九兩銀子的淨利。不過房言知道這是孫老夫人帶動的效果，平時一天能有個五兩銀子，她就謝天謝地了。

營業五天之後，房言終於鬆了口氣。業績比她想像中好，總共有七十多兩銀子的收入，算是有個好的開端。

其實房言的內心並不像她表現出來的那般輕鬆，她非常緊張。現代社會罐頭很好賣，但是她並不清楚古代的人怎麼看待這種商品？況且，他們家起步的行業是賣庶民美食，這次鎖定的卻是中高階層消費族群，第一次涉足這個領域，她真的不知道結果會怎樣？

一個白色的鐔子就要價一百一十文錢，價格非常昂貴，所以相較於普通鐔子，房言沒敢訂製太多，就怕賣不出去，砸在手裡。

不過，這些事情房言沒對任何人說。如果連她自己都表現出缺乏自信的樣子，想必房淑靜、房二河與王氏會更擔憂。

過了開業前三天，到了第四天、第五天時，每天還能有個五、六兩銀子的進帳，房言才確定這門生意能做。

一些細節方面的問題需要重新思考，例如削水果皮這種事就要安排專門的人來做。他們家裡除了花嬸子，能派上用場的婦人都去野味館幫忙了，男人們則要忙其他事，所以請人勢在必行。

至於選誰，房言早就想好了，就是房蓮花的嫂子田氏跟房青的娘謝氏。要是房蓮花跟房青也想做的話，就給他們算一半的工資。

工作的時間是早上卯正到巳時，大約一個半時辰，地點在房言家。一個大人一個月兩百文錢，同輩的姊妹則是一個月一百文錢。

除了請人，房言跟房淑靜也會一起做。因為這家店的財政大權掌握在房言手中，所以房言開了一個月一百文錢的工資給房淑靜跟自己。

房言想了想，又問房荷花要不要做？房荷花見大家都要去，就點頭了。

本來謝氏怕女兒想太多，不願意讓她去，畢竟現在房言家有很多僕人，很多事情都是那些人在做，她去就算了，但是女兒心思敏感，想得比較多，怕她覺得自己低人一等。自從房言家蓋了大房子，女兒就不像以前去她家去得那麼勤快了。

跟房言家打好關係，是村裡多少人想求也求不來的，房青的奶奶見房青不去，還想打她一頓，幸好被謝氏攔住。

謝氏後來聽到房言跟房淑靜兩個人也會做，就開導了一下女兒，想不到她這段時間已經想通，非常愉快地答應了。

房蓮花對這些事情可沒什麼心理負擔。自從房言家蓋了新房子、房言的兩個哥哥考上童生之後，她在村子裡的地位隱隱高了起來。

誰教其他人都沒跟童生說過話、沒去那漂亮的大房子裡參觀過呢？她可是每天都去的，別人羨慕得不得了，越是有人說酸話，她越開心，證明別人得不到，所以嫉妒她。

所以，一聽到房言說想讓她跟她嫂子去幫忙，房蓮花立刻同意，回家的時候向她嫂子提起這件事情時，也很是得意。

現在正值農閒，田氏每天也就在家看看孩子、做做飯什麼的，閒得很。這會兒她幫她嫂子介紹了這麼一條財路，她嫂子可不感激她了？

房蓮花她娘聽到了也非常開心，立刻替媳婦答應。媳婦不過就早上出去工作一個半時辰，看看孩子對她來說不成問題。女兒和她大嫂之間很有必要打好關係，等女兒出嫁、他們老了之後，女兒還是得靠她大哥和大嫂照顧。

事情就這麼定下來了，跟眾人約好時間之後，房言就開始擬定作業計劃。

這天早上，大夥兒集合之後，房言先盯著眾人把手洗得乾乾淨淨的，洗完之後也不能到處亂摸東西。

房言在廚房旁邊準備了一個房間，專門用來做罐頭。關於製作罐頭的過程，房言設計了一套流水線。

家裡的僕人先把水果摘下，運送過來，交給兩個僕人清洗，然後由謝氏與田氏削皮，削好之後，放在盆子裡面。

房青與房蓮花則把水果從盆子裡拿出來切片，切完之後再放到另一個盆子，累積到一定程度，就端到廚房去。

接下來房淑靜把水果放進鹽水盆裡泡，然後一個僕人燒火，由房言煮水果。罐頭的做法目前還是秘密，所以這部分由房淑靜跟房言處理。水果煮好放涼之後，大夥兒接著一起裝進罈子裡。

看到謝氏與田氏削皮的成果，房言滿意地點點頭。這些事情果然還是女人做得比較好，男人粗手粗腳的，容易把皮連肉一起削掉。

至於運送罐頭方面，房言跟房二河早已討論過，馬車到野味館之後，胡平順會將馬車駕來房家村，好讓東西能送到縣城。因為水果齋剛開張，房言不太放心，所以會跟著其他僕人一起去縣城，除此之外，她也想看看還有哪裡需要改進？

這天，房言正在店鋪裡幫忙，突然發現一個熟悉的身影。因為這個人的氣質太過於與眾不同，所以房言到現在還記得他。

房言假裝不認得他，上前問道：「客官，需要點什麼？」

秦墨身邊的程管事一看房言走上前，立刻站到秦墨身前。秦墨掃了程管事一眼，他立刻後退一步。

「看到這裡新開了一家店，所以過來瞧一瞧有什麼新鮮的吃食？」秦墨說道。

房言笑道：「這是我們家新做出來的東西，糖煮水果，保證吃了神清氣爽，吃了一碗還想吃第二碗。」

秦墨這才認出房言，他說道：「許久不見，妳倒是長高了些。你們家的店鋪不是在隔壁嗎，妳怎麼來這裡了？」

房言有些驚訝，沒想到這位貴人竟然記得她。

她看著秦墨說道：「唉呀，客官不說，我還沒想起來是您，您的氣色比去年好多了呢。隔壁店鋪是我們家開的，這裡也是。」

秦墨聽到房言的話，回道：「嗯，之前生了一場大病，如今好些了。原來這也是你們家開的啊，跟隔壁的吃食相比如何？」

房言說道：「保證跟隔壁的東西一樣好吃。」

秦墨聽了之後，挑了挑眉，他有些不確定這位小姑娘說的跟他想的，是不是一回事？

「跟隔壁的東西一樣好吃？」

房言點點頭。「是的，如果您覺得隔壁的東西好吃，那麼這裡的東西也好吃，因為是同樣的土地、同樣的水、同樣的人種出來的。」

秦墨笑了笑。他敢說，這個小姑娘一定是聽懂他的意思了。

「好，來一碗我嚐嚐。」

房言被秦墨的笑容閃了一下，她心想，怎麼會有長得這麼好看的男人？之前他病懨懨的，臉色很不好，還看不太出來，這會兒臉色紅潤，身體也健壯了一些，就變得非常陽光帥氣了。

「主子，這裡……」程管事有些擔心地開口。

秦墨擺擺手，示意他不要多說。

程管事心想，自從主子的病有了起色，就像是變了一個人似的，做事積極了一些，很多事情也不再像以前一樣不聞不問。其實這是好事，只有主子承擔起責任，他們這些做奴才的才能安心。

等程管事默默退到一旁之後，秦墨就看向正在發呆的房言，說道：「小姑娘，還不快上一些吃食。」

房言這才發現自己看帥哥看到呆住了，她臉一紅，趕緊說道：「好，客官您稍等，馬上就來。」說著，她就去準備東西了。

由於秦墨沒指定要吃什麼，房言就打算讓他嚐嚐糖煮桃子。

等到房言把碗端上桌、整個人轉過身的時候，忽然瞄見程管事從袖子裡拿出一樣東西，然後在碗裡攪拌了一下，接著朝秦墨點點頭，秦墨才端著碗吃了起來。

房言見狀，心頭一驚。這很像是宮廷裡拿銀製品檢驗食物有沒有毒，真不知道這個人是什麼身分……

不過，多想無益，出身高貴的公子哥兒最好多來幾個，多給些賞錢她就開心了。

果然，這位長得好看的少爺就像上次去野味館時一樣，賞錢給得很多，她爹跟全家提起這件事的時候，每個人都驚訝得不得了呢。

拿著二兩銀子，房言臉上的笑意怎麼樣也止不住。

又過了一段時間，來到房伯玄與房仲齊回家的日子，等到霜山書院下課，房二河等人才去接他們一起回家。返家之後，房言端來一小鍋冰鎮過的糖煮水果，讓房伯玄與房仲齊自己用木勺裝進碗裡吃，吃得兄弟二人非常開心。

此時房言突然想到一件事，問道：「大哥，這東西好不好吃？」

房伯玄回道：「好吃。怎麼，小妹有什麼想法嗎？」

聽到他的回答，房言笑道：「大哥，不如你們回書院的時候，帶一些過去送給夫子們如何？」

房仲齊一邊吃，一邊說道：「又不是逢年過節，送禮物做什麼？」

房言懶得搭理他，繼續對房伯玄說：「大哥，你覺得呢？」

看著房言古靈精怪的樣子，房伯玄回道：「我覺得妳這方法可行。」

「大哥記得問問夫子們味道好不好。」

房伯玄頷首。「記下了。不過，哥哥的同窗當中也有不少有錢人家的少爺，想必他們沒吃過這種東西，帶一些讓他們嚐嚐也不錯。」

房言笑道：「還是大哥想得周到。大家都在一起讀書，送些吃的也能增進感情。」

房仲齊吃著第三碗糖煮水果，說道：「不用啊，自從大哥考了童生第一名，他們都特別敬重他，根本不需要送東西。」

聽到這些話，房伯玄與房言兩個人非常有默契地不搭理他，兩個人就這樣達成共識。

書院的夫子與學生也是推銷的對象，況且很多學生出身自外縣，甚至府城的大戶人家，用這個方法一宣傳，水果齋賣出去的東西肯定會越來越多。

第二天，房言沒去縣城，而是跟著房伯玄與房仲齊一早上山去了。

呼吸夠了山裡的新鮮空氣，房仲齊提議要去袁大山家找他，房言就說道：「不用去了，大山哥已經離家了。」

聽到房言說的話，房伯玄瞇了瞇眼睛。

房仲齊不像房伯玄心思那麼複雜，他疑惑地問道：「大山哥離家？他去哪裡了？」

房言用眼尾餘光掃過房伯玄的表情，又看了房仲齊一眼。「大山哥去……去了哪裡，我也不知道。」

話在嘴裡繞了一圈之後，房言還是沒說出來。袁大山要去從軍卻不辭而別，肯定有自己的理由，她還是別說比較好。

房伯玄瞄了房言一下，就對房仲齊說道：「二郎，今天的休息時間結束了，你回去把夫子交代的文章寫一寫。」

房仲齊忍不住發出哀號，但是看到他大哥的表情，他一句話都沒敢說。

等房仲齊走遠了，房伯玄就問道：「說吧，袁大山去哪裡了？」

# 第五十四章　釀酒試驗

房言結結巴巴地道：「去、去了哪裡，我怎麼會知道，大哥你在開什麼玩笑。」

聽到這個回答，房伯玄淡淡地道：「他去從軍了吧？」

房言驚訝地瞪大眼睛，不敢置信地。「大哥，你怎麼知道的？難道是大山哥告訴你的？你果然對他說了什麼吧？」

不料房伯玄竟然笑道：「猜的。」

房言懊惱地看著房伯玄，心想，她還是不要跟他玩這種把戲了。前世他可是個大奸臣，心思自然跟旁人不同。

「好吧，大哥，我全告訴你，但是你誰也不能說。」房言說道。

房伯玄有些無奈地說道：「妳就這麼不信任大哥？」

房言嘆了口氣。「也不是。總之，大哥，大山哥在麥收之後沒多久就離開了，臨行前他找過姊姊……」

聽完房言說完之後，房伯玄道：「上次我與二郎回來的時候，大妮兒那無精打采的樣子，就是為了袁大山吧？」

房言回想了一下，不知道該怎麼跟房伯玄說？要說房淑靜是因為袁大山而失神，也不全是。袁大山離開，的確讓房淑靜消沈了十來天，但是之後沒多久，她就來了癸水。不過女人家的事，她大哥再厲害也不懂吧。

想了想，房言還是承認了房伯玄的說法。「呃，對。」

「嗯，這件事我知道了。」

猶豫了一會兒，房言問道：「大哥，我還是不明白，你怎麼就知道大山哥去從軍了？」

房伯玄看著房言，說道：「因為後來他找過我，問我不少關於塞北戰亂的事情。況且，按照他的情況，如果要出人頭地，就只有從軍這條路了。」

聽完房伯玄的解釋，房言點點頭。

兩個人回到家裡，都沒提起在山上說到的事。

等房伯玄跟房仲齊要回霜山書院的時候，房言放了十幾罈水果罐頭在馬車上，暗自祈禱這個推銷手法早些奏效。

房伯玄他們離開後，房言一邊經營水果齋的生意，一邊研究怎麼釀造葡萄酒。如今他們家後大院種了很多葡萄，一想到當初在酒肆那邊看到酒的價格不低，就覺得這些葡萄單純拿去販賣太可惜，她想釀酒，好發揮葡萄最大的產值。葡萄酒的做法其實不難，只是她有些忘了細節，所以一直反覆試驗。

中秋節快到之前，送禮的人又多了起來，房言頓時開心得不得了。中秋這麼重要的節日，必須把握機會多賺一些錢才行。

這一天，房言在水果齋巡視時，有個像小廝的人走過來。

「請問這裡是不是房家賣水果罐頭的地方？」小廝對著房言問道。

房言笑著回道：「是啊，小哥，你是別人介紹過來的嗎？」問話的內容這麼清楚，肯定是從別處打聽來的。

小廝點點頭。「是我們家少爺吩咐我過來買的，說是在書院吃了同窗帶來的東西，覺得特別好吃。」

房言聽了很欣喜，心想，果然那些東西不會白送。

「請問你們家少爺是不是在霜山書院讀書？」

小廝與有榮焉地道：「那當然，我們家少爺讀書可厲害呢，明年就能去考秀才了。」

「挺好的，我大哥也在霜山書院讀書，看來你們家少爺是他的同窗好友，今天就九折賣給你吧。」

小廝眼睛一亮。「真的嗎？」九折也能省下不少錢，畢竟他們買的量多。

房言頷頭，說道：「那當然了，我說打折就打折。小甲，過來幫這位小哥一下。」

說完，房言又轉頭看著小廝。「小哥，麻煩報一下你們家少爺的名字。」她心中有個想法，可以試著做做看。

小廝心想，這家店鋪既然是少爺的同窗開的，肯定沒什麼問題，於是他就照房言說的做了。

因為這個小廝的緣故，房言想出了新的促銷方法。她拿著炭筆在木板上寫下——

一、臨近中秋節的八月初十至八月十四這幾天，凡是購買五百文錢以上的東西，一律賣原價的九五成。

二、凡是霜山書院的學生前來購買，一律收九成價格。

嗯，她這麼做，也算是為她兩個哥哥打好跟同窗之間的關係吧。

有些人看到後面那條規定的時候，還想過來訛詐房言，不過因為她平時聽了不少關於霜山書院的事，所以就仔細地問了問，沒想到還真的被她抓到幾個投機取巧的人。

後來房言乾脆向房伯玄要來一份名單，好照著上面的名字來給折扣。加上之前來購買東西的那位少爺，往後她這些顧客中，指不定會出幾個官，那可就是免費的活招牌了！

中秋節即將到來，霜山書院提前放假，八月十四這天，房伯玄跟著房言一起來到縣城。巧的是，他遇見前來買東西的孫博，於是兩個人就坐下來一道吃起了糖煮水果。

不知道今天是不是日子比較特別，不一會兒，房言又看到一個熟悉的身影走進來。

「童少爺！」房言開心地打著招呼。「您怎麼來到縣城了？」

童錦元看到房言，笑了一下，說道：「去跟人談一些事，正好路過此地，就進來看一看你們家的新店鋪。」

房言說道：「快進來，您沒嚐過我們的新產品，那三臺機器的錢我也還沒給您，你們家招財說什麼都不肯收錢，著實讓我為難啊。」

招財送機器來的時候死活不收錢，說是他們少爺交代的。房言也知道，童錦元這次來一樣不會收她的錢，但是該說的話還是得說。

聽到房言的話，童錦元笑了笑。「妳讓我靠那些機器賺了不少錢，送妳三臺又何妨？」房言見童錦元今天心情似乎很好，都笑了好幾次。他果然還是笑起來好看，否則不笑的時候就像個小老頭似的。

「童少爺，您今天似乎很開心，是不是又賺了不少錢？」房言問道。

想到自己剛剛談成的買賣，童錦元心情愉悅地點點頭。

「那好，您要吃點什麼東西嗎？」房言笑問道。

看著眼前笑得明媚的女孩，童錦元心情更好了，他說道：「妳隨便上一些吧。」

房言被童錦元的情緒感染，也感到相當愉快，她點點頭道：「您要吃什麼水果，李子、梨子還是桃子？」

童錦元回道：「桃子吧。」

「好，您等著，馬上就來。」房言說道。

「懋之兄、懋之兄？」房伯玄叫了好幾聲，對面的孫博都沒什麼反應。

「啊？喔，剛剛修竹兄說了什麼？」孫博回過神來問道。

房伯玄疑惑地順著孫博的視線看過去，正好看到童錦元跟自家小妹不知道在說什麼？看他們兩人笑得很開心的樣子，他的眉頭微微皺起來。

他們什麼時候這般熟悉了？

「修竹兄，那人是誰？」孫博察覺到房伯玄的眼神，直覺他們應該認識。

「是府城童家的少爺。」房伯玄說道。

「他跟你們是什麼關係？我看言姊兒跟他甚是要好。」孫博不自在地問道。

房伯玄又看了童錦元一眼之後，轉過頭來，深深地看著孫博說道：「生意上的關係。懋之兄，要不要過去打聲招呼？」

孫博想了一下，有些緊張地說道：「也好。」

說著，兩人就起身走到童錦元旁邊。

當房言再次回來的時候，就看到童錦元、孫博以及她大哥坐在同一張桌子。看著三個長相各異又十分俊朗的少年郎坐在一起，房言腦海中蹦出一句詞——

陌上誰家少年，足風流。

幫童錦元上了一碗糖煮桃子之後，房言就把房伯玄跟孫博沒吃完的分也端過來，然後笑咪咪地對她大哥道：「大哥、孫大哥、童少爺，你們慢慢吃。」

說完之後，房言就去招呼其他客人了。

她大哥就是該這麼做，要把握機會，多認識一些厲害的人物，這樣對他以後的仕途會有不少幫助。

房伯玄跟童錦元並不是很熟，也沒什麼話要講，他之所以過來，也是因為房言，所以聊了幾句之後，他跟孫博就藉故離開了。

童錦元要走的時候，想買一些水果罐頭帶回去。房言不好意思收錢，想直接送他兩罈，結果童錦元笑道：「妳賺錢也不容易，收下吧。」

不知是不是被童錦元燦爛的笑容閃花了眼，房言一時之間沒來得及拒絕，最後她不僅沒免費送人水果罐頭，還額外收到一些賞錢。

孫博不知道是怎麼想的，等童錦元走了之後，他也去買了幾罈水果罐頭。

房言疑惑地問道：「你們家僕人前幾天不是又買了十幾罈回去，說要送人嗎，怎麼又要買啊？」

孫博被房言看得有些心虛，趕緊說道：「喔，因為不夠用，所以祖母吩咐我再買一些。」

房言還沒來得及說「不收錢」，孫博就放下一兩銀子，二話不說地溜掉了。

看著孫博離去的背影，房言錯愕地看向她大哥。「今天是什麼情況啊，一個、兩個的都給這麼多賞錢，要是天天都有少爺們送錢來該多好？」

房伯玄本來還對剛剛那兩人懷有戒心，但是一聽到房言說的話，他立刻放鬆下來，臉上的表情也沒那麼凝重了。

「哦？小妹希望他們多送賞錢來？」

「那當然了，誰不喜歡錢啊！不過這兩家跟咱們也熟悉，收錢畢竟不太好，往後可不能這樣了。」

房伯玄點點頭，寵溺地摸了摸房言的頭髮。

中秋節過後，房言統計一下自己促銷那幾天收了多少錢——足足有一、二百兩！看到這麼多錢，房言笑得合不攏嘴。

房仲齊說道：「二妮兒，這才五天時間，妳就賺了這麼多，比咱們家的野味館更厲害啊。」

房言回道：「二哥，你想得太美好了，能賺這麼多錢需要很多因素配合，要是每天都能這樣，我作夢都能笑醒了。」

看到房言理智的模樣，房伯玄問道：「哦？我還以為小妹已經開心得不曉得自己姓啥名啥了，沒想到還知道賺這麼多錢是有特殊原因的啊。」

房言笑著道：「可不是。能賺這麼多錢，是因為這是中秋節，過了這個節，也不可能賺這麼多了。還有一個原因，就是大哥跟二哥的宣傳做得好，你們好多同窗都來買了呢。」

房仲齊驚訝地瞪大眼睛，不禁脫口而出。「二妮兒，既然這裡面有我的功勞，妳是不是也要分一些銀子給我啊？」

還沒等房言說什麼，房伯玄就開口了。「二郎，你要這麼多錢做什麼？平時在書院也用不著錢。」

房仲齊這話本來就是開玩笑的，被房伯玄這麼一說，好像他真的想要自家小妹的錢一樣。他趕緊說道：「大哥，我哪裡需要用錢，我是見小妹一副財迷心竅的樣子，想要逗逗她罷了。」

房伯玄看了自家弟弟一眼，沒再說什麼。

這一天，房言正在查看自己之前試釀的葡萄酒，突然聽到前面有人說媒婆上門了。

房言一聽，立刻放下手邊的事情。不知道這個媒婆是來為房伯玄還是房淑靜說媒的？

當房言走進正屋的時候，媒婆與王氏正相談甚歡。

媒婆一看到房言，眼前一亮，立刻稱讚道：「都說房家老爺有兩個漂亮又多才多藝的女兒，想必這個就是你們家的小女兒吧？再過兩年，你們家的門檻還不得讓我們媒婆給踏爛了！」

聽到媒婆誇獎自家女兒，王氏心裡也非常受用。

房言臉上在笑，心裡卻是打了個突。她覺得大事不妙，這個媒婆要說親的對象肯定是她姊姊。

果不其然，過了一會兒，媒婆就切入正題。待媒婆離開之後，房言趕緊跑去告訴房淑靜。

房淑靜此時正在繡花，聽到這件事之後，差點扎到手。她緊張地抓著房言道：「二妮兒，這該怎麼辦才好？」

看到房淑靜慌張的樣子，房言勸慰道：「姊姊，妳放心，爹娘跟大哥不是都想多留妳幾年嗎？一定不會現在就為妳訂親的。」

房淑靜不太有信心地問道：「真的嗎？」

房言點點頭。「真的。」

其實房言心裡並不是很確定王氏的想法，因為房伯玄現在不在家，就算她去阻止，只怕沒人會聽她的。

第二天下午，房淑靜跟王氏一起繡花的時候，王氏看著她，不禁感慨道：「大妮兒，妳也長大了，到了該說親的年紀了。」

房淑靜臉色一變。「娘，我不想那麼早出嫁，還想多陪爹娘幾年。」

王氏笑道：「傻孩子，沒說要讓妳立刻出嫁啊。先訂親，過了幾年再出嫁就行。」

由於房伯玄交代過，有人上門說親時要打聽清楚對象的種種，而且要問過他的意思，所以王氏並未直接答應媒婆，而是告訴對方他們會考慮。

聽了王氏的話，房淑靜心頭一沈，手中的花是怎麼都繡不下去了。

王氏又說了一會兒話，發現房淑靜沒什麼反應，這才發現她的異常。

「大妮兒，妳這是怎麼了？」

房淑靜看著王氏，糾結了一會兒，說道：「娘，我不想訂親。」

王氏疑惑地問道：「不想訂親，為什麼？」

房淑靜看著王氏，終於鼓起勇氣說道：「娘，我早就有喜歡的人了，不想跟別人訂親。」

王氏感到十分訝異。「妳早就有喜歡的人了？是誰？」

房淑靜羞得滿臉通紅，最後還是結結巴巴地說出了袁大山的名字。

一聽是袁大山，王氏驚喜地道：「這事怎麼從來沒聽妳說過？」

房淑靜羞紅著臉道：「才確定沒多久，而且……他如今不在家。」

「不在家？那他去哪裡了？怪不得許久沒見到他了。」

「去從軍了。」

王氏驚訝地道：「去從軍了？什麼時候去的？聽說塞北那邊亂得很，每天都會死不少人啊！」

一聽王氏這麼說，房淑靜的心又往下沈。「嗯，我知道，所以每天都為他祈福。」

王氏聽到袁大山去從軍，也不知道該如何勸慰大女兒了。想了想，她說道：「大妮兒，妳心裡是怎麼想的，老實告訴娘。萬一……娘是說萬一，大山沒能從戰場上回來，或是喜歡上了別人，妳該怎麼辦？」

聽到這裡，房淑靜眼眶泛紅地道：「娘，我想等他。」

「妳要等多久？」王氏又問道。

想到袁大山離去前說的話，房淑靜咬了咬嘴唇，說道：「三年。如果三年之後他回不來，我就嫁給別人。」

王氏聽到女兒心裡有主意，稍稍放寬了心。

「妳心裡有數就好。這件事我會告訴妳爹，看看他有什麼想法？」

到了晚上，王氏就告訴房二河自家大女兒的想法。

房二河一聽就笑起來。「我早就發現大山那小子看大妮兒的眼神不太對，大概早就喜歡上她了。這事呢，妳也別太操心，讓他們自己去解決吧。大妮兒現在十三歲，三年之後才十六歲，來得及的。」

王氏聽了房二河的話，就沒再那麼擔心了。

等過了幾天，媒婆再次上門的時候，王氏就拒絕了她。

當然，王氏不是說自家大女兒已經有喜歡的人，而是說：「真的很不好意思，孩子他爹說捨不得她出嫁，要再留這孩子幾年，等到她十六歲再說親。」

媒婆見王氏的態度非常堅決，雖然有些鬱悶，卻也只能無功而返。

房言得知房淑靜的事情已經解決，又開心地繼續去研究她的葡萄酒了。

# 第五十五章　府城售蛋

說起研製葡萄酒的過程，其實不是很順利，房言已經失敗無數次了。

雖然她在孤兒院時曾經幫院長做過，不過他們這些小孩的任務是捏葡萄，其他的細節她就記得沒那麼清楚了。

剛開始，房言只用一種方法做了一罈，後來她就同時採用好幾種方法一次做好幾罈，並記錄每一罈的釀造流程。當她發現家裡的書有相關記載時，就仔細研究起來，找出製作上可能有缺失的地方，加以改進。

終於，到了八月底，房言突然發現其中一罈有了酒的味道，這個結果真是令她欣喜若狂。

晚上吃飯的時候，房言拿出這罈酒，倒了一杯給房二河，說道：「爹，快嚐一嚐。」

房二河觀察了一下酒的外觀，又端起來聞一聞，說道：「外表跟氣味挺像那麼一回事的。爹看過的葡萄酒顏色是偏紅、偏紫，不過妳釀出來的這個是黃中帶紅。」

這個時候房言哪裡管得了那麼多，她催促道：「爹，您快嚐一嚐味道如何。」

房二河又聞了一下味道，說道：「好，爹就來試試看。」

抿了一小口之後，房二河咂了咂嘴，閉上眼回味一下。接著他雙眼猛然張開，然後又嚐了一小口，點點頭。嚐了第三口之後，他終於滿足地放下杯子。

房言緊張地問道：「爹，味道如何？」

房二河笑了，誇讚道：「味道不錯。真是想不到啊，這種酒被妳釀出來了。」

王氏不敢置信地看著房言。「二妮兒，妳可真是厲害，娘之前還以為妳是鬧著玩的，沒想到真被妳做出來了。」

房淑靜則是開心地道：「小妹果然有一套。娘，您不知道，她已經試驗無數次了，不僅去查閱書籍，還每天記錄葡萄酒的變化，我早就盼著她成功的這一天了。」

房言聽到大家的誇讚，也覺得很有成就感。

不過房二河仍有些不理解。「二妮兒，這東西究竟是怎麼做出來的？聽說一般釀酒需要上鍋去蒸，妳不僅沒蒸，也沒用到米之類的東西，著實讓人驚訝，妳是怎麼辦到的？」

其實房二河說的方法是用來製作米酒的，不過他對釀酒這件事完全沒概念，只能憑印象提問了。

房言早就已經想好說詞，她說道：「爹，事情是這樣的。有一次我跟姊姊去後大院的時候，聞到了一股味道，我跟姊姊說那是酒，結果她說不是，而是爛葡萄的味道。當時我就想，爛葡萄聞起來怎麼會和酒的味道相似呢？然後就想試看看，能不能用讓葡萄發酵的方法做葡萄酒？之後我又在孫少爺給大哥的閒書裡發現了一些有關葡萄酒的記載，就慢慢摸索出來了。」

房淑靜讚嘆道：「二妮兒果然了不得，姊姊都沒想過這些事。」

王氏笑道：「這樣咱們家那些葡萄可就有更大的用處了呢。」

房二河回道：「可不是，葡萄酒是從西域傳過來的，比咱們平時買的酒要貴上好幾倍，甚至十幾倍。別說二妮兒用了一百斤葡萄，就算用了一千斤、一萬斤才做出來，都很值得。一斤好的葡萄才六、七文錢，一斤上等的陳年葡萄酒卻能賣到好幾兩銀子。況且試驗成功之後，以後再做的話，就不用浪費那麼多葡萄了。」

說起來房二河人生中唯一一次喝的葡萄酒，也是以前在鎮上做木匠時有客人請他喝的，當時他一聽到葡萄酒的價格，就立刻傻住了。雖然小女兒釀出來的葡萄酒味道不如別人從西域帶回來的，但是短時間內能有這個成果，已經相當不錯了。

王氏跟房淑靜聽了都驚訝得不得了，連房言也相當訝異。沒想到葡萄酒竟然這麼貴！只可惜葡萄的盛產期已經過了，他們家後大院只剩下零星幾串，味道也不如之前的好。這樣一來，想靠葡萄酒發財的願望，一時之間難以達成。

不過，房言並未氣餒。她釀造葡萄酒的方式還不成熟，正好可以把集市上僅存的葡萄全都買下來，好練練手。

自從野味館在胡平順手上運作得非常順利之後，房二河跟王氏幾乎不去縣城了，現在他主要的工作就是巡視每間店的營業狀況、時不時查看在地裡工作的長工，還有僕人在家幹活的情況。為了方便在各地奔走，他們家又購置了一輛馬車。

這一天，房二河站在雞舍前，有些愁眉不展。

水果齋那邊已經上了軌道，所以房言現在都待在家裡。當她到後大院閒晃時，看到房二河的樣子，不禁問道：「爹，您遇到什麼困難了嗎？要是不介意，可以跟我聊一聊。我雖然不一定能幫爹解決問題，但至少能出點意見。」

房二河笑道：「也不是什麼大事，就是咱們家的雞下的蛋越堆越多，實在用不完。」

房言思考了一下，問道：「爹，咱們家所有的店鋪加起來，一天能賣出多少蛋？」

房二河回道：「一、兩百顆吧。」

她又問道：「爹，那之前剩下來的雞蛋是怎麼解決的？」

「一開始剩下來的時候我還沒太當一回事，可時間一久，囤積的量就多了起來。我讓胡管事找人去集市上賣，一天也能賣出不少，只是每天增加的量都很大，怎麼樣都賣不完。」

如今店鋪裡除了賣水煮蛋，也賣雞蛋，水煮蛋一顆兩文錢，雞蛋則是一顆一文錢半。雖然比一般行情高，但是因為特別美味，所以賣得不錯，不過水煮蛋沒做那麼多就是了。

沈思一會兒之後，房言道：「爹，咱們可以去縣城找一找其他人家，像是酒樓之類的地方，問問他們需不需要雞蛋？咱們家的雞蛋味道好，他們試過之後肯定很難放手。」

房二河眼前一亮，覺得這個方法似乎可行。因為之前所有雞蛋都是自家設法解決掉的，所以他沒往其他方面想，這會兒經房言一提，他也覺得這麼做很適合。縣城各種行業都有，他們家的雞蛋味道又很獨特，肯定能賣出去。

「二妮兒，妳這個方法好，爹現在就去縣城問一問。」

「爹，我跟您一起去。您不用擔心，除了酒樓，咱們還可以看看米糧店跟雜貨鋪需不需要。」

房二河笑道：「成，咱們一起去。」

「只是，爹，您切不可賣便宜了。咱們家的雞蛋品質好，絕對能找到賣家，就算找不到，也不能隨便賣。再說了，還有孫家在，若實在不行，就去問問他家店鋪要不要？」

房二河搖搖頭。「二妮兒，妳知道的，爹如今最不想麻煩的就是孫家，爹不想總是欠他們家的人情。」

其實房言也是這麼想的，她說這些無非是想安撫她爹，既然他都這麼說了，她便笑著搖著他的胳膊道：「好好好，爹說不找他們，咱們就不找他們。」

駕著馬車到了縣城，房二河就到處詢問，但是很多地方都有固定的供應商，不需要房二河家的雞蛋。有些人說，如果雞蛋便宜的話，可以考慮一下，結果聽到房言家的雞蛋不僅不便宜，還特別貴，就作罷了。

當然，也有一些米糧店跟雜貨鋪表示，如果雞蛋真的特別美味，價錢高一點也不是不能接受，所以房二河就說明天會帶一些水煮蛋來讓他們嚐嚐。

走出了一間雜貨鋪的門，房二河碰巧看到鄭傑明。

一聽到房二河的煩惱，鄭傑明就笑道：「表哥，若是在縣城賣不出去，不如去府城問問，府城離咱們這裡也沒多遠啊。」

房二河聽了之後，一時之間沒能拿定主意，在他心裡，府城這個地方有些遙遠。

一旁的房言反而有些躍躍欲試。她長這麼大，去過最繁榮的地方就是這個縣城，她很想藉機去府城瞧瞧。

「爹，要不然咱們去看看？」房言問道。

鄭傑明看了房言一眼，笑道：「表哥，正好我有東西要帶給童少爺，咱們一道去吧。現在還不到午時，下午能趁著天黑之前趕回來。」

房二河看著一臉期待的小女兒，點點頭。「成，咱們去吧。」

到了府城之後，鄭傑明直奔童府後門，說自己是來找招財的。

招財一見到鄭傑明，就想把他請進去，不過因為房二河跟房言在一旁等著，他們又還要去推銷雞蛋，所以鄭傑明就把要給童錦元的東西直接拿給招財，說自己不方便進門。

想了想，招財不敢擅自作主，就告訴鄭傑明先等一等，然後拿著東西去找他們家少爺。

童錦元一聽鄭傑明來了，還在後門等著，就出來見他。看到房言和房二河在旁邊，幾個人就互相打了招呼。

聽到他們今天的來意，童錦元說道：「你們家的雞蛋，跟在野味館裡賣的水煮蛋是一樣的嗎？」

房二河回道：「正是，那些雞蛋品種相同。」

「也是用山上的泉水餵食的？」說這句話的時候，童錦元的眼睛飄向了房言。

房二河還沒回答，房言就迎著童錦元的目光，笑道：「是的，不僅如此，我們家雞吃的東西，也是用山上的泉水澆灌、採取獨特的方法種出來的。」

童錦元眼含笑意，說道：「是嗎？那我可要嚐嚐味道才行。」

房言驚喜地問道：「童少爺，難道你們家缺雞蛋嗎？」

童錦元回道：「雞蛋倒是不缺，但是如果雞蛋品質好的話，可以放到我們家的米糧店賣。」

他之所以想到自家的米糧店，是因為上次跟他一起買機器、簽訂契約的僕人，正是掌管米糧店的陸管事。回來的時候，他還聽到陸管事稱讚野味館的水煮蛋好吃，味道很獨特，所以正好能去問問他需不需要房二河家的雞蛋。

鄭傑明一聽到這話，就知道童錦元有意做這個生意，於是開心地道：「童少爺，真是太感謝您了。」

「這還要看陸管事的意思，正好，我今日沒什麼要緊的事，就跟你們一起去吧。」

房二河沒想到事情這麼順利，趕緊跟著童錦元去了他們家的米糧店。

陸管事聽到童錦元過來的時候，連忙放下手邊的事情過去招呼。

「少爺。」陸管事作了個揖。

「陸管事，這兩位是房老闆跟鄭老闆。」

童錦元介紹完之後，陸管事就抬起頭來，對房二河與鄭傑明笑了笑，說道：「兩位老闆好，許久不見。」

房二河沒想到陸管事還記得他，也笑道：「好久不見。」

「那些機器賣得挺好的，真是多謝房老闆了。」那兩種機器當初放在米糧店賣過，畢竟童家的米糧店據點不少，不過後來就全部集中在賣木製品的店鋪銷售了。

寒暄幾句之後，童錦元道：「陸管事，房老闆想來找你談一筆生意。」

陸管事疑惑地看向童錦元，問道：「談生意？」

這家米糧店賣的是大米、雞蛋、玉米粉、麵粉，不做木材生意啊？

房二河說道：「陸管事，我們今日過來，是想問一問你們有沒有意願賣我們家的雞蛋？」

陸管事一聽，眼睛一亮。「房老闆家的雞蛋，是你們自家店鋪賣的那種嗎？」

「是的，就是那種雞蛋。」

陸管事想了一下，說道：「需要是需要，只是……價格怎麼算呢？」

說完，陸管事看了童錦元一眼。他心想，不知道自家少爺領著房老闆過來是什麼意思，是不是想照顧一下人家的生意？他們的收購價要高一點嗎？

雖然陸管事朝童錦元拋去詢問的目光，他卻發現他們家少爺根本沒搭理他的意思，而是在跟房老闆的女兒說話。

房二河說道：「不瞞您說，我們家的雞蛋在店鋪裡的價格是一顆一文錢半。看您需要多少量，如果需要得少，一顆還是一文錢半；如果需要三百顆以上的話，一顆一文錢。」

陸管事聽了，回道：「房老闆，這價格是不是高了一些？」

當他說出這句話時，正在聊天的房言與童錦元轉頭看了過去。

房二河說道：「不高，我們得運送過來，路上會磕磕碰碰的，得特別留心；而且您也知道，這些雞蛋好吃，我相信值這個錢。」

陸管事注意了一下自家少爺的臉色，笑道：「房老闆，普通的雞蛋我們一顆才賣一文錢，你供應給我們的也是這個價錢，這樣我們獲利的空間實在不大，能不能再讓一點？」

雞蛋不像一般糧食要花時間栽培，每天都會生產一定的量，這就是為什麼從鎮上、縣城到府城，雞蛋的價格都一樣的原因。陸管事擔心提高價錢會賣不好，也怕進太多貨賣不掉。

房言剛剛在跟童錦元打聽這裡的米、麵一斤多少錢，跟縣城相比又如何？這會兒一聽到陸管事的話，也明白他們剛剛談到哪裡了。她皺了皺眉，思考起價格的問題。

如果童家一天需要的量能到三百顆的話，就能解決雞蛋過剩的問題了，他們讓一點利也行。反正他們家店鋪的收入已經很好，不差這麼一點錢。

想通之後，房言看向房二河，然而還沒等她傳遞信號，就聽童錦元說道：「房老闆家一天能提供三百顆現產的雞蛋嗎？」

房二河答道：「可以，保證是新鮮的。」

童錦元聽了之後，朝陸管事點點頭。

其實陸管事也不是不想答應，只是習慣性地想還還價罷了。不過還沒等他好好表現一番，他們家少爺就不讓他這麼做了，而且少爺剛才那個問題，也跟價格沒什麼關係。

不過……房二河家的雞蛋是真的好吃，到時候就賣個一顆一文錢半，甚至更高試看看。房二河自己也說了，他們家的店鋪就賣這個價錢，既然縣城那個地方可以，府城豈有不成的道理？

想到這裡，陸管事笑道：「成，就這麼說定了，你們家一天供應三百顆雞蛋，一顆雞蛋收購價一文錢。」

等簽訂好契約，童錦元本來還想跟他們聊一聊的，結果童夫人派人來找他，說是有要緊的事讓他過去一趟。

不用想，童錦元就知道他娘喊他回去做什麼。剛才他故意跟著房二河他們來找陸管事，沒想到躲得了一時、躲不了一世。

童錦元深深嘆了口氣，跟房言他們道別了。

房言第一次來到府城，跟著鄭傑明與房二河逛起來。比起縣城，府城的規模更大，商機也更多。房言心想，等她家大哥再厲害一些，他們就能把店鋪開到府城來了。

沿著主街道逛了逛之後，幾個人就搭馬車回去了。

房言在府城為房淑靜與王氏買了一些飾品，對於房言去了府城這件事，房淑靜羨慕得不得了。

王氏雖然也對府城充滿好奇，但是聽到自家雞蛋的問題解決了，也就顧不得可惜，反而覺得整個人都放鬆下來。

# 第五十六章　威逼利誘

第二天天還沒亮，房二河就差人帶著三百顆雞蛋去了府城。到達童家的米糧店之後，他們就把雞蛋一箱一箱小心翼翼地卸下來。

早起過來買雞蛋的人，看到米糧店把雞蛋分開來賣，其中一批比較貴，著實不明白原因為何？不過一聽到貴的那批雞蛋更好吃的時候，就有人買了一些回去。

剛開始幾天，因為價格較貴的原因，房二河家的雞蛋還沒這麼好賣。過沒多久，這批雞蛋銷售的情況就比旁邊的普通雞蛋更好，每天都能賣完。

雖說這批雞蛋賣出去之後賺不了多少錢，但是陸管事對販賣的情形感到很滿意。盤帳的時候，陸管事就將這件事告訴了自家老爺童寅正。

童寅正聽到陸管事的話，疑惑地問道：「這批雞蛋的供應商是錦元領過去的？」

「是的，老爺，他們也是上次賣東西給咱們的人，就是那兩種讓夫人的店鋪大有起色的機器。」

聽到陸管事這麼說，童寅正就說道：「哦？原來是那家人啊！他們能研究出這麼厲害的東西，必定不是尋常人家。對了，你上次說那東西是他們家小女兒想出來的？」

陸管事回道：「老爺，小的覺得看起來是這麼一回事，只是不太確定。不過少爺肯定知道內情，您不如去問問少爺。」

童寅正說道：「算了，我就不去問他了，他最近也忙得很。」

接著，童寅正像是想到什麼似的，問道：「對了，那戶人家的小女兒今年多大年紀了，你知道嗎？」

陸管事想到房言的模樣，笑了笑。「看起來年紀不大，大約十一、二歲的樣子。」

童寅正一聽這話，頓時沒了興致，他擺擺手，讓陸管事下去了。

回到後院之後，童寅正見自家夫人一臉憂愁的樣子，不禁問道：「夫人，可是還在為錦元的事情發愁？」

江氏聽到丈夫提起兒子，就皺著眉頭道：「可不是嗎？這都給他說了多少個對象，他卻一點反應都沒有。劉小姐去世也超過一年了，你說他心裡是不是還想著她啊？這該如何是好？」

童寅正聽到江氏的話，揉了揉眉心。「我看未必，說不定他最近忙著生意上的事，沒心思吧。」

江氏一聽這話，有些生氣地說：「兒子今年十六歲了，親事都沒定下來，你還安排那麼多事讓他做！錢什麼時候不能賺，終身大事可是拖不得，去年要不是你安排他跟著商隊去塞北歷練一番，說不定就……」

說到這裡，江氏嘆了口氣，無奈地道：「算了，這都是人的命，好在你讓兒子出去了，要不然……那可真是丟人了。」

提起「那件事」，夫妻兩個人臉色都不太好看。

過了一會兒，江氏轉移話題道：「今日管事們來盤帳了吧，收益如何？」

童寅正長長地吁出一口氣之後，笑道：「收益還行，比上個月要多。」

「那就好。」

天氣稍稍變涼的時候，房言家的地暖正式啟用。九月下旬，房言背著家裡偷偷做成了一筆生意，所以她現在心情愉悅，每天都過得很開心。

當房伯玄從霜山書院回來，感受到屋裡溫暖的氣息，頓時驚訝得不得了。

「大哥，你忘了我說過的地暖不成？」房言提醒道。

房伯玄笑道：「不是忘記了，只是沒想到這種東西裝好之後會如此方便。」

房仲齊趴在地上感受了一下溫度。「真不知道小妹的腦子裡到底裝了什麼，這東西也能被妳想出來。」

聽到他這麼說，房言不禁得意地回道：「自然比你腦袋裡塞的學問厲害。我知道二哥經常在想什麼時候才能出去玩，你肯定讀書讀到要瘋掉了吧？」

房仲齊剛想把話頂回去，一看到房伯玄的臉色，就閉上嘴不說話了。

見弟弟沒回嘴，房伯玄就笑道：「二妮兒，妳不是說想靠這東西賺錢嗎，怎麼沒動靜？」

房言回道：「還不是因為咱們家勢單力薄，我怕被人學了去。連童家的機器都有人敢模仿，咱們這種小戶人家就更別說了。」

點點頭，房伯玄說道：「二妮兒，妳的顧慮很有道理。只是如果妳想靠這些東西賺錢的話，早晚得做，別人也免不了仿效一番。」

房言卻道：「大哥，那可不一定。雖然咱們賣給童少爺家的機器被人學了去，但是人人都知道這東西是童家先賣的，說起水果榨汁機跟絞肉機，先想到的也是童家，這全是因為他們家的影響力大。咱們家如今無權無勢，我可不想被人占便宜。」

說到這裡，房言看著房伯玄與房仲齊道：「所以啊，兩位哥哥得爭點氣，只有你們書讀得好了、有了功名，我才能把這麼棒的裝置拿出來賣，到時候就沒人敢說這是他們做出來的，只會說是咱們房家的東西。」

房言這些話說得讓房伯玄跟房仲齊都有些羞愧了。聰明的妹妹想出很多東西，撐起了這個家，但是因為他們無能，讓她的發明無法發揚光大，是他們這兩個做哥哥的沒用！

房仲齊站直了身體，正色道：「小妹，妳放心，二哥一定會考個秀才回來的！」

房言也認真地回道：「二哥，秀才算什麼啊，你肯定考得上，你的目標應該是舉人、是進士！」

這話讓房仲齊有些受寵若驚。「小妹，妳覺得我能考上秀才？咱們村子可是幾十年沒出過一個秀才了。」

房言拍了拍房仲齊的肩膀，說道：「二哥，你要對自己有信心，我說你能考上，你就一定能考上！」

深藏在房仲齊心中的豪情壯志被房言幾句話激了起來，他雙手握拳道：「嗯，我知道了，小妹，我這就去讀書。」

說完，房仲齊向房伯玄與房言打了聲招呼，就一溜煙地跑去書房了。

房伯玄站在旁邊感慨道：「還是小妹有辦法，幾句話就讓二郎主動讀書去了，看來大哥需要向妳學習。」

房言笑道：「哪裡，大哥過譽了，二哥也需要適當的鼓勵啊！」

「嗯。」房伯玄看著房言說道：「小妹放心，妳這些東西肯定很快就能問世了，大哥一定會保護好這個家。」

房言回道：「好，大哥，你也要盡力。」

摸了摸房言的頭髮後，房伯玄笑道：「大哥會努力的。」

天氣變涼之後，房言家的果樹雖然有些還頑強地結著果子，但是數量也很少了。不過即使是這樣，也讓人驚訝不已，畢竟別人家的果樹上早就沒了東西，別說是果子，就連樹葉也快掉光了。

房言給家裡僕人跟外面客人的說詞，就是這些果樹是從異地進來的，品種不同。若是外人再有疑問，就推說是胡平順照顧農作物特別有一套。

這個時候，水果齋的生意沒天氣熱的時候好了，但是房言每隔一陣子還是會去店裡轉一圈。店鋪裡已經放上兩個火爐，進去之後也暖和得很。

房言先查看帳本，又去後院的廚房檢查環境衛生。

從後面走回前面的時候，房言正好看到那個長相俊美、貴氣逼人的公子哥兒，獨自一人坐在那裡吃糖煮水果。

房言走到櫃檯裡面準備算帳，那位少爺就朝她招招手，於是房言放下手中的東西，走了過去。

她淺笑著問道：「客官今天吃得如何？有什麼吩咐沒有？」

秦墨回道：「沒什麼吩咐，吃得挺好的。」

說罷，秦墨繼續吃了起來，房言就坐在一旁，跟他有一搭沒一搭地閒聊。她之所以這麼做，是因為她覺得秦墨似乎有什麼話想跟她說，她有的是時間，等一陣子不要緊。這種貴人想對她說的話，一定是什麼大事。

吃完糖煮水果，秦墨開口了。「小姑娘，你們家有沒有想過去京城開一家店？」

房言挑了挑眉。這對話怎麼這麼熟悉呢？她記得她爹說過，孫博當初想讓他們來縣城開店的時候，就是這麼說的。

她忍住內心的喜悅之情，說道：「有啊，我們家當然想去京城，不過可能會先去府城開一家分店。畢竟京城離我們遠了一些，而且人生地不熟的，很多事情都搞不太清楚。」

照秦墨的看法，京城是最繁華的地方，自然是開店的好地方。他不解地問道：「為何要去府城，而不直接去京城呢？你們家的店鋪，在京城也站得住腳。」

「我要等我大哥考上進士之後再去，到了那個時候，在京城做生意也能穩妥一些。」

秦墨沒想到原因竟然是這個，他想了想，說道：「聽說進士很難考，妳大哥已經是舉人了嗎？」

房言搖搖頭。「現在還不是，但以後肯定是。我大哥可是今年縣試跟府試的第一名，您說他是不是很厲害？」

秦墨訝異地挑挑眉，說道：「是，妳大哥很厲害。」

「嗯，我也是這麼想的。」

秦墨聽了房言的話，笑了笑，沒再說話，離開的時候，留下了二兩銀子。

等秦墨走了，房言笑咪咪地拿著銀子去了櫃檯。老天保佑啊，再多來幾個這種富家少爺吧，長得好看不說，陪他聊天還會給賞錢，真是太賺了！

出於直覺，房言第二天又去了縣城。因為她覺得，那位少爺肯定有什麼事要找她，所以她一定得在現場。這種發財的機會難得一遇，她一定要把握住才行。

只不過，房言連續去了五天，都沒能再見到秦墨。房言一看自己猜錯了，就懶得再天天去縣城，而是跟著房七、房八去山上抓兔子或是山雞，每天過得逍遙自在。當然，有了房淑靜那件事的教訓，他們不敢跑得太裡面。

就這麼過了幾天，房四過來跟房言彙報，說秦墨接連兩天都出現在水果齋，他一句話也不說，就坐在那邊吃東西。

房言一聽，覺得有戲，於是隔天就去了縣城。

秦墨進來的時候發現房言在，便招招手要房言過去。

房言幫秦墨上了一碗糖煮梨子，等他吃完，終於要進入正題了。

「小姑娘，我能麻煩妳一件事嗎？」秦墨盯著房言的眼睛，認真地問道。

房言轉了轉眼珠子，問道：「什麼事？」

「我想買十個白色罈子的水果罐頭，一斤裝的。」秦墨緩緩地說出自己的需求。

房言頓時眼前一亮，說道：「您客氣了，什麼幫忙不幫忙，這不是給我們家送生意來嗎？想要什麼口味的、什麼時候要，您跟我說就行，我幫您做。」

說著，房言又道：「不過您也知道，這個時節沒什麼水果，所以我們家的罐頭也漲價了。」

秦墨一直聽房言說話，沒發表任何意見，可是等房言說完之後，他丟出的一句話，讓房言頓時渾身緊繃。

「我想要味道濃一點的。」秦墨說這話的時候，眼睛直勾勾地盯著房言。

看到秦墨的表情，房言知道他說的不是「糖多一點」的意思，但是她還是假裝沒聽懂，問道：「客官，您是說多放一些糖嗎？還是多放一些水果？」

秦墨沒回答這個問題，而是看著房言不講話，房言因此更加緊張。

見房言卸下臉上的笑容，用一副如臨大敵的表情看著他，秦墨就清了清嗓子，說道：「小姑娘，價錢好商量。」

房言心裡打了個突，依舊裝蒜道：「客官，您說什麼，我聽不懂。」

秦墨不想再跟房言拐彎抹角了，他說道：「你們家野味館賣的東西，跟水果齋裡的水果，有相同的味道。」
房言心一驚，勉強笑了一聲後，說道：「那當然了，這些都是我們家用獨門秘方種出來的，味道非常獨特。」
「我知道妳的秘密。」
秦墨這句話就像顆重磅炸彈，隨著這句話出口，房言的心跳開始狂飆，心臟快要不堪負荷了。
「不管妳怎麼逃避我的問題，你們家肯定有秘密。在你們家的地裡種的東西比別人家的產量要高、比其他人種的更容易存活，雖然我不知道原因是什麼，但是你們家的確有些異常。」
聽到秦墨後面說的話，房言整個人才稍微放鬆一點。剛才那一瞬間，她真的以為自己的秘密被人發現了。她眨了眨有些酸澀的眼睛，穩定了一下心神。
「客官，既然您已經調查過我們家，那您一定知道，去年春天的時候我還是個傻子。我是被一個遊方道士救的，這些東西也是他給的。」房言一臉平靜地道。
秦墨點點頭，然後突然笑出聲，說道：「小姑娘，妳不用這麼緊張，我沒有惡意。若是我真有什麼想法的話，你們家的東西早就被奪走了，我今日也不會孤身一人前來。」
房言表面上鎮定，內心卻在吐槽。沒有惡意？沒有惡意的話，說這麼嚇人的話做什麼！
「客官要是沒什麼事的話，我就去忙了。」說著，房言就站起身。

「我可以不拆穿妳，但是妳這次一定要幫我。若是妳不幫我的話，難保我不會做出什麼事來。聽我的，妳先坐下。」

房言聽到秦墨的話，猶豫了一下，最後只能手握成拳，坐回原位。依照秦墨的背景與能力，即使她大哥考上狀元，也未必能和他抗衡。

她剛剛假裝聽不明白，是因為秦墨並未出言威脅她，可是當他把話挑明之後，她就再也不能無視這一切了。

好漢不吃眼前虧，先解決這件事再說。

「小姑娘，我真的沒有惡意。說起來，你們家還是我的救命恩人，所以你們家的事，我絕對不會告訴任何人。」

房言詫異地看了他一眼。救命恩人？誰救了他？又是什麼時候救了他？

沒等房言開口詢問，秦墨就說道：「我之前中毒，大概沒幾年可活了，是吃了你們家的東西才好起來的。我心中疑惑，就去調查了一下你們家。不過，妳大可放心，我並未確切發現你們家的秘密是什麼，只知道有些事情違反常理而已。再來，我們家的僕人跟我一起吃東西，卻不像我有這麼明顯的效果，可見這不是對每個人都會造成同樣的影響。

「現在妳可以相信我了嗎？我真的沒有惡意。」

說完這句話之後，秦墨用一雙好看的桃花眼盯著房言瞧。

房言看著秦墨的俊顏，這會兒是真的生不出任何花癡的想法了。這世間，好看的皮囊千千萬，善良的心卻沒幾顆，光是俊帥有什麼用，生得一肚子壞心腸！

雖然房言這麼想，卻沒說出來。她如今不敢在這位少爺面前造次，威逼利誘的手段都被他使過了，這個人可是個大麻煩，得趕緊解決掉才好！

——未完，待續，請看文創風675《靈泉巧手妙當家》3

# 為流浪貓狗加油 和貓寶貝 狗寶貝 廝守終生(一定要終生喔！)的幸福機會

對人來說，貓寶貝狗寶貝只是生活的一部分，但妳（你）對牠們來說，卻是生活的全部，領養前請一定要考慮清楚——

## ▲ 古錐又愛乾淨的乖寶寶　元旦

性　　別：男生
品　　種：米克斯
年　　紀：約3～4歲（預估2015年生）
個　　性：乖巧穩重、生活習慣良好
健康狀況：已結紮，愛滋陽性，有定期施打預防針
目前住所：新北市蘆洲區

## 『元旦』的故事：

中途是在今年一月一日的大半夜，在住家附近發現元旦的，那時的牠正因為肚子餓，在路邊輕聲地喵喵叫著。中途以往沒有見過元旦，是張新面孔，她擔心元旦是走失，或是被人遺棄的貓咪，就將牠帶去動物醫院做檢查，這才知道元旦有愛滋。但是由於元旦很親人，所以中途沒有原放，而是希望可以為牠尋找新的避風港；也因是一月一日撿到，中途便將牠命名為「元旦」。

中途表示，元旦健康狀況良好，個性相當穩重、乖巧，不會調皮搗蛋，也不挑食；而且生活習慣良好，很愛乾淨，上完廁所都會記得要把貓砂撥一撥。另外，不論是洗澡、刷牙、剪指甲等，元旦也都會好好配合，沒有問題，適合新手、單貓家庭，或是家中已有愛滋貓的認養人。想為家中添一個乖寶寶同伴嗎？請趕快來信找元旦吧！dogpig1010@hotmail.com（林小姐）。

**認養資格：**

1. 認養者須年滿23歲，有獨立經濟能力。
2. 須同意簽認養寵物切結書，
   並能讓中途瞭解元旦以後的生活環境。
3. 同意送養人日後之追蹤探訪，對待元旦不離不棄。
4. 同意做門窗防護措施，以防元旦跑掉、走失。
5. 以雙北地區優先認養，第一次看貓不須攜帶外出籠，
   確認領養會親自送達。

**來信請說明：**

a. 個人基本資料：姓名、性別、年齡、居住地、
   同住者、職業與經濟來源等。
b. 預定如何照顧元旦，以及所能提供之環境和承諾
   （如：食物、飼養方式）。
c. 請簡述過去養貓的經驗、所知的養貓知識，
   及簡介一下您的飼養環境。
d. 若未來有結婚、懷孕、出國或搬家等計劃，
   將如何安置元旦？
e. 是否同意中途作日後追蹤（家訪、以臉書提供照片）？

文創風 674

# 靈泉巧手妙當家 2

國家圖書館出版品預行編目資料

靈泉巧手妙當家 / 夏言著. --
初版. -- 臺北市 : 狗屋, 2018.09-
冊 ; 公分. --（文創風）
ISBN 978-986-328-911-1（第2冊：平裝）. --

857.7　　107011710

著作者　夏言
編輯　連宓均
校對　黃薇霓　簡郁珊
發行所　狗屋出版社有限公司
地址　台北市104中山區龍江路71巷15號1樓
電話　02-2776-5889～0
發行字號　局版台業字845號
法律顧問　蕭雄淋律師
總經銷　知遠文化事業有限公司
電話　02-2664-8800
初版　2018年9月
國際書碼　ISBN-13　978-986-328-911-1

本著作物由北京晉江原創網絡科技有限公司授權出版

定價250元
狗屋劃撥帳號：19001626
網址：love.doghouse.com.tw　E-mail：love@doghouse.com.tw